KB077800

조국의 만남

조국의 만남
우리 시대 최전선을 만나다

2013년 3월 20일 초판 1쇄 발행 | 2013년 3월 25일 6쇄 발행
엮은이 · 조국

펴낸이 · 박시형
책임편집 · 권정희 | 디자인 · 박보희

경영총괄 · 이준혁
마케팅 · 장건태, 권금숙, 김석원, 김명래, 탁수정
경영지원 · 김상현, 이연정, 이윤하
펴낸곳 · (주)쌤앤파커스 | 출판신고 · 2006년 9월 25일 제406-2012-000063호
주소 · 경기도 파주시 회동길 174 파주출판도시
전화 · 031-960-4800 | 팩스 · 031-960-4806 | 이메일 · info@smpk.kr

쌤앤파커스(Sam&Parkers)는 독자 여러분의 책에 관한 아이디어와 원고 투고를 설레는 마음으로 기다리고
있습니다. 책으로 엮기를 원하는 아이디어가 있으신 분은 이메일 book@smpk.kr로 간단한 개요와 취지,
연락처 등을 보내주세요. 머뭇거리지 말고 문을 두드리세요. 길이 열립니다.

조국의 만남

우리 시대 최전선을 만나다

조국 대담 및 정리

쌤앤파커스

프롤로그

세상을 위해, 세상과 기꺼이
싸우는 사람들

2012년 3월, 고정 칼럼 쓰는 것보다는 인터뷰하는 것이 훨씬 시간 덜 든다는 〈한겨레〉 박찬수 편집국장의 '감언이설'에 넘어가 '조국의 만남'을 시작했다. 예전에 이런저런 인터뷰를 많이 했지만 사실 인터뷰어의 역할은 잘 몰랐다. 그런데 첫 인터뷰를 준비하면서부터 친구에게 속았다는 것과 인터뷰어의 수고가 크다는 것을 바로 깨달았다. 그러나 이미 엎질러진 물, 최선을 다하여 수습하고자 했다. 인터뷰 손님 섭외에 도움 주고 인터뷰를 책으로 발간하는 것에 동의해준 〈한겨레〉에 감사한다.

'조국의 만남'에서는 우리 사회의 가장 뜨거운 현안을 해결하기 위해 싸우는 사람, 분명한 소신과 철학을 가지고 자신의 영역을 파고들어 새로운 장을 연 사람들을 모시고자 했다. 책에 적은 직함은 인터뷰 시점의 직함임을 아울러 밝혀둔다. 다양한 분야에서 오신 인터뷰 손님들로부터 실로 많은 것을 배웠다. 인터뷰어가 미숙하여 그분들이 충분히 생각을 드러내지 못하셨던 건 아닌가 저

어된다.

모시고자 하였으나 불발되었던 손님도 많았다. 정치인으로는 박근혜, 안철수 두 분이 있었다. 19대 대선에 깊숙이 관여하게 되면서 인터뷰 연재를 조기 종료했기에, 모시고 싶었던 분들께 제안조차 하지 못한 경우도 있었다. 대선이 끝난 후 출판사에서 인터뷰 출판 제의가 와, 녹취록 원본을 보면서 신문에 실린 인터뷰를 보완했다. 그리고 각 인터뷰 끝에 인터뷰 이후의 사정변화와 내 생각을 간략히 적었다. 책 말미에는 2013년 내가 인터뷰이가 되었던 〈동아일보〉 릴레이 인터뷰 '진보가 박근혜에게 말한다'를 수록했다. 게재를 허락해준 〈동아일보〉에 감사한다.

인터뷰 시점에 우리 사회에 일어났던 쟁점 사안과 맞물린 인터뷰들도 있기에, 누군가는 이 글의 '시의성'을 염려할 것이다. 그러나 차분히 원고를 정리하면서 되새겨보니, 이들의 싸움은 여전히 현재진행형이었다. 인터뷰 손님들의 문제의식과 고민은 당시는 물론 앞으로 상당한 시간이 흐를 때까지 의미 있을 것 같다.

나는 자타가 인정하는 진보인사다. 따라서 질문에 내 입장이 반영될 수밖에 없다. 그러나 부디 부탁드리건대, 이 글을 읽는 분의 정치적 입장이 진보이건 보수이건, 이 손님들의 진솔한 이야기에 귀기울여주시기 바란다. 특히 자신이 보수라고 생각하는 분들이 마음 열기를 고대한다. 우리 모두는 각자의 한계와 편향을 가지고 있고 진리의 부분만을 알고 있지 않던가! 한편 박근혜 대통령이 이분들을 청와대로 초청하여 의견 구하는 장면을 상상해본다. 박 대통령이 책을 통해서라도 이들을 만난다면 성공적인 국정운영에 많은 도움이 되리라 확신한다.

2010년 11월 《진보집권플랜》(오마이북, 2010)을 발간한 후 부담과 공격을 예상하면서 현실 정치에 관여하게 되었다. 2011년 10월 서울시장 보궐선거를 시작으로 2012년 국회의원 총선거와 대통령 선거까지 세 번의 큰 선거에 깊숙이 참여했다. 이 세 번의 선거가 우리 사회의 법적, 제도적 변화를 일으킬 중대한 변곡점이라 보았기 때문이었다. 강의실 강의와 병행하여 거리 강의를 진행했다. 원고지 140매 법학논문을 쓰면서 동시에 140자 트윗을 날렸다. 박원순 후보의 멘토로, 여러 야권 국회의원 후보 후원회장으로, '정권교체와 새 정치를 위한 국민연대' 상임대표이자 문재인 후보 TV 찬조연설자로 뛰었다. 대략적으로 보아 1승 1무 1패였다.

그 과정에서 많은 공격과 비방을 받았다. 그것은 '친북좌파 폴리페서'로 요약된다. 이번 기회에 답하고자 한다. 그래, 맞다. 나는 책상에 자리 잡고 앉아 책읽기를 좋아하는 '친북좌파(親Book座派)'다! 또한 정치참여는 지식인의 권리이자 의무이며, 법과 제도와 인권을 연구하고 가르치는 사람이 정치에 무관심하다는 것은 황당한 일이라고 생각한다. 러셀, 사르트르, 부르디외, 촘스키 등도 한국에서 활동했다면 똑같은 딱지를 받았으리라. 여하튼 나의 앙가주망(engagement)으로 우리 사회에 조금이나마 진보의 가치가 확산되고 진보의 기반이 강화된다면 그것으로 만족한다. 2016년 총선 전까지 민주진보진영에는 내부 주도권을 잡기 위한 지루한 '혼전'이 계속될 것 같다. 낙관도 하지 않고 비관도 하지 않으며 지식인이자 학자로서의 직분을 다하려 한다.

　　한편 내가 박원순 후보 딸의 서울대 법대 전과(轉科)에 관여했다, 노무현 정부가 나를 서울대로 옮겨주었다 등 얼토당토않은 허위중상도 있었다. 이에 더하여 〈조선일보〉는 절묘한 순간포착 사진을 실으며 나를 문재인 후보에게 '90도 절'을 하는 아부꾼으로 만들었다. 〈동아일보〉는 나의 수업 수강생 일부의 발언을 조합하여 부실 수업 교수로 만들었다. 일개 관악골 '백면서생'에게 대형 언론사가 어찌 그리 많은 관심을 표하고 신경을 써주는지…. 그러나 뜻과 마음을 같이하며 격려해주는 좋은 벗이 있었기에 이 모두를 즐겁게 넘어갈 수 있었다. 그리고 이 정도 일은 '앙가주망'을 소명으로 생각하는 지식인이라면 감내해야 할 부대비용일 터. '전쟁'에 나간 '장졸'이 어찌 상처를 두려워하겠는가.

　　폭풍이 올 때 현명한 어부는 그물을 다듬는다고 했다. 지금은 '행유부득 반구저기(行有不得 反求諸己)', 즉 '행하다 목표를 달성하지 못했으면 모든 문제를 자신에게서 찾으라'는 《명심보감》의 구절을 되새길 때다. 타인을 책망하기보다는 자신을 성찰할 때다.

묵묵히 꾸준히 실력을 기르고 소진된 내공을 쌓아야 한다. 자신의 목소리를 높이기보다는 타인의 목소리에 귀를 기울일 때다. 특히 '적'의 주장과 비판을 경청하고 그 합리적 핵심을 취득해야 한다. 큰 이야기보다는 작은 이야기를 하자. 물론 이런 작업은 홀로 도 닦듯이 진행되어선 안 된다. 동지와 친구와 벗의 손을 잡자. 이런 시절에는 가까이 있는 사람이 소중하다. 그리고 작은 한 걸음을 같이 내딛자. 이 과정에서 이 책이 작은 도움이 되길 희망한다.

2013년 3월
관악산에서 봄기운을 감지하며
조국

차례

프롤로그 세상을 위해, 세상과 기꺼이 싸우는 사람들   5

1부	내가 싸우는 이유	
"파업 동참 이유? 가슴이 울어서…"	김태호 〈무한도전〉 PD	16
"보상금 받고 잊어버릴 돌덩이가 아니에요"	강동균 제주 강정마을 회장	36
"난 더럽혀지지도, 망가지지도 않았어요"	은수연(가명) 친족성폭력 생존자	54
"국가권력은 우리를 사람 취급하지 않았다"	쌍용자동차 정리해고자들	70

2부	나는 세상의 불청객	
"세상의 '잡놈'들에게 '너 자신을 믿어라'라고 말해주고 싶어"	김기덕 영화감독	90
"어디에서든, 패자부활전은 필요합니다"	김성근 고양 원더스 감독	108
"광고천재? 학창시절엔 공부 못하는 불청객이었을 뿐"	이제석 이제석광고연구소 대표	124

3부	내 방식대로 세상에 말 걸기	
"지금이야말로 시인의 근성이 필요한 시대"	고은 시인	142
"박정희가 지하에서 한 층 한 층 올라와 지상으로 나오고 있다"	조정래 소설가	160
"'26년' 전 그날에 문화적 처벌을 내리고 싶었다"	강풀 만화가	180
"사람이 선해질 수 있는 건축 설계하고파"	승효상 이로재 대표	196
"나의 변화가 나도 놀라워요!"	이효리 가수	216

4부	야만의 시대, 원로로 살 수 없다	
"어떤 경우든 '올인'할 것이다"	문재인 노무현재단 이사장	232
"갈 길 멀어도 부디 제자리에 서 있기를"	홍세화 진보신당 연대회의 재창당 준비위원회 상임대표	250
"야만의 시대에 '원로'로 살 수는 없다"	권영길 전 민주노동당 대표	266
"국회에서 전태일 정신 구현하겠다"	전순옥 '참신나는옷' 대표 민주통합당 비례대표 당선자	282
참여하면 변화가 온다는 믿음	박원순 서울시장	300

| 에필로그 **못다 한 만남 : 박근혜 대통령에게** | | 317 |

1부

"나는 할 말이 있다.
나는 당신이 망가뜨리려 해도 망가지지 않았고,
더럽히려 해도 더럽혀지지 않았다는 걸 말하려고 왔다."

김태호 〈무한도전〉 PD
"파업 동참 이유? 가슴이 울어서…"

강동균 제주 강정마을 회장
"보상금 받고 잊어버릴 돌덩이가 아니에요"

은수연(가명) 친족성폭력 생존자
"난 더럽혀지지도, 망가지지도 않았어요"

쌍용자동차 정리해고자들
"국가권력은 우리를 사람 취급하지 않았다"

내가
싸우는
이유

"파업 동참 이유?
가슴이 울어서…"

김태호

〈무한도전〉 PD

2012년 3월 3일(토)
10:00~12:00
여의도 MBC 1층 로비

MBC 파업이 한창이던 2012년 3월 3일, 김태호 PD를 만났다.* 파업이라는 이유도 있지만, 사람에 대한 호기심도 있었다. 만나보니 모차르트 같은 사람이었다. 총기와 재기가 번뜩였다. 동시에 이면에는 성찰과 원칙이 자리 잡고 있었다. 그의 무한도전은 무한할 것 같다. "양계장에서 고기용으로 팔려고 내놓는 식"으로 프로그램을 만들지 않겠다는 그의 다짐을 응원한다.

조국   악센트를 가미한 클래식 패션 멋집니다. 예전 레게 머리를 생각하면 대단한 변신인데요. 우리 사회에는 복장에 대해서도 문화적 억압이 있지 않습니까. 김 PD는 이런 억압으로부터 자유로운 사람이라 참 좋습니다.

김태호   저에게 패션은 스트레스를 해소하기 위한 한 방편이죠. 예전에 귀걸이 하고 반바지 입고 다닐 때는 눈총깨나 받았지요. 최근에는 남성 패션의 세계적 트렌드가 클래식으로 갔기에 몸으로 실험해보고 있는 중입니다. (웃음) 클래식 스타일 하면 흰 셔츠에 타이 매고 회색 정장 입는 것 정도로 알았는데 자세히 들어가보니까 재미있는 게 많더라고요.

조국   제가 바로 그런 밋밋한 복장을 벗어나지 못하는 사람이랍니다. 단적으로 계속 '배바지'를 고수하고 있잖아요. 주위에서 '배바지' 버리라고 얼마나 구박을 하는지…. (웃음)

김태호   그래도 기존에 생각했던 법학교수 이미지와는 달라 보입니다. 상당히 대중적인 모습이에요.

조국   감사합니다. 그런데 어린 시절에는 커서 뭐가 되고 싶었나요? 우리 사회 대부분의 부모들은 공무원 되라, 의사 되라 하잖아요.

김태호   어머니가 잔병이 많으셔서 침을 맞으러 다니셨어요. 제가 여섯 살인가 일곱 살 적 일인데, 어머니가 '커서 뭐가 될래?'라고 물었는데, '한의사요'라고 했어요. '왜?' 하시는데, '돈 많이 벌려고요'라고 대답했어요. (웃음) 그 나이에 돈을 뭘 안다고. 그때 어른들이 너 나중에 커서 약사, 의사 되라 그러셨죠.

조국   어린이나 청소년 시절의 꿈은 자신의 희망이 아니라 부모나 교사 등 어른의 희망이 투영되는 경우가 많잖아요. 저도 고교 시절 생활기록부를 보았더니 장래 희망을 '판사'라고 써놓았더라고요.

물길은 막는다고 사라지지 않아요,
새롭게 흘러가죠

조국   현안 얘기로 들어가볼까요. MBC 노조가 지난 1월 30일부터 파업에 들어갔으니까 지금까지 30일째 파업이군요. 김태호 PD도 파업에 동참하고 있고. 인터뷰를 하는 데 부담을 느꼈다고 들었습니다.

김태호   저 외에 파업에 동참한 사람이 매우 많고, 〈무한도전〉도 저 말고 약 100명의 사람들이 같이 만듭니다. 그런데 제가 인터뷰하면 프로그램이건 파업이건 저 혼자 다 하는 것처럼 전달될 것 같아서요.

조국   저도 비슷한 경험이 있습니다. 교수 성명서에 이름을 올렸는데, 언론 보도는 '조국 교수 외 몇 명' 이렇게 나오면 너무 미안하지요. 그러나 김 PD나 저의 몫이자 쓰임이라고 생각하면 되지 않을까 싶네요.

김태호   '조국의 만남' 첫 인터뷰여서 설레면서도 부담이 됩니다. 처음이 중요하고 방향을 정하는 것인데, 제가 말을 잘하는 것도 아니고… 수학능력시험에서도 언어 성적이 가장 나빴어요. (웃음)

조국   말 잘하는 게 무어 그리 중요합니까. 강의하는 교수나 변론하는 변호사도 아닌데… 우리 사회에는 오히려 김 PD 같은 사람이 더 많아야 한다고 생각해요. 우리 사회는 권위주의와 결합된 경

18

제성장을 거치면서 인간을 규격상품 찍어내듯 길러왔어요. 여기서 벗어나면 불량품 취급하고 말입니다. 저는 규격화를 거부하는 김 PD가 멋집니다. 〈무한도전〉이 4주째 결방인데, 소회를 듣고 싶습니다.

김태호 이번 파업은 거의 4년 이상 누적돼 안으로 곪았던 것이 터진 것입니다. MBC만의 문제도 아니고요. KBS와 YTN도 파업에 들어갔잖아요. 언론으로서 마땅히 다뤄야 할 것을 못하게 하고, 그 일을 하려는 사람들을 억압하려 하고 있어요. 〈PD수첩〉PD들은 용인에 있는 관리직으로 쫓겨났잖아요. MBC는 경영상태나 광고판매가 좋다는 이유로 그동안 덮여져왔는데, 이제 더 이상 참을 수 없는 지경에 이른 거지요. 그것과 별개로 제가 평소 새벽 3~4시에 집에 들어가는데, 요즘은 일찍 퇴근하니 아내가 좋아해요. (웃음) 다음 달부터 월급은 안 들어오겠지만요. (웃음)

조국 2008년 언론관계법 저지를 위한 총파업 때 김 PD는 미니홈피에 "저희의 싸움은 밥그릇 싸움이 아닌 미래… 여러분을 위한 밥그릇 싸움입니다"라고 적었습니다. 지금도 파업을 비난하는 이들은 '기자나 PD들은 돈 많이 버는데 왜 파업하냐, 더 많이 받겠다고 그러냐' 이러지 않습니까.

김태호 알아야 할 사실이 시민들에게 전달되지 않거나, 전달되더라도 왜곡되거나 누락되어 전달되면 시민이 세상일에 대해 제대로 된 판단을 할 수 없습니다. 잘못된 언론의 최대 피해자는 시민이기에, 언론사 파업은 시민의 '알 권리'를 위한 것입니다.

조국   언론이 제 기능을 못하면 그 부담은 사회 전체로 가게 되니, 파업은 국민을 위한 것이란 말이죠. 사실 시청자인 국민은 방송을 만들 수 없으니 선택권이 없죠.

김태호   바로 그 이유 때문에 언론종사자가 나서는 겁니다. 현재 기존 언론에 문제가 있으니 〈나는 꼼수다〉, 〈뉴스타파〉 등 대안매체가 생겨나잖아요. 오히려 기존 언론보다 더 언론 같은 역할을 하고 있고요. 물길을 막아도 물길은 사라지지 않잖아요. 또 어딘가로 흘러가지요.

조국   이번에 MBC 예능 PD 중 노조원 전원이 파업에 참여한 것으로 압니다. 사회 통념상 예능이라 하면 정치나 사회 참여에 관심 없이 '노는 것'이라 생각하기 쉽습니다. 그런데 예능 PD들이 파업에 참여한 이유는 무엇일까요?

김태호   예능 PD들은 논리적으로 이게 이렇고, 저게 저렇고 하나하나 따지고 계산하는 사람들이 아닙니다. 저도 그렇고요. 이성이나 논리에는 상당히 약하죠. 대신 감성이나 가슴이 발달한 사람이 많아요. 프로그램을 만들 때도 치밀한 계산이나 구성으로 시청자들을 유혹해서 보게 만들겠다는 생각을 하기보다는, 포인트 하나가 시청자들과 소통이 되면 그걸로 끌고 간다고 생각하거든요. 예능 PD의 파업 참여도 가슴이 울었기 때문입니다.

조국   제 직업이 법학 교수다 보니 논리적, 이성적 이미지가 많

20

지 않습니까. 그런데 돌이켜보면 인생의 중요한 결정들을 논리로만 하지는 않았어요. 오히려 가슴 뛰고 설레고 몸이 떨리는 쪽을 그냥 선택했거든요. 그런 뜻에서 김 PD 말이 이해됩니다. 그나저나 궁금한 게 있어요. 〈무한도전〉 결방 상태에서 〈무한도전〉 팀은 뭐 하고 있나요?

김태호 파업 때문에 목요일 〈무한도전〉 촬영시간이 비니까 다른 프로그램에서 게스트 섭외가 많이 오나 봐요. 그렇지만 〈무한도전〉 출연진은 그쪽으로 가지 않고 연습실을 마련해서 목요일마다 모여서 회의하고 아이디어를 짜내고 있습니다. 제가 제일 걱정하는 이들은 작가 분들이에요. 프리랜서라서 방송이 진행돼야 입금이 되니까요. 그분들의 어려움 때문에 가슴 아파요.

어떤 대본보다 뛰어난 것은
사회의 리얼리티

조국 이제 〈무한도전〉 얘기로 들어가 봅시다. 한국 최고 예능 PD의 예능 철학은 무엇입니까?

김태호 과거나 지금이나 예능도 '뭐 해야 해' 하며 '계몽'하려 들어요. 제목부터 그런 게 많잖아요. '아침밥 먹읍시다.' 그런데 저는 뭘 그렇게 가르치려 들까 거부감이 들었어요. 프로그램의 근본은 시청자와의 공감이라고 생각하거든요. 동시대를 살아가는 사람의 처지에서 그들이 가장 공감할 만한 이야기를 풀어내려고 해요. 우리도 물론 '계몽'을 하죠. 그러나 저는 방법을 달리하고 싶었어요. 어려운 사람들에게 집을 지어주거나 식당을 개보수해주는 프로그램이 있었잖아요. 그런데 거기에는 항상 일종의 거래가 있어요. '너의 슬픈 사연을 들려다오. 그러면 내가 무언가를 주마.' 요즘 오디션 프로그램들도 마찬가지인 것 같아요. 물론 필요한 장치이기도 하지만, 그게 너무 강해지면 부담스럽더라고요.

〈무한도전〉에서는 이런 요소를 부각시키지 않으려 노력해요. 한번은 설날에 한 해 출연료 수천만 원을 모아 승합차를 사서 정말 필요한 분에게 드리는 일을 했어요. 사업에 실패해 가족이 단칸방에 사는 친척집에 들어가 얹혀 살아야 하는 분이었어요. 그렇지만 눈물 나는 사연을 보여주는 대신, 그분이 차를 보면서 터뜨린 외침 "오, 하느님!"으로 마무리했어요. 퀴즈를 통해 기부하는 것도 특집으로 해봤어요. 〈퀴즈가 좋다〉를 패러디한 '기부가 좋다'였죠. 나중에 이것을 크게 키워서 재미있는 기부 프로그램을 만들면 좋겠다는 생각을 했어요. 9시 뉴스를 보면 불우이웃돕기 성금 내주신 분들을 소개하는데, 너무 식상하잖아요. 누군가를 위해 나눈다는 것은 참 좋은 일인데, 조금 더 밝고 재미있게 해보고 싶어요.

조국　PD건 교수건 법률가건 '나는 진리를 안다'고 생각하며 대중을 깨우쳐주겠다고 나서는 경우가 많잖아요. 우리는 각자의 가

22

설이나 부분적 진리를 가지고 만나서 싸우고 화해하고 배우며 살아갈 뿐인데요. 〈무한도전〉은 이를 보여주는 것 같아요. 딱 결론을 정해놓고 가지 않는 것도 좋아요. 그리고 〈무한도전〉 시청자들은 자신들이 보기에 '꺼벙한' 사람들이 좌충우돌하며 과제를 풀어나가는 것을 보면서 공감하고 즐거워하는 게 아닌가 싶어요. 김 PD가 생각하는 '무도 정신'은 무언가요?

김태호 과거 예능 프로그램을 보면 MC, 게스트, 패널이 나와서 말을 주고받다가 특급 게스트 나오면 '우와~' 하고 변죽만 울리다가 끝나지요. 허탈했어요. 저는 멤버들에게 주인의식을 가지도록 만들었어요. 멤버가 PD 역할까지 하는 주인의식. 예컨대 추격전을 하면서도 각 멤버들은 어떻게 해야 가장 재미있을까를 스스로 생각하고 판단하며 움직이거든요.

조국 전체적 포맷은 PD가 설정하지만, 거기서 무엇을 어떠한 방식으로 할 것인가는 각 멤버가 주체적으로 판단하고 자신의 개성과 능력을 발휘한다는 거지요. 그 속에서 원래 설정과 다른 길, 더 재미있는 길이 만들어지기도 하겠네요.

김태호 네. 멤버들이 재미있게 놀 수 있는 마당을 마련해주는 게 제 일이에요. 이 마당에서 멤버들이 얼마나 재미있게 노느냐, 얼마나 진심으로 몰입하느냐가 프로그램의 성패를 좌우해요. 그리고 우리는 시청자들과의 공감과 소통을 제일 중요시해요. 그냥 쟤들은 한 시간 나와서 시시덕거리고 놀면서 돈은 많이 번다, 그런 말은 듣기 싫었고요. 예능 출연자도 최선의 노동을 하며 애쓴다는 점을 보여주고자 했어요. 우리도 이 시대를 '예능'이라는 직업을 가지고 살아가는 사람이라는 걸 인식시켜주고 싶었고요. 사실 저와 멤버들은 녹화 전날 잠을 잘 못 잡니다.

조국　〈무한도전〉의 궁서체 자막이 히트를 많이 쳤지요. 이명박 대통령의 국밥집 광고를 패러디해 '나는 밥 먹는 시간도 아깝다고 생각합니다'라는 자막을 넣는가 하면, 'FTA 협상 노홍철을 추천합니다', '기가(GB)가 뭔지, 메가(MB)가 뭔지 알아요?' 등등. '제8의 멤버'라고도 불리더군요.

김태호　궁서체 자막을 두고 제가 정치적 메시지를 시청자에게 주입하려 한다고 비난하는 분도 있나 봐요. 토요일 저녁시간에 사람들이 〈무한도전〉을 뉴스나 토론 프로그램 보듯이 집중해서 보지는 않잖아요. 소파에 누워서 보는 사람을 어떻게 끌어당길까 생각하다가 나온 것이 궁서체 자막이에요. 보통의 시청자가 이 장면에서 무엇을 떠올릴까 생각하고 그것을 쓴 것이죠. 형돈이가 이상한 춤을 췄어요. 그럼 시청자는 무슨 생각을 할까요. '놀고 있네' 아니겠어요? (웃음) 그리고 시청자들이 고민하고 있는 게 무엇일지 촉수를 세우고, 그런 것들을 언급하면서 우리도 이런 고민을 함께하고 있다는 걸 보여주고 싶었을 뿐이에요.

조국　그런데 궁서체 자막 때문에 방송통신심의위원회로부터 10여 차례 제재를 받았고, 김 PD도 방통심의위에 몇 차례 소명하러 갔다면서요.

김태호　제일 기분 나빴던 건 '초등학교는 나왔어요?'라는 어떤 위원의 말이었어요. 전체 일정이 늦어져서 자막 작업에 오타가 여러 개 나왔어요. 우리가 실수했죠. 그러면 그것만 지적하면 되잖아요. 저는 '궁금하시면 졸업증명서 떼어드릴까요?'라고 답했어요. (웃음) 작년에 차량 폭발 관련해서 불려갔을 때는 어떤 위원이 저보고 '당신은 테러리스트다, 테러의 방법을 알려준 것이다'라고 뭐라 하더라고요. (웃음) 당시 영화전문가 모셔놓고 안전거리 다 측정하고 소화 장치 다 준비해놓고 했거든요. 〈무한도전〉 방송 중 누군가 험한 이야기하면 재석 씨가 그러지 말라고, 그러면 '양복 입고 어디 가야 한다'고 말려요. 심의에 걸릴 수 있다는 얘기예요. 심의위 갈 때 제가 양복 입고 가거든요. 그런데 이 발언도 지적받았지요. (웃음)

조국　〈무한도전〉이나 김 PD를 싫어하는 분들은 '예능이 왜 사회참여 메시지를 던지느냐, 웃음만 주면 되는 것이지'라고 하던데, 이에 대한 답은?

김태호　우리가 사회문제를 직접적으로 발언한 건 작년 9월에 했던 '스피드 특집'밖에 없어요. 독도는 우리 땅이라는 것을 말했지요. 저는 뛰어난 대본보다 재미있는 것은 우리 사회의 리얼리티라고 생각해요. 그러다 보니까 예능에 사회현실이 반영되는 것은 당연하고요. 시청자들이 삶에서 느끼는 고통을 외면한 채 억지웃음만 던져준다고 진심으로 웃진 않을 거거든요. 우리가 처음 이 프로그램을 할 때부터 놓치지 않으려 했던 것이 있어요. 우리가 해결책을 제시해주진 못하지만, 듣고 있고 같이 고민하고 있음을 보여주는 프로그램을 만들자는 거예요.

조국 　작년 말에 종편 문제를 다룬 'TV 전쟁 특집'을 했지요.

김태호 　그 특집은 종편만이 아니라 지상파와 케이블방송 등을 다 포함해 언론 내부의 반성을 보여주려 한 것이었어요. 7명이 벌이는 경쟁을 통해 시청률 전쟁을 보여주었죠. 그런데 종편이건 지상파건 시청자들은 결국 정치적 입장이나 회사 소유 문제보다는 콘텐츠를 중시하지 않을까 생각했어요. 그래서 우리는 제일 중요한 것은 콘텐츠다, 이 점을 알리려 했어요.

조국 　콘텐츠의 중요성을 강조하셨는데, 언론 소유 문제가 콘텐츠 문제에 영향을 미치지 않습니까? 말 나온 김에 중앙종편에서 30억 원을 제안하며 오라고 했는데 가지 않았다는 얘기가 있었어요. 왜 안 가셨어요?

김태호 　액수가 부풀려졌네요. (웃음) 갚아야 할 대출이 있거나 가족을 위해 집을 사야 한다면 갈 수도 있겠지요. 저는 인생에서 가장 중요한 순간을 스스로 결정하지 않고 누군가의 제안에 끌려가는 느낌이 싫었어요. 남은 내 인생의 '주권'을 빼앗기는 기분도 들었고요. 현재의 작업환경이 불만스럽지도 않았고요. 어딜 가든 지금 이 즐거움을 대체할 수 있는 게 무엇이 있을지 생각해봤어요. 결국 종편에서는 그런 것을 줄 수 없으니 돈을 제시한 것 아닐까 하

는 생각이 들더라고요. 물론 저는 종편으로 옮긴 분들을 무시하거
나 비난하지는 않습니다. 각자의 이유는 존중되어야 하니까요. 남
은 사람에게 박수를 보내고, 옮긴 사람에게 손가락질하는 것도 선
입견의 산물이라고 생각해요.

인생의 경쟁률은
결국 2대 1 아닌가

조국　　돈이 있어야 하지만, 돈으로 살 수 없는 것이 더 중요하겠
지요. 김 PD의 패션이나 철학을 보면 창의, 도전, 개척 등의 단어
가 생각납니다. 〈무한도전〉에도 그것이 반영되어 있고요. 일상 삶
에서 성격은 어떠세요?

김태호　　저는 내성적인 성격이에요. 시끄러운 곳 안 좋아하고, 사
인해달라고 하면 거북해하고. 대학 때도 과대표 뽑거나 노래나 촌
극 할 때는 나가서 하긴 하는데, 나가기 전까지는 고민을 많이 했
어요. 그런데 막상 안 시켜주면 섭섭해했어요. (웃음) 예전에는 방
송에 제 이름을 'TEO'라고 넣었어요. 지금은 못 넣게 해서 그러지
못하고 있죠. '김태호'가 아닌 'TEO'로 살고 싶은가 봐요.

조국　　은밀한 인정욕구가 있었군요. (웃음) 개성만점의 김 PD도
'김태호'란 이름 아래 억압된 무엇이 있었고요. (웃음) 트위터 프로

필을 보니 '커피 공부 중'이라고 딱 한마디가 적혀 있던데, 실제 커피 공부 중인가요?

김태호 제가 커피를 좋아해요. 바리스타 학원도 알아보고, 커피 종(種)에 대한 공부도 하고 있어요. 100세를 산다고 했을 때 50~60대까지는 방송 일을 한다고 치면 그다음에는 어떤 것을 해야 할까 고민하다가 커피를 택한 것 같아요.

조국 커피 알 갈듯이 내면을 갈고 커피 액 뽑듯이 내면을 농축하려는 것인가요?

김태호 일주일에 한나절 정도는 저 혼자 정리할 시간이 없으면 다음 일주일이 너무 힘들어요. 그리고 실제 생활에서도 들떠 있으면 중심을 못 잡아요. 내면에 자신이 있어야 들뜰 수 있다고 봐요. 끝까지 봐달라고 하려면 알맹이가 있어야 하니까요. 방송현장에서는 연기자들이 들떠 있어요. '우리가 이걸 왜 하냐'고 제게 물었을 때 바로 '이래서 해야 해'라고 답할 수 있으려면 밑바탕에서부터 생각을 하고 있어야 되거든요. 그래서 꾸준히 책을 읽으려 해요. 빨리는 못 읽어요. 활자 이해가 상당히 느리거든요.

조국 평소 시청하는 다른 프로그램이 있나요?

김태호 SBS의 〈K-Pop스타〉가 좋았어요. 다른 오디션 프로그램이랑 달리 누가 노래를 제일 잘하느냐만 보여주거든요. 투수가 공으로만 승부하듯이. 그게 솔직해서 좋았어요. 본질에 이런저런 드라마틱한 요소를 결합시키다 보면 공감을 잃고, 그러면 프로그램이 오래 못 가거든요.

조국   〈무한도전〉이 연출 데뷔 작품은 아니죠?

김태호   아니죠. 처음에는 조연출 하다가 〈일요일 일요일밤에〉으로 배정되었죠. 선배가 하던 〈상상원정대〉를 격주로 하게 됐고, 그다음에 〈요리왕〉이란 걸 했다가 폭삭 망했어요. (웃음) 〈일밤〉의 한 꼭지였던 〈무한도전〉도 없어질 뻔했어요. 그때 유재석 씨가 SBS 〈엑스맨〉에서 한창 잘나갈 때인데, 제가 저 사람과 하고 싶다고 했어요. 그래서 시작한 거죠.

조국   질주해왔는데 좀 쉬면서 재충전하고 싶지는 않나요?

김태호   천재는 노력하는 사람을 이길 수 없고, 노력하는 사람은 즐기는 사람을 이길 수 없다고 하잖아요. 아직까진 즐거운데, 점점 부담이 느껴지는 부분이 있어요. 〈무한도전〉 시간이 초기보다 늘었거든요. 회사에서는 프로그램을 상품으로 생각하고 너희가 5~10분 더 늘리면 광고 더 팔 수 있는데 왜 그러냐 하지만, 제 입장에서는 내 자식이 제대로 나갔으면 하는 생각이 들어요. 어떨 때 보면 양계장에서 고기용으로 팔려고 내놓는 느낌도 들고. 제가 스트레스 받을 때 노홍철이 '형, 왜 그렇게 고민해? 즐거운 게 제일 좋은 건데'라고 하더라고요. 흔한 말이지만 노홍철이 하니까 의미 있게 다가오더라고요. 그리고 저 개인만이 아니라 방송 종사자 모두가 재충전 시간을 갖는 게 중요해요. 예전에는 토요일에 출근해서 그다음 주 토요일에 퇴근하는 식으로 살았어요. 후배들은 그렇게 살면 안 될 것 같아요. 그러다 보면 사람이 빈껍데기만 남거든요. 좋은 콘텐츠를 만들려면 좋은 방송환경이 필요해요.

조국   시청자 중 젊은이들이 많지 않겠습니까. 어떤 말을 들려주고 싶나요.

김태호   사실 저는 운이 아주 좋은 사람이에요. 그래서 '88만 원 세대'에게 할 말이 많지는 않은 것 같아요. 지금 대학생 크리에이티브 팀 25명을 꾸려서 만나고 있어요. 어느 사회건 경쟁이 있잖아요. 경쟁률이 100대 1, 1,000대 1 하지만, 실질적 경쟁은 결국 2대 1인 것 같아요. 내가 되느냐 안 되느냐, 이런 문제란 거지요. 물론 지금은 사회가 우리를 경주마로 만들어놓았죠. 그렇지만 '사회가 너무 절망적이라 살아갈 수 없어'라고 포기하지 말고, '결국 2대 1이야'라고 생각하며 시도해보고 안 되면 또 다시 해보면 어떨까 해요.

조국   〈무한도전〉을 넘어 김 PD는 또 어떠한 도전을 계속할 것인가요?

김태호   토요일 저녁에 85분 동안 할 수 있는 도전은 많이 해본 것 같아요. X−Y축을 놓고 그래프를 그렸을 때 극과 극을 치닫는 모든 도전은 해봤는데, 이게 멀리서 봤을 때는 결국 평면이잖아요, 선이고. 선과 면을 뛰어넘는 입체적 도전을 해보고 싶어요. 이를테면 방송매체를 뛰어넘는 도전을 해보고 싶어요. 시즌제 도입, 팟캐스트나 영화 시도 등이 될 수도 있어요. 한편 방송이건 정치건 우리 사회의 화두는 진정성일 것 같아요. 그래서 눈을 현혹시킬 장치보다 조금 더 본질적인 것을 건드리는 작업을 하려 해요. 파업이 끝나면 제일 먼저 하고 싶은 것은 20대 친구를 만나 고민을 들어보는 거예요. 그리고 대한민국 5,000만 모든 국민이 가슴에 화를 안고 있는 것 같은데, 그 화를 풀 수 있는 방법이 없을까 고민하고 있어요.

· · ·

인터뷰 이후 그는 2012년 10월 22일 오후 자신의 트위터에 "저예산이더라도 예능국 후배들이 다양하고 독특한 프로그램을 연출할 기회가 많이 생겼으면 좋겠다. 당장의 결과보다는 그 '똘끼' 있는 시도 자체가 나중에 큰 자산이 될 거라고 믿는다. 안정만 추구하는 현실이 참 안타깝다"라는 글을 올렸다. 이는 단지 방송사 예능국 사람들만을 위한 메시지는 아니라고 느꼈다. 2006년 〈무한도전〉이 독립 프로그램이 되기 전 코너명은 '무모한 도전', '무리한 도전'이었다. 우리 사회의 발전을 위해서는 각계각층에서 금기와 관행을 깨뜨리는 무리하고 무모한 도전이 무한대로 필요하다.

MBC 파업은 170일간 계속되었고, 김 PD는 굳건히 파업 지지 의사를 밝혔다. 유례없는 장기파업으로 많은 언론인들의 목이 잘렸다. 2013년 1월 이상호 기자의 해고까지 모두 11명이 해고되었다. 그 결과는 무엇인가? 국제 언론자유 감시 단체인 '국경 없는 기자회'가 1월 31일 발표한 '2013 언론자유 지수'에서 한국은 2012년보다 6계단 떨어져 179개 평가 대상국 중 50위를 기록했다. 2012년에는 2011년보다 2계단 떨어진 44위였다. 부끄러운 일이 아닐 수 없다.

김재철 사장은 아마 역대 방송사 사장 중 가장 특이한 행태를 보인 인물로 기록될 것이다. 그는 취임 이후 법인카드를 사적인 용도로 2년간 6억 9,000만 원을 사용한 혐의, 무용가 J씨에게 공연을 몰아준 업무상 배임 혐의 등으로 노조에 의해 고발당했다. 경찰은 모두 무혐의 의견으로 검찰에 송치했고, 노조는 강력 반발했다. 그런데 감사원은 2월 1일 MBC에 대한 감사결과를 발표하면서 김 사장의 법인카드 사용에 대해 MBC 자체감사가 부실함은 물론, MBC를 관리·감독하는 의무를 지닌 방문진도 역할을 소홀히 했다고 지적하고, 김 사장을 고발했다고 밝혔다. 감사원법 제50조의 규정에 따라 김 사장과 MBC에 경영 관련 자료와 법인카드 사용 관련 자체감사 증빙자료 등을 제출하도록 여러 번 요구했지만 김 사장 등이 이에 응하지 않아 감사 수행에 큰 차질을 빚었다는 이유에서였다.

지난 대선 과정에서 MBC 뉴스데스크 앵커 출신인 신경민 민주통합당 의원은 18대 대통령선거 정강정책 방송연설을 위해 MBC에 방문하여, 공영방송 사장과 이사 선임제도를 개선해서 대통령의 낙하산 인사를 막는 '김재철 방지법'을 만들겠다고 약속했다. 이른바 신경민의 'MBC 습격사건!' 공정한 언론과 신나는 예능을 모두 보고 싶은 마음, 간절하다.

*

이명박 대통령의 선거참모 출신인 김재철이 MBC 사장에 취임한 후, MBC 구성원들은 낙하산 사장 임명에 대한 반대투쟁을 시작했다. 낙하산 본부장 임명을 철회하는 조건으로 어렵게 사장에 취임한 김재철은 이후 김우룡 방송문화진흥회 이사장의 '쪼인트' 발언으로 구설에 올랐다. 요지는 김재철이 정권의 '청소부' 역할이라는 것. 이후 김재철 사장이 보도본부장 후보에서 탈락시켰던 황희만을 부사장에 임명하는 등 취임 당시의 약속을 어기자, MBC 노조는 파업을 선언하고 170일간의 전무후무한 장기파업을 이어갔다. 파업 이후 MBC는 파업 참가자들을 해고하거나 한직에 배치하는 등 징계를 했고, 뉴스보도의 공정성 문제 등으로 끊임없이 구설에 올랐다.

"보상금 받고 잊어버릴
돌덩이가 아니에요"

제주 강정마을 회장 강동균

2012년 3월 17일(토)
11:00~12:30
강정마을 마을회관

해군기지 건설로 시끄러운 강정마을을 찾았다. 2007년에 해군기지 건설지역으로 발표된 이후, 강정마을 사람들은 지금까지 하루도 쉬지 않고 해군기지 철회를 외치며 싸우고 있다. 마을회장을 세 번 연임한 강동균 씨는 마을사람들과 격의 없이 어울리며 살아와 신임을 얻은 사람이다. 술과 사람을 좋아했던 그가 지금은 정부와 재벌과 맞서 묵묵하고 힘차게 싸우고 있다. 젊은 시절 별명이 '강정 소'였던 이유가 이해됐다. 소 같은 그이지만, 눈은 호랑이 눈이었다.

종북좌파의 해방구?
화가 납니다

조국   삼성물산과 대림산업 등이 추진하는 구럼비 바위 발파는 계속되고 있는지요?

강동균 지난 3월 7일부터 시작했는데 본격적인 발파는 아직 시작되지 않았습니다. 이번 달 중 이뤄지지 않을까 싶습니다.

조국 영화평론가 양윤모 씨가 옥중단식하고 있는데, 상태가 어떤가요?

강동균 수감 당일부터 곡기는 물론 소금도 끊었어요. 벌써 40일이 다 되어갑니다. 이번 수감 이전에도 72일간 단식하고 몸이 회복되지 않은 상태인데… 그 사람이 죽고 싶어서 그러겠어요? 단지 구럼비 바위에 매료돼 그것 하나 지키려는 마음에서 하는 건데, 이 정부와 소통이 안 되는 게 문제입니다.

조국 그간 많은 마을 주민들이 폭행이나 공무집행방해 등으로 처벌받았습니다. 회장님은 어떤 상태인가요?

강동균 공무집행방해, 업무방해, 집시법 위반 등으로 유죄판결 받았습니다. 집행유예 3년 상태입니다. 강정마을에서는 4·3사태 이래 최대 인권탄압이 이뤄지고 있어요. 주민과 활동가를 합해 약 500명이 체포, 연행되었는데, 순수한 강정 주민만도 200명이 넘습니다.

조국 회장님은 다시 사법처리되면 바로 징역 사셔야 하는군요. 주민들에 대한 손해배상소송도 있었지요.

강동균 삼성과 대림이 주민 37명을 대상으로 3억 원의 손해배상소송을 제기했습니다.

조국 엄청난 돈인데 심리적으로 위축되겠습니다.

강동균 물론 잠시나마 위축된 것은 사실이지만 강정을 지켜 후손들에게 물려주고 싶다는 마음이 한결같아서…. 이곳을 확실히 지켜야겠다는 신념이 있으니 국가나 재벌이 어떤 탄압을 가하더라도 이겨낼 것입니다.

조국 　 강정마을 안에서도 해군기지 건설에 찬성하는 분들이 있지 않습니까? 마주 보고 있는 '코사마트'와 '나들가게'도 입장이 다르다면서요?

강동균 　 해군기지를 찬성하는 주민들이 일부 있습니다. '해군기지 추진준비위원회'라는 조직을 만들었는데, 나들가게 주인이 사무국장을 맡고 있어요. 코사마트 주인은 해군기지에 반대하고 있고요.

조국 　 주민들이 물건 사러 갈 때도 갈리겠네요?

강동균 　 주민 80%는 해군기지에 반대하니까 나들가게를 이용하지 않고, 외지인이나 올레꾼이 지나다가 이용하는 것 같아요.

조국 　 이런, 공동체가 쪼개졌군요. 정부, 해군, 보수언론 등은 해군기지를 반대하는 사람들은 '종북좌파'이며, 기지반대운동은 북한을 이롭게 하고 국방력을 약화시키는 '매국행위'이며, 강정마을은 '종북좌파의 해방구'가 되었다고 비난하고 있습니다.

강동균 　 강정주민과 기지반대 운동가들은 다 대한민국 국민이고 나라를 사랑하는 사람들이에요. 어떻게 하면 대한민국이 더 나은 방향으로 갈 수 있을까, 열강에 둘러싸여 있는 상황에서 대한민국이 어떻게 평화국가가 될까 고민하는 사람들이고요. 이념공세는 기득권층의 술수입니다. 유치 과정의 절차적 정당성, 입지의 타당성 등에 심각한 문제가 있으니 반대하는 건데, 이를 덮으려고 꼼수를 부리고 있어요. 우리는 국가안보를 반대하는 것이 아닙니다. 유치 과정의 절차적 정당성 문제, 입지 문제, 주민 동의 과정 문제에 의문점을 제기하는 거지요. 화가 납니다.

조국　　저도 종종 '종북좌파'라고 욕을 먹는답니다. (웃음) 정부와 보수언론은 강정마을에 '외부세력'이 개입해서 문제라고 주장합니다. 작년 김진숙 씨가 부산 영도 한진중공업에서 벌인 고공투쟁을 지원하기 위해 전국에서 '희망버스'를 타고 합류한 사람들을 '외부세력'이라고 비난했던 것처럼 말이죠.

강동균　　강정마을에 와 있는 사람들은 모두 대한민국 국민입니다. 해군기지는 국민 혈세로 짓는 것이고요. 강정마을 주민만이 아니라 모든 국민의 세금을 쓰는 겁니다. 이를 항의하기 위해 헌법이 보장하는 주거·이전의 자유를 행사해 강정마을에 와 있는 것이 무슨 문제입니까? 만약 이들이 '외부세력'이라면 삼성과 대림이야말로 진짜 '외부세력' 아닌가요? (폭소) 주민 80%가 반대하는데 저들은 왜 여기 온 건가요? 앞뒤가 안 맞는 논리입니다.

조국　　천주교 제주교구장이자 한국천주교주교회의 의장인 강우일 주교 등 많은 종교인들도 '좌빨 외부세력' 취급을 받고 있으니 안타깝습니다. 강정마을의 투쟁을 성원하고 강정에서 미사를 봉헌했다는 이유만으로 말이죠.

불법총회… 날치기 통과…
아전인수…

조국   이제 절차적 정당성을 짚어보지요. 정부는 강정마을 향약 규정에 따라 2007년 4월 26일 마을총회에서 유치결정이 이루어졌음을 강조하고 있는데요.

강동균   우리 마을 자치규약인 향약에 따르면 임시총회 개최 조건이 있습니다. 촌이다 보니 다들 새벽에 일 나가서 밤중에 와요. 그러니 공고기간을 길게 잡습니다. 총회기간 뺀 일주일 동안 공고를 해야 하고, 공고한 뒤에 총회 상정안건을 명시해야 하고, 주민들이 충분히 알 수 있도록 수시로 방송을 해야 합니다. 그런데 지난번 총회는 사전공고 기간을 어기고 총회공지 방송도 단 한 번만 했어요. 주민 대다수는 총회를 한다는 것조차 몰랐죠. 마을 인구가 1,930명이고 그중 부재자를 제외하면 투표할 수 있는 유권자 수가 1,050명 정도 됩니다. 그중 87명이 참석해서 토론도 없이 박수로 통과시켰어요. 그 와중에도 반대하는 분이 참석했지만 이 의견은 깡그리 무시되었어요. (주먹을 불끈 쥐며) 북한에서나 가능한 일 아닙니까! (웃음) 더 기막힌 게 있어요. 총회는 저녁 7시 시작됐는데, 그날 〈한라일보〉는 오후 5시 40분경 총회결과를 보도했어요.

조국   어떻게 그런 일이 가능하지요?

강동균   사전 각본이 있었다는 증거지요. 이 일 등이 문제가 돼 마을회장이 탄핵받아 물러났습니다.

조국 황당했군요. 그 뒤 2007년 8월 20일 주민투표가 새로 이루어졌지요? 이때는 몇 명이 참석했고 결과는 어땠습니까?

강동균 유권자 1,050명 중 725명이 참여했습니다. 찬성 36명, 반대 680명, 무효 9표가 나왔어요. 70%가 투표에 참여하고 그중 94%가 반대한 겁니다. 이후 강정마을회가 반대대책위로 꾸려졌고, 마을회장이 상임위원장을 맡아 반대활동을 펴나가기 시작했죠.

조국 그런데 정부와 해군은 8월 주민투표 결과는 법적 구속력이 없다고 하더군요.

강동균 그렇다면 4월 총회 결과도 마찬가지로 법적 효력이 없는 것 아닙니까? 아전인수 격으로 자신에게 유리한 결정만 써먹으려는 거지요.

조국 2009년 제주도의회는 강정마을을 '절대보전지역'에서 해제해 해군기지 건설을 위한 길을 터주었습니다.

강동균 절대보전지역은 제주특별자치도특별법에 따라 지정됩니다. 이는 문자 그대로 절대 어떤 개발도 못하는 지역을 말합니다. 제주는 환경의 섬이므로 난개발을 막기 위해 이 제도를 도입했어요. 제주도에만 있는 제도지요. 한라산 국립공원을 비롯해 제주 면적의 10% 정도가 절대보전지역입니다. 그중 해안이 절대보전지역으로 지정된 것은 3%에 불과합니다. 강정마을은 경관은 물론 생태나 지하수 등에서 귀중함이 인정돼 2004년에 절대보전지역으로 지정되었어요. 구럼비에서 1km 떨어진 범섬 인근 바다는 유네스코가 지정한 생물권보전지역입니다. 구럼비 앞바다는 천연기념물 442호로 지정된 연산호 군락지고요. 강정천 물은 서귀포 시민 70%가 식수로 이용하고 있어요. 2008년 환경부 자문위원들이 강정 앞바다에 와서 공동생태계조사를 했어요. 그리고 '이곳은 해군기지뿐 아니라 어떤 시설도 바람직하지 않다'고 결론을 냈습니다.

조국 그런데 어떻게 해제가 된 건가요?

강동균 당시 김태환 도지사(무소속)가 절대보전지역 지정을 해제해달라는 안을 도의회에 상정했고, 절대다수를 차지하고 있던 한나라당, 지금 새누리당 의원들이 날치기 통과를 했어요. 반대하는 의원들은 아예 무시당했고, 기획관리실장이 당시 도의회 사무처장으로 있을 때 부의장에게 의사봉을 갖다 바치면서까지 통과시킨 거예요. 다수당의 횡포였지요.

조국 날치기는 이 당의 전매특허군요. (웃음) 〈뉴스타파〉는 2009년과 2010년 해군본부 보고서를 인용해 강정마을 앞바다는 강한 바람과 조수간만 차이로 15만 톤급 크루즈 선박은 물론 대형 군함도 입출항이 어렵다고 보도한 바 있습니다. 그럼에도 정부는 왜 강정을 고집하는 걸까요?

강동균 정부는 2002년부터 화순항에 해군기지를 건설하려 했어요. 그런데 화순 주민의 엄청난 반대에 부딪히자 위미로 옮깁니다. 거기서도 반대가 심하니까 강정을 택하고는 급조된 주민총회를 열어

확정지은 거죠. 2007년 초에 도지사도 '화순, 위미 이외의 곳은 없다'고 했고, 국방부나 해군도 이 두 곳이 안 되면 제주 해군기지는 포기하려 했어요. 전남 남해안으로 가려고 했던 것으로 압니다.

조국   반드시 제주에 해군기지를 세워야 한다는 현재의 주장과 배치되는군요.

강동균   사실 강정은 군항에 적합한 입지가 아닙니다. 아까 말씀하신 것처럼 대형 선박은 입출항이 자유롭지 못해요. 하지만 강정에서 물러나면 해군력 증강을 꿈꾸는 해군의 계획은 상당 기간 연기되거든요. 그래서 입지조건이건 생태문제건 고려하지 않고 이명박 정부 임기 내에 쐐기를 박아버리려고 서두르는 것 같습니다.

조국   노무현 정부가 강정 해군기지를 결정할 때, 국회는 이 기지를 민군복합형 기항지로 활용할 것, 크루즈 선박 공동활동 예비 타당성조사 및 연구용역 결과를 토대로 추진할 것을 부대조건으로 제시했고, 이를 조건으로 예산을 책정했습니다. 이 부대조건은 실현되었나요?

강동균   전혀 이루어지지 않았습니다. 그러면서 현 정부, 해군, 보수언론은 해군기지 건설은 노무현 정부 때 결정 났는데 왜 지금 반대하느냐고 비난만 하고 있어요.

조국   또 다른 아전인수네요. (웃음)

우리는 이 마을을 잘 지켜
후손에게 물려줄 의무가 있어요

조국   강정마을에서 해군기지 반대운동은 2007년부터 시작되었습니다. 그때와 달리 지금 강정 문제는 전국적 사안이 되었고, 국제적 관심도 받고 있습니다.

강동균   2007년 5월 17일 해군기지 반대위원회를 만들면서 시작됐지요. 범대위와 천주교가 도와줬지만 2010년 말까진 아주 외로운 싸움이었습니다. 중앙 정부, 해군, 당시 김태환 도지사 등이 언론통제를 많이 했습니다. 2007~08년 저희가 도보순례를 하면서 관심을 호소했지만 육지에는 널리 알려지지 않았어요. 그러다 2011년 초부터 많은 활동가들이 합류하기 시작했어요. 트위터 등 SNS 덕분에 한국만이 아니라 세계에 알려졌고요. 노벨평화상 후보에도 오른 세계적인 평화운동가 앤지 젤터도 와 있습니다. 전국 각지에서, 그리고 외국에서 응원을 보내줘 외롭지 않습니다. 지금 같은 관심이 5년 전에 있었더라면….

조국   강정마을 투쟁에 관심을 많이 갖지 못한 저부터 먼저 반성해봅니다. 최근 '이어도' 문제가 부각되면서 보수언론과 해군은 부쩍 안보논리를 강조하고 있습니다. 중국이 이어도를 먹는 것을 막기 위해서도 강정에 해군기지를 건설해야 한다고 주장하면서 말입니다.

강동균   이어도는 섬이 아니라 수중암초예요. 이 점은 한중 정부 모두 동의하고 있고요. 물론 한국의 배타적 경제수역 안에 들어 있고, 우리 측 해양과학기지도 있지요. 해군은 강정에 기지를 세우면 이어도를 둘러싼 분쟁이 생겼을 때 신속히 배를 보낼 수 있다고 주장하더군요. 이어도 근처에서 한중 해군이 대립한다는 상상, 참 위험하지 않나요? 우리가 실효적 지배를 유지하면서 버티면 될 일을 분쟁지역으로 만들려 하다니….

제가 56년 동안 살아오면서 제주 앞바다에서 국제적 분쟁이 일어난 적은 한 번도 없었습니다. 중국도 외교적 교섭으로 풀려고 하지 않습니까. 제주가 군사기지화되면 중국 등 주변국은 긴장할 것이고 이는 군비증강, 군사충돌로 이어질 게 뻔합니다. 이게 우리가 갈 길인가요? 해군력, 물론 필요하지요. 그러나 해군기지를 무리하게 새로 건설할 것이 아니라 이미 있는 시설을 보완, 확장하는 것이 올바르다고 봅니다.

조국   보수언론은 해군기지 반대파를 '반미친중파'로 몰아세웠지요. 그런데 지난 15일 중국 정부를 의식하며 김관진 국방장관은 '제주 해군기지가 완공되면 중국 선박도 기항이 가능하다'고 발언했더군요.

강동균   이해가 안 돼요. 제주를 평화의 섬으로 유지하자는데 '반미'나 '친중'이 왜 나옵니까? 그리고 해군기지를 다른 나라 선박 기항지로 내주는 나라가 어디 있습니까? 정부가 지금까지 부정해온 미군 군함의 기항을 전제로 하면서 미리 '물타기'하는 발언이 아닌가 싶어요. 제주에 해군기지를 건설하려는 것은 노무현 전 대통령 당시 '평화의 섬' 개념에도 걸맞지 않아요. '대양해군'이란 사고는 방어개념이 아니라 공격개념 아닙니까. 그런 식으로 가면 열강들에 대한 군비축소를 우리가 말할 수 있겠습니까? 오히려 주변 열강에 군비증강의 빌미를 제공하지는 않을까요? 노무현 전 대통령은 '평화의 섬'을 지정하면서, 제주도는 대한민국의 1%밖에 안 되지만 대한민국의 보석 같은 존재라고 했습니다. '평화의 섬'답게 가야 하고, 보석은 보석답게 가꿔져야죠.

조국   현재 중앙정부와 해군은 제주도지사의 공사중지 요청도 무시하고 있습니다. 이러한 현상을 어떻게 보세요?

강동균   제주도정은 민군복합형 관광미항이라면 수용할 수 있지만, 지금 같은 상황에서 공사강행은 안 된다고 보고 있어요. 저희는 백지화 내지 전면 재검토를 주장하고 있고요. 여하튼 제주도정, 도의회, 새누리당 제주도당, 민주통합당 제주도당까지 공사중지 요청을 했습니다. 이 정도면 제주도민의 뜻은 일치된 것 아닙니까? 그런데도 정부에선 받아들이지 않고 강행하고 있어요. 중앙정부는 제주를 '외인국' 취급하는 것 같아요. 해군기지 반대운동 하는 사람들을 '종북좌파'로 비난하고 1,000~1,500명의 육지 경찰병력을 강정 곳곳에 배치해서 겁주고… 이런 현실을 접할 때마다 저희 제주도 사람들은 4·3의 아픈 역사를 떠올리게 됩니다. 그러고 보면 제주도민들이 너무 선량해요. 60여 년 전에 그렇게 당하고 또 이렇게 당하는데도 가만히 있는 제주도민들 너무 착합니다. 이제는 분노하고 항의해야 합니다.

조국　중앙정부는 강정을 오키나와 취급하는 것 같네요. 이번 투쟁을 계기로 강정은 이제 정치적 민주화 이후에도 우리 사회를 지배하고 있는 안보와 군사논리에 반대하는 상징적인 단어가 되었습니다. 우리가 앞으로 어떻게 살아가야 하는가에 대한 메시지도 던지고요.

강동균　물질은 사람이 살아가는 목적이 돼선 안 됩니다. 물질은 수단일 뿐이에요. 입향 10대조 할아버지께서 강정에 정착하신 후 우리 집안은 대대로 이곳에서 살아왔어요. 강정에선 자정에 제사를 지내는데 이웃이 다 잠들 시간이지만 떡 한 조각이라도 이웃들에게 나눠주는 전통이 있어요. '출반'이라고 해요. 평화란 것이 큰게 아닙니다. 술 한잔 나눠 마시면서 대화하는 것, 작은 것을 배려하는 것 등 평화는 작은 것에서 옵니다. 큰 힘으로 이뤄지는 평화는 없다고 생각해요. 그런데 해군기지는 우리의 작은 평화를 깨고 있어요.

강정마을이 예로부터 '제주 일강정'이라 불렸어요. 제주가 화산지형이다 보니 토질이 척박한데 강정만큼은 비옥한 토지, 풍부한 일조량과 물로 논농사가 아주 잘됐거든요. 제주에서 대규모 논농사가 이뤄진 곳은 강정뿐입니다. 강정 사람은 이를 자랑스럽게 생각해왔죠. 강정마을은 공동체정신이 매우 강한 마을이었고요. 그런데 해군기지는 주민들을 돈으로 분열시키며 공동체를 파괴하고 있어요. 나보고도 '기지찬성 입장을 배려해주면 편히 살게 해줄 테니 챙겨서 마을을 뜨라'고 회유하더군요. 모멸감을 느꼈습니다.

조국 　　조상 대대로 사셨고, 어릴 시절에는 구럼비 바위에서 헤엄치며 놀기도 하셨을 텐데, 강 회장님께 구럼비 바위는 어떤 의미인가요?

강동균 　　현명한 조상께서 아름답고 비옥한 강정을 발견하고 가꾸어서 우리에게 물려주셨어요. 우리는 이 마을을 잘 지켜 우리의 후손들에게 물려줘야 할 의무가 있습니다. 구럼비 바위는 수천 년 동안 우리 조상들과 같이한 바위입니다. 강정마을을 지켜온 바위예요. 구럼비를 보면 조상님 모습을 보는 듯해요. 구럼비가 깨지면 강정마을이 깨집니다. 저를 포함해 주민들은 여기서 나고 자라다 보니 오랫동안 구럼비의 소중한 가치를 잘 몰랐습니다. 해군기지 만들려고 구럼비를 폭파한다고 하니 이제야 비로소 그 소중함이 절실하게 느껴집디다. 보상금 받고 잊어버릴 수 있는 돌덩어리가 아니에요.

조국 　　마지막으로 정부에 하고 싶은 말씀이 있다면요?

강동균 　　발파공사를 즉각 중지하고 해군기지 문제를 다음 정부로 넘기기 바랍니다. 이명박 정부가 자기 임기 내에 끝장을 본다면 역사와 자연과 후손에게 죄를 짓는 겁니다. 그리고 시골 촌구석에 기지가 생기면 돈도 많이 벌고 좋은 것 아니냐는 '육지사람'들에게 말하고 싶은 게 있어요. 강정마을을 한 번이라도 방문하고 그런 말을 하세요.

· · ·

구럼비 바위 폭파가 시작될 때 43톤의 폭약이 설치됐다는 소식과 뭍에서 경찰 43기동대가 파견되었다는 보도를 접하고 제주사람이 아닌 나도 모욕감을 느꼈다. 주민 모두가 속속들이 잘 알고 서로 어울리며 살아가던 마을이 해군기지 문제가 나오면서 난리통으로 변했다. 절차적 민주주의를 무시한 일방통행식 공사집행 때문이다. 강정마을에 서로 마주보고 있는 두 가게, 코사마트와 나들가게를 보면서 마음이 안타까웠다.

김선우, 전석순, 이은선 세 작가가 쓰고 나미나가 그린 동화책 《구럼비를 사랑한 별이의 노래》(단비, 2012)에는 다음과 같은 아이들의 대화가 나온다.

"왜…, 왜 구럼비를 폭파한다는 거야?"
"그야 해군기지를 만들려고."
"해군기지는 우리 바다와 마을을 지켜주기 위한 거잖아."
"응, 그렇지."

"구럼비는 우리 마을이잖아."

"… ."

정부와 해군은 이 어린이들의 간단한 의문에 간명히 답해야 한다. 노무현, 이명박 대통령 모두 해군기지 건설에 찬성했다. 박근혜 대통령 당선자는 제주를 관광지이자 해군기지로 유명한 하와이로 만들겠다고 했다. 반면, 정욱식 평화네트워크 대표는 《강정마을 해군기지의 가짜 안보》(서해문집, 2012)에서 제주 해군기지 건설이 안보와 국익에 도움이 되지 않는다고 주장했다. 2012년 제주 출신의 민주통합당 장하나 국회의원은 대정부질문에서 제주 해군기지는 한국군이 보유하지 않은 미군 핵추진항공모함을 전제로 설계됐다고 주장했다.

제주도가 '평화의 섬'이라고 해서 반드시 '비무장'이어야 한다고는 생각하지 않는다. 그러나 정부가 주장하는 '민군복합형 관광미항'이 건설된 후 차츰차츰 '해군전용기지'로 변화하고, 종국에는 제주도 전체가 한국판 오키나와, 대중국용 '불침항모'가 되는 것이 아닌가 하는 우려는 강정마을 사람들만의 것이 아니다. 이를 불식할 책임은 정부에 있다.

인터뷰 이후 강정마을회는 우근민 제주도지사에게 해군기지 공사중지 명령을 내려달라고 청원했다. 이 명령은 아직도 내려지지 않았고 해군기지의 전초작업인 방파제 공사는 계속되고 있다.

2012년 7월 5일에는 강정마을 주민들이 낸 국방부의 해군기지 사업승인 무효소송에 대해 대법원이 '국방부의 승인처분은 적법하다'고 판결했다. 강동균 씨를 비롯한 강정마을 사람들은 지금도 해군기지 중단을 위한 홍보전을 벌이고 있다.

"난 더럽혀지지도,
망가지지도 않았어요"

친족성폭력 생존자 은수연(가명)

인터뷰이의 신상노출을 우려하여
인터뷰 시간과 장소는 밝히지 않는다

친아버지에 의한 장기간의 성폭력에도 무너지지 않은 사람, '가정'이란 이름의 지옥을 탈출해 가해자를 처벌하고 나아가 가해자를 직접 대면해 나는 더럽혀지지 않았고 망가지지도 않았다고 말한 사람, 이후 힘차고 환하게 살고 있는 사람을 만났다.

눈물에서 출발해
보석이 된 사람

조국   《눈물도 빛을 만나면 반짝인다》(이매진, 2012)의 추천사를 썼는데, 드디어 저자를 만나게 됐습니다. 출판사로부터 추천사 청탁과 함께 원고를 받아 읽었을 때의 충격이 지금도 생생합니다.

은수연   책이 반향을 일으키고 있다네요. '누가 이걸 읽고 싶은 거지?' 그런 생각 했어요. (웃음)

조국   우리나라에서 성폭력 생존자의 이야기로 공식 출간된 최초의 책이 아닌가 합니다. 미국에는 여성법학교수인 수잔 에스트리치가 쓴 《진짜 강간(Real Rape)》이라는 책이 있었어요. 자신이 당했던 경험과 이후 법적용의 문제점을 생생히 밝힌 책으로 큰 반향을 일으켰고, 이후 성폭력관련 법률이 바뀌는 계기가 됐습니다. 여러 가지로 부담이 많았을 텐데 이 책을 왜 출간했나요?

은수연　'내 삶이 의미가 있을까, 내 고통의 시간들이 의미가 있을까?' 이런 질문에서 시작됐어요. 아프고 힘들었지만 밝고 힘 있게 이겨낼 수 있음을 보여주고 싶었어요. 그리고 성폭력 문제를 다룰 때 언론 등은 끔찍하고 선정적인 사건만 다루잖아요. 저는 '사람'을 보여주고 싶었어요. 그 사건 속에 살고 있는 사람 말이에요.

조국　어떻게 이런 제목을 붙였나요.

은수연　교회에서 혼자 엎드린 채 막 울고 있었어요. 뚝뚝 떨어지는 눈물을 보는데 옆쪽 창문에서 햇빛이 들어왔어요. 그런데 떨어지는 눈물과 만나면서 반짝반짝 하는 거예요. 그때 '내 눈물도 빛을 만나면 반짝일 수 있구나' 하는 생각이 들었어요.

조국　이 책은 눈물로 시작해서 보석이 된 사람의 이야기 같습니다. 떠올리기 싫은 끔찍한 기억이겠지만 피해 경험부터 얘기하지 않을 수 없습니다. 초등학교 5학년 때부터 9년간 친아버지로부터 지속적으로 성폭력을 당했습니다.

은수연　(바로 눈물을 흘리며) 언제쯤이면 그 기억을 떠올려도 눈물이 안 날까요. 그때 나는 살아남는 게 최고의 목표였어요. 그 사람을 죽이고 싶고 나는 살고 싶고… 그랬기 때문에 아프다거나 힘들다거나 그런 감정도 못 느꼈어요. 오직 '난 살아야 돼' 이것 외에는 없었으니까요. 가족 말고는 어떤 사람들도 만나기 어려운 상황에서 생존이냐 죽음이냐의 문제만 남아 있었어요.

조국   가족들은 수연 씨의 피해를 알면서도 묵인했습니다. 이는 대다수 친족 성폭력 사건에서 공통적으로 보이는 현상인데.

은수연   집은 감옥이었고, 그는 폭력적 군주였어요. 그는 엄마를 무자비하게 때렸어요. 자식 보는 앞에서 발가벗긴 채… 육식동물한테 물어뜯기는 토끼였지요. 그런 엄마가 바보 같기도 했고 원망스럽기도 했죠. 남자 형제들도 많이 맞았으니 별수 없었죠. 가족들이 날 방패막이 삼는다는 느낌도 들어서 원망도 많이 했어요. 하지만 가족 전체가 어떻게 해야 할지 모르는 상황이었어요. 그냥 '이렇게 살다 죽어야 되나 보다' 이렇게 생각했다고 할까.

더 이상 미움, 분노, 원망에 묶이고 싶지 않아
용서한다

조국   가족 구성원 모두 '죄수'나 '노예'가 돼 폭력의 희생자가 된 것이군요. 1994년 대학 입학 후 집을 탈출했습니다.

은수연   가출청소년 쉼터에 무조건 뛰어들어가 도움을 청했어요.

거기 계시던 선생님이 일반 청소년 상담으로는 안 된다고 판단해 한국성폭력상담소 쉼터인 '열림터'로 데리고 갔어요. 가보니 저보다 먼저 온 아이가 있었어요. 제가 두 번째 아이였죠.

조국 　어떤 상담을 받았고 그곳에서 어떠한 변화가 있었습니까.

은수연 　상담소 선생님들이 그런 얘기 많이 해줬어요. 네 잘못 아니고 네가 부끄러워할 일 아니다. 처음엔 귀에 안 들어왔어요. 그런데 계속 이런 말 듣고 저도 책을 읽으며 생각하다 보니 생각이 변했어요. (주먹을 쥐며) 난 더럽혀지지 않았다, 난 망가지지도 않았다… 이런 생각이 내 속에 정립됐어요. 그리고 내가 망가지지 않았다는 걸 그에게 말해야겠다는 생각도 들었어요.

조국 　많은 성폭력 생존자들이 자기 탓이라 자책하고 있습니다.

은수연 　저도 처음에는 제 잘못이라고 왜 생각 안 했겠어요. 수치심도 컸어요. 그런데 나 외에 수많은 피해자가 있다는 걸 알게 되니까 내 상황도 객관적으로 보이는 거예요. 내가 겪은 일이 최악이겠지 했는데, 성폭력상담소에서 일할 때 보니 더 나쁜 경우가 있더라고요. 더 나쁜 놈, 더 나쁜 일이 많았어요. 그리고 그가 날 폭력적으로 짓밟은 것이지, 내가 섹시했거나 그를 유혹한 게 아니잖아요. 자기 욕구를 채우는 데 협조하지 않는다고 딸을 죽도록 팼고, 나는 수없이 기절했고, 아무도 도와주지 않았고, 내 힘으로 벗어날 수도 없었고… 이런 상황이 내 탓일 수는 없다고 스스로 정리한 거죠. 혼자 기도하면서 '하나님, 진짜로, 진짜로 위에서 누가 보면 내가 잘못한 겁니까, 그가 잘못한 겁니까?' 이렇게 물어보더라도, 그의 잘못이라는 점이 너무도 명백하잖아요. '변화의 문을 여는 손잡이는 자기 안에 있다'는 말을 들은 적이 있는데, 그때 제가 그 손잡이를 딱 잡은 것 같았어요.

조국 　성폭력 피해 경험이 없는 사람들의 편견이나 무심함 때문에 힘들었던 경험이 있나요.

은수연 　어떤 목사님에게 성폭력 피해를 고백하고 상담했어요. 외국에서 오래 사신 분인데, 얘기를 나눠도 되겠다는 신뢰감이 들었거든요. 그런데 그분이 제 얘기 다 들은 다음에, "그런데 너 이거 다른 사람에게는 얘기하지 마라"고 하시는 거예요. 부끄러운 일이니 다른 사람에게는 말하지 말라는 느낌이 팍 드는데, 너무 싫었어요. '왜 내가 이런 폭력에 대해 얘기하면 안 되지' 하는 생각이 들고 화가 났어요. 그리고 헤어진 남자친구가 있었는데, 저에게 이랬어요. "넌 아빠한테 당하고 왜 나한테 지랄이니?" 그때 '아, 아무리 화가 나도 어떻게 저런 말을 하지' 싶었어요. 다행인 것은 성폭력 상담소 바깥에서 사귄 친구 중에 제 경험을 알고 난 후에도 성폭력을 가지고 저를 보는 게 아니라 저를 통해 성폭력이라는 문제를 보는 친구들이 있었다는 거예요. 제 자신조차 성폭력이란 문제 안에 자신을 제한해두는 게 있었는데, 친구들은 그러지 않았어요.

조국 　피해자가 아니라 친구로 먼저 보고 과거를 보았다는 거죠.

은수연 　있는 그대로 저를 인식하고 인정해주는 사람들이 있었던 게 제가 자신을 다르게 보는 눈을 가지는 데 큰 도움이 됐어요.

조국　아버지가 교도소에 있을 때 면회 가서 직접 대면했습니다. 쉽지 않은 결단이었을 텐데.

은수연　그때가 출소 1년 전쯤이었어요. 그 사람이 나올 걸 생각하니 너무 무서운 거예요. 엎드려서 기도하고 있는데 그가 등 뒤에 칼을 꽂을 것 같고… 그런 생각이 사라지지 않았어요. 그래서 '내가 마주쳐야겠구나' 하고 결심했어요. 그의 전력을 볼 때 출옥하면 또 나를 쫓아와 해코지할 것 같았거든요. 나는 더 이상 그렇게 살지 않을 거라 마음먹었기 때문에 직접 얼굴 보고 말하러 간 거죠. 저의 경우는 치유 과정에서 가해자에게 쫄지 않는 게 중요했어요. 우리 사회도 성폭력 가해자들에게 너무 쫄지 않았으면 좋겠어요.

조국　대단한 용기입니다. 면회할 때 어떤 일이 벌어졌나요.

은수연　가서 "진짜 나한테 할 말 없냐"고 물었어요. 그랬더니 그는 "할 말 없다. 내가 내년에 나가는데 운전면허증 어떻게 됐는지 엄마한테 알아봐라" 이러는 거예요. 협박하는 느낌이 들었어요. 같이 왔던 남자 후배한테 "저놈은 뭐냐?" 이랬어요. 그 순간조차 '어떤 놈이랑 어울려 다니냐' 이런 식인 거죠. 그래서 저는 "나는 그런 얘기 들으러 온 게 아니다. 나는 할 말이 있다. 나는 당신이 망가뜨리려고 해도 망가지지 않았고, 더럽히려고 해도 더럽혀지지 않았다는 걸 말하려고 왔다"고 말했어요. 그랬더니 그는 자리에서 일어나 쓱 들어가버리더라고요. '이 기막힌 상황은 뭐야, 내가 여기까지 왔는데…' 했죠. 그날 정말 많이 울었지만, 그때 이후로 칼에 찔릴지도 모른다는 두려움 같은 건 많이 사라졌어요.

조국　출소 후 아버지를 만난 적 있나요.

은수연　직장 행사로 산행을 갔다가 기도원 화장실을 가는데 그가 차를 몰고 들어오는 걸 봤어요. 그는 저를 못 봤지만, 온몸이 다 떨려 움직일 수가 없었어요. 그래서 옆에 있던 동료에게 부탁해 데리고 가달라고 했지요. 집으로 전화한 적도 있어요. "우체국인데 배달할 집 주소를 알아야 한다"고 말하는데 그 목소리인 거예요. 그래서 "그 물건 그냥 가지세요" 하고 끊었어요. 그런 후 이 사람 그냥 놔두면 찾아오겠다 싶어 전화를 걸었어요. 나타나기만 해보라고, 경찰에 신고해버릴 거라고 했어요. 욕도 퍼부었죠. 그랬더니 그 뒤로 전화는 안 하더라고요. 저도 무서움이 좀 덜어졌고.

조국　가해자야말로 자기 잘못을 인정하지 못하는 겁쟁이지요. 수연 씨는 그 겁쟁이에 맞서 이긴 것이고.

은수연　무의식에서도 대면한 적 있어요. 몇 년간 도망 다니는 꿈을 계속 꿨어요. 뒤에 뭐가 있는지도 모르는 채 겁에 질려 도망 다니는 거예요. 집 나와서도 그랬고, 그를 감옥에서 대면한 다음에도 그랬고. 하루는 잠자기 전에 작정을 하고 잤어요. 오늘은 내가 돌아서 본다. 그리고 잠이 들었는데 또 꿈속에서 도망을 가는 거예요. 순간 '아, 나, 돌아보기로 했잖아' 그 생각이 딱 드는 거예요. 그리고 확 돌아봤거든요. 그런데 아무것도 없는 거예요. (팔을 만지며) 지금도 소름이 돋는데, 그때 이후로는 그 꿈을 안 꿔요.

조국   도망치지 않고 맞섰기 때문에 사라진 거군요. '피해자'에서 벗어나 '생존자'가 된 것이고요. 매 순간 쉽지 않았을 텐데….

은수연   생존본능이 컸어요. 공부도 했죠. 치유에 대한 책들도 많이 읽었어요. '꿈에서 해결해야 할 것들이 있을 땐 잠자기 전에 결심하고 자라', 그런 얘기도 실천해보고요.

조국   책 끝에 보면 '아빠에게 보낸 편지'가 있습니다. 신앙에 기초하여 아빠를 '용서'하겠다고 썼더군요.

은수연   삶의 순간순간 그에 대한 미움, 분노, 원망에 사로잡히곤 했어요. 더 이상 그런 기운에 묶여 지내고 싶지 않았어요. 평생 미워만 해도 끝이 없을 거 같았거든요. 그를 위해서가 아니라 나를 위해 용서의 편지를 썼어요. 그 이후에도 매일 새롭게 용서를 선택해요. 미움, 분노, 원망 때문에 인생을 허비하고 싶지 않아서요. '원수를 사랑하라'는 말은 원수를 위한 말이 아니라는 생각이 들어요.

조국   성폭력 피해자의 삶에는 미래가 없을 것이라는 편견도 있습니다. 지옥에서 생환한 후 어떻게 살고 있나요.

은수연   (밝게 웃으며) 주업도 잘하고, 취미생활도 잘하고 있어요. 대인관계도 좋아요. 〈텔 미 썸딩〉이나 〈여자, 정혜〉 같은 영화는 성폭력 피해 경험이 있는 여성을 우울하게만 그리거나 연쇄살인을 하는 괴물로 묘사해요. 보면서 많이 불편했어요. 저는 우울해지기 싫고, 살인하기 싫거든요. (웃음) 그냥 보통 제 또래 여자들이 사는 삶을 살고 있어요. 연애도 하고 운동도 하고 학교도 다녔어요. 가끔은 남들이 보면 '쟤 사치 아냐?'라고 할 만한 일도 해요. 나 자신에게 선물을 주는 거죠. 집에서 전혀 경험하지 못했던 '영어학원 다니기' 같은 거요. 직장생활 할 때 철칙 중 하나는 재미없으면 떠나는 거예요. 일하는 느낌이 안 들 때까지만 일했어요. 사람들 돕는 걸 좋아했는데, 성폭력상담소에서 일할 때도 내 경험이 다른 사람들에게 도움을 줄 수 있어 좋았어요. 남을 위해 일하고, 나는 그 일을 즐기고… 그런 느낌이 나를 살리는 데 도움이 되었어요. 성폭력상담소에서 일하다 보니 내가 계속 '적'과 맞서서 운동하는 느낌이 들었어요. 가해자들, 나쁜 놈들이 많았으니까요. 일을 하면서 최저선을 그어놓았는데, 그보다 더 나쁜 사람, 더 나쁜 일과 접하게 되더라고요. '내가 겪은 일이 최악이었구나' 했는데 아니었어요. 더 나쁜 일이 있더라고요. 그래서 지쳤고 쉬고 싶었지요. '적'이 없는 일을 하고 싶었어요. 남을 위해서 일을 하고, 나는 그 일을 즐기고… 그런 것이 나를 살리는 데 도움이 되는 것 같아요.

성폭력 프로그램이
가해자에게만 맞춰져 있는 게 문제

조국   성폭력상담소 일하면서 책을 준비했죠?

은수연 최영애 선생님(한국성폭력상담소 초대 소장)이 툭 던졌어요. "수연아, 네 얘기, 책으로 만들면 어때?" 스토리도 되고 '예후'도 좋다고 보신 거죠. (웃음) 고민을 좀 했어요. 초등학교 때부터 대학생 때까지 일을 다 돌아봐야 하는데, 형사 아저씨 앞에서 진술할 때도 너무 힘들었거든요. 경찰 진술서는 몇 장 안 됐는데도 힘들었어요. 많이 겁나긴 했는데, '내 경험이 다른 이들에게 많은 도움이 될 거야'라고 판단했어요.

조국 경찰관 앞에서 진술하는 게 힘들었다고 했는데, 성폭력 피해자가 형사절차 속에서 느끼는 고통도 직접 경험했지요?

은수연 다행히 저는 좋은 형사분을 만났어요. 여자 순경을 대동하게 하는 등 배려해주었고요. 그런데도 많이 창피한 거예요. 남성에게 이야기해야 하니까. 성폭력 사건인데 성애(性愛) 이야기처럼 들릴까 봐 수치스러웠어요. 남자 피해자는 남자 경찰에게, 여자 피해자는 여자 경찰에게 조사받으면 안 되나 하는 생각이 들었지요. 제가 만난 다른 성폭력 생존자들도 다들 형사절차 과정에서 힘들어했어요. 어떤 여자 검사는 "너 아빠랑 연애했니?"라고 물었다더군요. 저는 기겁했어요. 어떻게 그런 말을 할 수 있는지.

조국 법조인도 사회 일반인이 갖고 있는 편견을 그대로 갖고 있기에 부지불식간에 성폭력 피해자에게 2차, 3차 피해를 입힙니다. 성폭력 피해자는 국가기관이 자신의 피해를 치유해줄 것이라고 믿고 갔는데, 오히려 경찰, 검찰, 법원 단계를 거칠 때마다 상처를 받는 거죠. 법학자로서 2003년 《형사법의 성(性)편향》 등을 통해 제도개선을 촉구했는데, 아직 부족한 것 같아요.

은수연 판사도, 검사도, 피해자도 똑같은 사람이잖아요. 자기가 그 일을 당했다고 생각하면 '넌 즐길 수도 있는 사람이야'라고 생각하지는 않을 거잖아요. 역지사지만 해도 될 텐데⋯ 자기는 그런 일 전혀 안 당하고 살 거라고 생각해서 그런지 모르겠지만, 왜 그렇게 의심할까요? 정말 묻고 싶어요.

조국 최근 성폭력 범죄가 많이 일어나면서 그 대책으로 사형집행이나 화학적 거세 등이 제안되고 있는데, 이런 대책에 대해서는 어떤 생각을 갖고 있나요.

은수연 보복의 두려움이 크기 때문에 가해자가 죽으면 편하긴 할 거 같아요. 가해자가 나에게 다시 올 수 있다는 두려움이 있으니까요. 화학적 거세, 물리적 거세 같은 방안은 웃겼어요. 성폭력은 남자의 참을 수 없는 성욕, 남자의 성기 때문에 벌어지는 일이니까 거기에만 벌을 내려주시오, 그런 것 같거든요. 성폭력은 범죄라고 인식해서 범죄를 저지르지 못하게 해야 된다는 생각은 못하고, 단순히 주사를 놓거나 자른다는 것은 대책이 아닌 것 같아요. 제가 남자라면 거세논란이 기분 나쁠 것 같아요. 욕구조절 못해서 저지르는 실수로 보는 것 자체가 말이에요. 친고죄 폐지가 논의되던데, 반드시 이루어져야 해요. 가해자를 고소할 것인가 말 것인가 고민하는 고통이라도 덜어주면 좋겠어요. 반드시 가해자는 처벌받고 피해자는 도움 받을 수 있다는 믿음을 국가가 줘야죠.

조국　　국가나 시민이나 피해자 보호에는 관심을 두지 않고 가해자 엄벌에만 관심을 쏟고 있습니다. 예산 차원에서도 이게 훨씬 싼 거죠. 피해자를 정신적, 물질적으로 지원하는 것보다 가해자를 죽이거나 거세하는 것은 돈이 덜 들거든요.

은수연　　동감이에요. 성폭력 관련 프로그램들이 거의 다 가해자에게 맞춰져 있다는 게 정말 문제예요. 피해자들이 탈출한 후 보호하는 대책은 너무 미미해요. 제가 집에서 탈출해 나왔을 때 아무것도 가진 게 없었어요. 한 번도 학교등록금을 제대로 제때 내본 적 없어요. 어떨 땐 고아원에 있는 애가 부러웠어요. 걔들에겐 어느 정도 지원이 되니까. 성폭력으로 집을 뛰쳐나오면 적어도 고아원 아이들 수준으로라도 보호해주면 좋겠어요. 성폭력 피해자가 사회에서 정상적으로 생활하며 살아갈 수 있도록 어떻게 지원해줄까 먼저 논의하면 좋겠어요. '나영이 사건'이 났을 때 시민들이 모금운동을 했잖아요. 말이 안 돼요. 성폭력 피해자가 생길 때마다 모금운동 할 건가요? 누군가는 매스컴을 타서 도움 받고, 어떤 사람들은 전혀 그러지도 못하고 숨죽여가면서 고통 받으며 살고. 국가 차원에서 피해자들을 위해 사회적 지원을 하는 게 맞는 것 같아요.

조국　　지금도 피해 사실을 숨기거나, 드러내고 난 뒤에도 고통 받는 피해자들이 많습니다. 마지막으로 이분들에게 해주고 싶은 말이 있다면?

은수연   과거에 비하면 지금은 도움 받을 수 있는 곳이 많이 생겼어요. 성폭력에 대한 인식도 그런대로 많이 개선됐고요. 먼저 문제 상황에서 빠져나와야 합니다. 용기를 내고 한발만 떼면 됩니다. 그 한발에서 문제해결이 시작되거든요. 한발만 앞으로 나오시길 바랍니다. 그리고 당신의 잘못이 아니라는 사실을 꼭 말해주고 싶어요. 수치심, 죄책감은 가해자에게 던져주고 신세계를 만나기 바랍니다.

. . .

인터뷰가 공개되자 〈한겨레〉 인터넷에는 불이 났다. 분노, 공감, 격려의 글이 무수히 올라왔다. SNS에서도 이 인터뷰가 매우 많이 회람되었다. 2013년 한국여성대회 조직위원회는 은수연 씨를 '올해의 여성운동상' 수상자로 선정했다.

여성가족부 통계에 따르면, 아동·청소년 성폭행범 5명 중 한 명은 친족이다. 그런데 우리 사회와 가정은 이런 일을 밝히고 가해자를 처벌하고 피해자를 보호하는 데 적극적으로 나서기보다는 부끄러운 일로 숨기기 급급하다. 친족에 의한 성폭행을 은폐하면 그 범죄는 반복되고 확대되며 피해자는 더욱 위험해진다. 친족이라는 이유로 이 '야수'들을 방치해선 안 된다. 은수연 씨의 용감한 행동이 변화의 작은 불씨가 되길 빈다.

2012년 12월 성폭력 범죄를 친고죄로 규정했던 법조항이 폐지되었다. 은수연 씨의 희망이 하나 이루어진 것이다. 피해자 보호라는 명목 하에 친고죄 규정이 생겼지만, 실제 이 조항은 중대범죄 처벌을 피해자 개인의 의사결정에 맡겨 성폭력 범죄를 은폐하거나 조장하는 결과를 낳았다. 늦게나마 친고죄 폐지가 이루어진 것은 다행한 일이다.

그렇지만 성폭력 피해여성이 형사절차에서 의심과 비난의 대상이 되거나 '의사(擬似) 피고인' 취급을 받으며 2차 피해를 당하는 현실을 막으려는 제도적 노력은 아직 부족하다. 그리고 형사사법기관 종사자의 의식과 행태도 크게 변하지 않고 있다. 은수연 씨는 친족성폭력 피해자에게 던진 검사의 질문, "너 아빠랑 연애했니?"를 접하고 기겁했다. 그런데 인터뷰 후 서울남부지검 모 검사가 의붓아버지로부터 2년 이상 성폭행 당한 미성년 피해자에게 "아빠랑 사귄 것 아니냐?"라고 질문하여 2차 피해를 입혔음이 보도되었다. 전국성폭력상담소협의회는 이 검사의 발언을 '성폭력 수사·재판 과정에서 여성 인권 보장을 위한 걸림돌 사례'로 선정했다.

한편 현재 전국에 친족 성폭력 아동·청소년 전용 보호시설은 경북 김천시와 경남 창원시 두 곳뿐이다. 수용인원은 각각 15명. 일반 성폭력 피해자 보호시설을 포함하더라도, 전국에서 시설보호를 받을 수 있는 친족 성폭력 피해 아동·청소년 수는 100~200명에 불과하다. 정부와 국회가 말로만 성폭력 근절 운운하지 말고, 이러한 현실을 직시하고 제도적 개선에 나서길 강력히 희망한다.

"국가권력은 우리를
사람 취급하지 않았다"

쌍용자동차
정리해고자들

2012년 6월 7일(목)

14:00~16:00

대한문 앞 '희망텐트'

2009년 77일간의 공장점거농성과 강경진압, 소속 노동자의 37%인 2,646명의 대량해고, 그리고 연이은 노동자들의 죽음. 쌍용자동차 사태는 '노동 없는 민주주의'의 무지막지함을 보여준 악례다. 20여 년 전 노동야학 교사 경험밖에 없는 백면서랑(白面書郎)이기에, 쌍용차 사태의 현실을 생생히 들어보고 싶었다. 경찰이 둘러싼 '희망텐트'를 방문해 김정우(53, 민주노총 금속노조 쌍용자동차 지부장), 박호민(38, 선전부장), 고동민(37, 쌍용자동차범대위 기획팀장), '철의 노동자' 세 분을 만났다. '희망텐트'를 향해 걸어가는데 주변에 있던 일군의 노인 중 한 명이 나를 지목하며, "저놈, 조국이다. 빨갱이가 또 하나 왔다"고 외쳤다. 그분의 신념을 존중하면서도, 측은하고 씁쓸했다.

조국　　쌍용차에서 몇 년 동안 일하신 건가요?

김정우　1990년 입사한 후 20년 동안 근속했습니다.

박호민　2001년 8월에 실습으로 왔다가 2002년 1월 19일 대우자동차 시절에 정식 사원이 되었으니, 8년 11개월 됐네요.

고동민 2003년 6월 30일 입사했습니다. 그 이전에는 연극 활동도 했고 유통업에서 일하기도 했고요.

조국 "해고는 살인이다"라는 구호를 외치며 대한문에서 농성을 하게 된 이유는 무엇입니까?

김정우 스물세 번째 죽음이 나오는 것을 막아야 한다, 해고자는 공장으로 돌아가야 한다는 점을 널리 알리기 위해서입니다.

박호민 지금까지는 우리끼리 싸웠지만 이제 시민과의 연대가 필요하다고 생각했죠.

고동민 지난 3년 절박한 심정으로 싸웠지만 우리의 죽음이나 투쟁이 알려진 것은 작년 3월부터였어요. 그 전에는 진보언론에서도 우리 얘기를 많이 못 다루더라고요. 사람 죽었을 때 분향소 설치나 노제 소식을 전하는 정도였으니.

조국 2009년 77일간의 '옥쇄파업' 이후에야 비로소 사회적 주목을 받았죠. 정리해고 대상자 2,646명 중 2,026명 희망퇴직, 461명 무급휴직, 159명 정리해고된 것으로 압니다.

박호민 징계해고자 44명이 따로 있어요. 저도 그런 경우인데, 원래 업무복귀자였다가 파업에 참가했다고 회사가 괘씸죄를 적용해 잘랐죠.

김정우 의리를 지킨 죄지.

해고가

죽음을 낳는 구조

조국   투쟁이 일어난 지 벌써 3년이나 됐습니다. 모르는 분들을 위해 우선 쌍용차 사태 3년을 개괄해주시죠.

김정우   시작은 1997년 말 IMF 경제위기였어요. 대우그룹 김우중 회장이 주식단가 100원에 쌍용차를 인수했는데 그 뒤 대우자동차가 몰락하자 1차 구조조정을 해서 노동자들을 털어냈죠. 2000년 쌍용차가 대우자동차에서 분리되면서 2차로 노동자를 털어냈고요. 그 뒤 쌍용차는 워크아웃을 벗어났습니다. 공적자금이 투입되면서 쌍용차는 정상화하고 흑자로 전환됐고요. 흑자전환이 되자 2004년, 중국 상하이자동차로 팔렸는데 이때 또 노동자를 털어냈어요. 상하이차가 쌍용차를 인수한 목적은 기업을 활성화하는 것이 아니었어요. 기술 도둑질 후 '먹튀'하려는 거였죠. 이 때문에 2006년 15일간 공장문을 걸어 잠근 첫 번째 '옥쇄파업'을 했는데, 그 후 또 몇 백 명을 잘라냈습니다. 구조조정이 총 4번 있었던 겁니다. 이 '옥쇄파업' 후에는 노조위원장 둘을 똘똘 말아 비리 혐의로 구속시켜버렸어요. 노조는 치명타를 입었고요. 그사이에 상하이차는 기술을 다 빼갔죠.

고동민   쌍용차 사태는 자본은 물론 국가 차원에서 기획한 것이 아닌지 의문이 들어요. 김대중 정부가 신자유주의 정책을 채택한 이후 정리해고법·비정규직법·파견법 등이 만들어졌잖아요. 한 방에 없애기는 어려우니 서서히 쌍용차를 무력화시킨 것 아닌가요. 쌍용차에서 일하는 사람은 1만 명 정도지만 부품업체 가족들까지 합치면 20만 명이 넘습니다. 이러니 한 방에 무너뜨릴 수는 없었겠죠. 결정적으로 이명박 대통령은 2009년에 구조조정하지 않으면 회사를 살려주지 않겠다는 선언을 했고, 회사 측은 이를 빌미로 노동자를 몰아냈어요. 우리가 계속 이명박 대통령이, 그리고 국가가 나서서 해결해야 한다고 요구하는 것도 이런 이유 때문이에요.

조국 　자본에게 노동자는 비용에 불과한 것인지…. 2009년 '옥쇄파업'과 진압과정을 다룬 다큐멘터리 〈저 달이 차기 전에〉와 〈당신과 나의 전쟁〉을 봤습니다. 그때 현장에 있었나요?

김정우 　우리 모두 77일 동안 그 안에서 함께 싸웠습니다. 이 두 분은 집행부원으로 한상균 (지부장) 동지와 동고동락했고, 저는 평조합원이었어요. 그때 국가와 회사측은 우리를 테러범이나 공비 취급했죠.

박호민 　당시 저는 옥상엔 없었고 도장반에서 경찰, 용역, 구사대와 대치하고 있었습니다. 싸우면서 어떻게 국가권력이 이토록 무자비하게 노동자를 다룰 수 있는가 하는 생각에 욕설이 튀어나오더라고요. '용산참사'가 남의 일이 아니었어요.

고동민 　무서웠죠. 원초적 공포가 쌍용차 공장 전체를 뒤덮었어요. 저는 간부였기 때문에 공포심을 표현할 수 없었어요. 이러다가 진짜 사람이 죽겠구나 하는 생각이 확 들더라고요. 8월 5일 강제진압

때 정말 많은 사람들이 다쳤어요. 맞은 사람들을 빼오는데 '걸레가 됐구나' 하는 느낌 있죠? 딱 그랬어요. 국가권력이 우리를 사람 취급하지 않는다는 걸 확실히 깨달았죠. 게다가 가족들도 구사대와 용역의 폭력에 시달리는데 공권력은 방치했어요. 우리의 항의는 철저하게 봉쇄하면서 구사대와 용역의 폭력은 강 건너 불 보듯 했죠. '우리가 이 나라 국민이 맞나? 나가면 이민 간다' 이런 얘기를 우리끼리 엄청 많이 했어요. 물론 아무도 이민 못 갔죠. 돈이 없으니….

조국　　공장 점거농성으로 구속된 사람은 몇 명입니까?

고동민　총 96명이 구속됐어요.

조국　　손해배상청구도 당했을 텐데.

박호민　회사는 물론 경찰도, 심지어 메리츠 화재도 청구했어요. 구상권을 행사한다나. 총 금액이 390억 원 정도예요. 월급도 집도 몽땅 가압류됐어요. 산송장이 된 꼴이죠. 금융활동 자체를 못하게 만들었으니.

조국　　아닌 말로 '몸으로 때우면' 되는 형사처벌보다 월급과 집을 빼앗는 민사소송이 더 고통스러울 수 있는데요.

고동민　개인 파산한 이가 많습니다. 가정불화는 예사고, 이혼도 많이 했고요. 77일 파업할 때는 나중에 가족들한테 잘해야지 하고 다짐했어요. 그러나 막상 나가고 보니 쌍용차 출신이라고 찍혀 재취업도 안 되고, 다른 돈벌이도 쉽지 않다 보니….

박호민　수시로 법원, 회사, 경찰 등에서 가압류 고지가 날아와요.

내 이름으로 통장도 못 만들고, 집도 땅도 못 팔아요. 일상생활을 어렵게 만든 거죠.

조국 　쌍용차 출신은 '블랙리스트'에 올라 재취업도 안 된다고 하던데요.

김정우 　20~30번 이력서를 넣고도 쌍용차에서 근무했다는 이유로 재취업이 안돼요. 이력서에 쌍용차 이력을 적지 않아도 4대보험이나 국민연금 자료에서 다 드러나요. 왜 쌍용자동차 경력을 뺐냐는 물음에 '취업하고 싶어서 뺐다'고 답하면 그 자리에서는 '그러냐'고 하지만 뒤에서 조용히 아웃시켜버려요. 거제도에 용접하러 가도 쌍용차에서 일했다니까 취업이 안 돼요. 그나마 취업한 사람들은 아는 사람의 아는 사람 등을 통해서 알음알음 들어간 거고요.

조국 　왜 22명이 세상을 떠나야 했는지 짐작이 갑니다. 2009년 공장 점거농성 당시 노조는 정리해고에 맞서 일자리 나누기를 통해 총고용을 유지한다는 대안을 제시했는데요.

고동민 　신차 개발자금을 확보하기 위해 노동자 퇴직금을 담보로 1,000억 원을 출자하겠다, 임금과 복지 삭감을 받아들이고 비정규직 고용안정을 위해 12억 원을 출연해서 비정규직 고용을 보장하겠다 등을 제안했죠. 순환 무급휴직도 노조가 먼저 제시했어요. 회사 상황이 정말 어려우면 돈을 받지 않고 대기하더라도 총고용을 보장하는 방안을 내민 거죠. 하지만 회사는 받지 않았어요. 회사측은 '그 정도 임금을 받고 어떻게 일하겠냐?'면서 거절했어요.

조국   고양이가 쥐 생각하는 격이군요.

고동민   우리가 자발적으로 고통분담하겠다는데, 회사는 '노조 쪽에서 말도 안 되는 얘기를 한다. 경제적 문제가 아니라 정치적 문제가 걸려 있기 때문에 우리는 받을 수 없다'는 입장이었어요.

조국   노조는 2009년 정리해고가 회계조작에 따른 불법이었다고 주장하고 있죠.

고동민   당시 회사측은 부채비율을 187%에서 561%로 부풀렸어요. 구미 반도체공장 KEC, 코오롱 등의 구조조정에서도 회계조작이 자행된 적이 있죠. 경영상 위기라는 게 다 거짓이었던 거죠.

김정우   회계법인은 노동자가 해고되면 어떻게 되는지는 0.1%도 고민하지 않아요. 대형 로펌도 마찬가지고. 노동자들을 파리똥만큼도 생각하지 않아요. 서류조작해서 내면 법원은 그냥 통과시키고.

고동민   부당해고 소송을 3~5년은 해야 하는데, 생계 때문에 힘든 사람들은 못 버티고 포기해요. 그럼 기업들은 아무 제재도 받지 않아요. 나중에 부당해고 판정 나면 그때서야 슬그머니 던져주고.

조국   현재 쌍용차 경영상황은 어떤가요?

박호민   작년 2011년에 약 11만 대를 판매했고, 2012년에도 영업이익이 발생해 예술의 전당에서 행사도 했어요. 회사는 적자 운운하지만, 핑계예요. 진짜 속마음은 옥쇄파업 참가자는 절대 받아들일 수 없다는 거예요. 파업 당시 우리를 빨갱이라 몰았던 사람들이 잖아요. 지금도 경영진 중에 그런 생각을 가진 사람들이 있어요.

김정우　회사는 가두리 양식장의 보호막을 공장 테두리에 친 것 같아요. 쫓겨난 우리와 현재 일하고 있는 노동자들이 섞이면 안 된다는 거죠. 그러면서 말로는 해고자들에게 차를 팔아오라고 해요. 그러면 복귀할 수 있다면서.

고동민　2001년에서 2003년까지 3,000억~5,000억 원에 이르는 최대흑자를 냈을 때 14만 대를 팔았어요. 2001년의 12만 대 생산을 평균으로 봐도 연간 11만 대면 다들 월급 주고 신차 개발할 수 있어요. 올해는 월 1만 대 이상 판매했다고 홍보하고 있으니 2001년 수준은 될 겁니다. 얼마 전에는 TV 드라마 협찬도 하더라고요. 인원이 절반으로 줄었으니 이익은 더 많겠죠. 쌍용차는 이미 정상화 궤도에 올랐다는 것이 전문가들의 평이에요. 그런데 해고자 문제만 나오면 왜 매번 경영이 어렵다고 할까. 상하이차 '먹튀' 때 기술을 유출했던 핵심 관리직들이 있어요. 노조원들이 복귀하면 그 문제가 밝혀져 처벌받을까 봐 두려운 것 아닌가 하는 생각도 들어요.

조국　근로기준법 25조는 정리해고 후 3년 이내에 신규채용할 경우 정리해고 노동자를 우선 채용하도록 하고 있어요. 쌍용차는 4월 9일부터 신규채용 공고를 냈는데, 말씀을 들어보면 파업참가자는 이 신규채용으로도 구제되지 않겠네요.

고동민　쌍용차가 해고자들을 받아들이면 기업 이미지가 훨씬 좋아지지 않겠어요? 사실 지금 쌍용차 문제를 해결하자는 사람들의 스펙트럼이 굉장히 넓어졌잖아요. 문화예술인부터 법조계, 학계 등을 다 포함해서 범국민대책위가 꾸려졌으니까요. 조국 교수님도 많이 도와주세요. (웃음) 어쨌든 쌍용차 정리해고 문제를 풀지 않으면 기업 이미지는 계속 추락할 게 분명해요.

조국   회사 내부에 금속노조를 탈퇴한 새 노조가 만들어졌더군요.

박호민   꼭두각시로 만들어놓은 거죠. 회사가 맘대로 통제할 수 있는 시스템을 위해 회사 말 잘 듣는 사람으로 노조를 만들었어요.

고동민   파업 후 박영태 법정관리인이 사장을 하면서 금속노조에서 탈퇴시키겠다고 했어요. 정작 노조는 결정도 안 했는데. 민주노총이나 금속노조가 우리에게 해준 게 뭐 있냐고 선동하면서 탈퇴에 동의하지 않으면 쫓아내겠다고 위협해 결국 탈퇴했죠. 2,646명이 회사 밖에 기다리고 있으니 흐름이 그렇게 잡힌 거예요.

김정우   그런 상황에서는 산재를 당해도 복대 차고 일할 수밖에 없어요. 부당하다고 저항하면 '너 말고도 일할 사람은 많다, 시끄럽게 하지 말고 조용히 일하라'는 답이 돌아와요.

신자유주의를
끝내야 할 때

조국   파업노동자들에게 회사 시설을 부수는 '폭력분자' 딱지를 붙이는 사람들도 있었죠.

고동민   박영태 법정관리인이 사장일 때 했던 주장이죠. 그런데 쌍용차는 파업 일주일 만에 조업 가능하게 됐거든요. 노조원들이 기물 파손했다는 건 다 거짓말이에요.

김정우   파업 뒤 정확히 6일 만에 체어맨이 라인에서 굴러 나왔어요.

박호민   파업하면서 사람만 빠져나갔죠. 생산이 지연된 것은 부품 문제였어요. 파업하면서 라인 파손은 없었어요.

조국   쌍용차 등 자동차제조업 노동자들은 임금을 많이 받으면서도 파업한다는 비난이 있습니다.

고동민   20년 근속한 사람이 365일 중 300일가량 일하면 5,000만 ~6,000만 원 정도 받았어요. 물론 야간노동 하는 것까지 포함해서. 도장 공장에서 '실링' 작업하는 사람들은 365일 일해야 하기 때문에 임금이 높아요. 대신 주·야·휴일 일절 없어요. 명절도 없고…. 그런 분들은 당연히 많이 받아야죠. 그런데 이렇게 일하는 사람들의 높은 임금을 쌍용차 평균임금으로 왜곡해 비난하잖아요. 작년 유성기업 파업 때 이명박 대통령이 6,000만 원 받고 파업한다고 비난한 것도 같은 맥락이에요. 그 기업에 그런 사람은 단 두 명이래요. 그나마 1년 365일 가운데 340일을 일했대요.

조국   노동자는 무조건 적게 받고 가난해야 한다는 관념은 정말 사라져야 합니다. 한국 노동현실에서 '노동귀족'이 도대체 몇 퍼센트나 되겠어요. 정리해고는 쌍용차만의 문제가 아니에요. 정리해고 후 빈 자리는 주로 비정규직으로 채워지니, 정리해고와 비정규직은 동전의 앞뒤 같은 문제죠. 사측 입장에서는 노동통제가 훨씬 쉬워지고요. 19대 국회에서 정리해고법이 어떻게 바뀌어야 한다고 보십니까?

김정우   정리해고의 요건을 변경하는 것이 아니라 정리해고 제도 자체를 폐지해야 합니다. 이 일을 현재의 국회가 제대로 해낼지 의문이지만요.

고동민   김대중, 노무현 정부 하에서 반노동 법률이 마구 통과됐어요. IMF 체제가 들어오면서 신자유주의 정책을 실시하지 않으면 국가를 부도시키겠다는 협박이 있었고요. 그런데 그 이후로도 계속 이런 정책이 유지될 줄은 몰랐어요. 이제 신자유주의 시대가 끝나야 한다는 점에 대해선 사회적 공감대가 이루어진 것 아닌가요. 정리해고 요건을 강화한다고 해결될 문제가 아니에요. 요건이 강화돼도 자본이 이를 지킵니까. 현대자동차 사내하청이 불법이라는 대법원 판결이 났는데도 현대자동차는 시정하지 않고 있잖아요. 새누리당은 사내하도급법을 만들어 이 불법을 정당화하려 하고. 우리는 '정몽구 보호법'이라고 불러요.

조국   정리해고나 비정규직 허용은 IMF 경제위기 상황에서 비상조치로 도입된 것이죠. '노동계엄'이라고 할까요. IMF 위기는 끝났지만 '노동계엄'은 여전합니다. 최근 민주당은 이석행 전 민주노총 위원장을 위원장으로 하는 쌍용차 대책위원회를 만들었어요. 이 위원장은 무급휴직자는 복직시키고 정리해고자는 단계적으로 일자리를 마련하는 정책을 제시하고 있는데요.

박호민　이석행 위원장과 우리 쌍용차 지부 사이의 온도차가 너무나 커요. 저 사람이 민주노총 위원장을 했던 사람인가, 구조조정 잘 아는 사람이 저런 제안을 할 수 있을까 싶을 정도예요.

고동민　민주당은 적당한 절충안을 내서 회사와 적절한 수준에서 봉합하려는 것 같아요. 한진중공업 사태처럼 말이죠. 회계조작을 기초로 이루어진 정리해고는 원천무효예요. 부당 해고된 모든 노동자들이 공장으로 돌아가야 이 싸움이 끝나요.

김정우　이 위원장을 두 번 만났는데 정리해고 금지를 회피하려는 것 같았어요. 저희는 동의할 수 없습니다.

조국　그래도 국회가 해주었으면 하는 일은 없나요?

박호민　쌍용차의 진실을 알리고 싶어요. 회계조작이나 상하이자동차의 '먹튀' 등 쌍용차의 총체적 진실을 밝혀주길 바라죠. 우리가 이렇게 투쟁하고 있지만 왜 이런 일이 벌어졌는지에 대해서는 우리도 정확히 모르고 있어요.

고동민　노동법원을 만들어주면 좋겠어요. 노동문제를 자본의 논리로만, 민사법의 논리로만 푸는 법원과 판사만 있으니 사태가 더 악화돼요. 지금은 노동관련 재판에서 판사가 중립만 지켜도 우리는 감읍할 지경이에요. 상식적인 판사만이라도 많으면 좋겠어요.

조국　국회청문회나 국정감사를 통한 진상조사가 필요해 보입니다. 법학자로서 저는 독일이나 북유럽처럼 노조 대표가 기업 이사회의 구성원이 돼 경영에 참여하고 회계를 감시할 수 있도록 법이 바뀌어야 한다는 생각을 갖고 있어요. 노조 대표가 아닌 '공익이사'가 들어갈 수도 있지요. 여하튼 '산업 민주주의'가 필요하다는 거죠.

박호민   우리나라 기업의 사외이사는 거수기에 불과하던데요, 뭘.

시민 한 분 한 분의 발걸음이
죽음을 막을 수 있다

조국   비관적이고 절망적인 얘기를 할 수밖에 없었습니다. 분위기를 바꿀 겸 '희망식당' 얘기를 잠깐 해볼까요.

고동민   상도역 1번 출구 근처에 있는 '상도 실내포장마차'예요. 해고자 형수님이 하는데, 음식 맛이 굉장히 좋아요. 이걸 꼭 강조해 주세요. (웃음) 일요일에만 하는 줄 아시는 분이 많은데, 평일에도 해요. 작년 12월 7일부터 '더 이상 죽지 말자. 죽으면 안 된다'는 의미로 희망텐트 농성을 시작했는데, 12월 23일 1차 희망텐트의 날에 신동기 동지가 지부 동지들과 함께 곰탕 1,000명분을 3박4일 동안 잠 안 자고 끓였어요. 맛이 정말 끝내줬죠. 그때부터 우리가 '신 셰프', '신 셰프' 합니다. 이걸 보고 〈미디어충청〉 임재업 대표가 식당을 열자고 제안해서 진짜 열게 된 거예요.

김정우   시민들이 주중에도 꼭 와주셨으면 좋겠어요. 매일매일 이용해주세요. '신 셰프'는 남들이 하기 싫어하는 일을 몸소 했던 친구예요. 생계가 어려워 오늘은 다른 일 하러 갔는데, 정말 훌륭한 동지죠.

조국   서빙 지원을 받는다고 들었습니다. 저도 한번 하고 싶은데요.

김정우   기회가 많지 않아요. (폭소)

고동민   인권재단 박래군 이사가 음식도 만들고 서빙하는 날 손님이 제일 적게 왔는데 음식도 맛이 없었대요. (웃음) 그 뒤 이선옥 작가가 오니까 손님이 바글바글했어요. 음식 맛도 좋았다 하고.

조국   박 이사가 산적처럼 생겨서 그런가… (폭소) 노조 외부에서 많은 사람이 지원했죠.

박호민   분향소 찾아오는 한 분 한 분이 고마울 따름이죠. 그분들에게 마음의 빚을 지고 있어요.

김정우   민주노총 산하 조직원들이 가장 열심히 우리를 도와주고 있어요. 그리고 일반 시민들도 마음을 나누어줘 정말 고맙고요. 점점 더 많은 발길이 이어지고 있어요.

고동민   민주노총 칭찬도 해주세요. 잘못도 있겠지만 민주노총 금속노조가 없었으면 우리 얘기는 알려지지도 않았을 거예요. 우리 문제는 유명인사 몇 명이 해결할 수 있는 게 아니에요. 시민 한 분 한 분의 발걸음이 죽음을 막고 우리를 공장으로 돌려보낼 수 있어요. 자기 슬픔마냥 울어준 많은 시민들이 이런 사회적 힘을 만들었다고 생각해요.

조국　오늘 인터뷰로 더 많은 관심이 모이고 19대 국회가 문제해결에 소매를 걷어붙이고 나서면 좋겠네요.

김정우　시민들과 정치권이 '함께 살자'는 우리 외침에 귀를 기울여주길 진심으로 부탁드리고 싶습니다.

• • •

대선 전후 쌍용차에 대한 관심이 높아지자 대선 후 회사측은 무급휴직자 455명 전원을 복직시키겠다고 발표했다. 그런데 기실 이들은 파업 당시 합의에 따라 2010년에 진작 복직했어야 했을 사람들이었다. 대선 과정에서 새누리당과 민주당은 쌍용차 국정조사를 약속했다. 그러나 이 글을 쓰는 2013년 2월까지도 국정조사를 열지 못하고 있다. 양당은 현재 쌍용차 관련 '여야협의체' 구성에만 합의한 단계다.

인터뷰 당시 노동자 22명의 죽음이 있었는데, 이후 24명으로 늘어났다. 정치권의 미온적 대응이 계속된다면 비극이 또 발생할지 모른다. 특히 한 달 월급 200만~300만 원 받는 노동자들에게 몇십 년 일해도 갚을 수 없는 거액의 손해배상을 청구하고 전세금과 퇴직금을 가압류하는 사측의 행위는 사실상의 '자살강요' 행위다. 정신과 의사 정혜신 박사는 '죽음의 번호표'를 받고 대기하는 사람이 있다며 경고했다. 쌍용차 문제는 정파 이익에 따라 재단되고 해결되어선 안 된다. 정치권의 각성이 필요하다. 2009년 김문수 경기도지사는 쌍용차 노조가 '자살특공대'를 만들어 죽을 길을 선택했다고 비난했는데, 제발 이런 무지막지한 발언을 또 듣고 싶지 않다.

쌍용차 사태를 접하면서 미국 GM 노조 파업 사례가 떠올랐다. 미국은 유럽에 비해 훨씬 더 자본중심적인 나라다. 그런 미국에서도 해고자 모두를 일단 준공무원으로 채용했다. 그 뒤 중앙정부, 주 정부, 회사는 이들을 다른 관련 직종 직군에 채용해 임금의 90%를 주고, 임금을 3분의 1씩 부담하고, 회사가 활성화되면 전원 복귀한다는 합의를 이루었다. 한국은 OECD 소속 나라 중 복지 수준이 바닥이다. 사회안전망이 약하므로 직장을 잃으면 바로 바닥으로 추락한다. 해고가 죽음을 낳는 구조인 것이다. 이제 정리해고 요건을 엄격히 재규정해야 할 때다. 자본편향적인 법해석과 집행은 사회통합을 해친다. 이런 문제를 해결하지 않으면 경제민주화는 없다.

인터뷰 중 말했던 '희망식당' 봉사 희망은 이루어졌다. 2012년 8월 27일 상수동에 위치한 '희망식당' 2호점에 가서 설거지를 했다. 그들이 모쪼록 오늘도 '희망'을 짓고 먹을 수 있게 하기 위해, 우리 모두 나서야 한다.

2부

"저도 제 자신이 비제도권의 대표라는 생각을 해요.
그래, 너희 쪽 대표선수를 내봐라,
나한테 상대가 안 된다."

김기덕 영화감독

"세상의 '잡놈'들에게 '너 자신을 믿어라'라고 말해주고 싶어"

————

김성근 고양 원더스 감독

"어디에서든, 패자부활전은 필요합니다"

————

이제석 이제석광고연구소 대표

"광고천재? 학창시절엔 공부 못하는 불청객이었을 뿐"

나는 세상의 불청객

"세상의 '잡놈'들에게
'너 자신을 믿어라'라고
말해주고 싶어"

영화감독 **김기덕**

2012년 10월 17일(수)

10:30~13:00

경기도 소재 김기덕 감독 자택

정규교육을 거의 받지 못한 채 밑바닥 삶을 몸으로 헤쳐가다 영화 속으로 뛰어든 사람, 외진 산속 방 한 칸짜리 집 안에 텐트 치고 홀로 살며 영화를 구상하고 직접 만든 기계로 에스프레소 커피를 뽑아 마시는 사람, 황금사자상 등 각종 상패를 둘둘 말아 방 구석에 처박아놓은 사람을 만났다. '야생'과 '잡놈'의 힘을 바로 느낄 수 있었다.

　　〈피에타〉가 황금사자상을 수상하기 전 김기덕 감독은 국내 영화계의 이단아였고 불청객이었다. 그의 성격이나 삶의 방식, 작품의 메시지와 표현 등이 다 환영받지 못했다. 그러나 황금사자상 수상은 김기덕에 대한 국내 영화계 안팎의 평가를 바꿔놓았다. 김 감독의 상처도 많이 어루만져준 듯했다.

조국　　〈피에타〉가 이번 69회 베니스 국제영화제에서 황금사자상을 받은 것, 축하합니다. 수상하신 후 국내에서 큰 조명을 받았지만 공개 기자회견 외에는 언론인터뷰를 안 하셨죠. 만나주셔서 감사합니다.

김기덕　가장 큰 이유는 조 교수님이 인터뷰를 진행한다는 것 때문이었지요. (웃음) 예전에 몇몇 언론사 인터뷰를 했는데 데스크 지침 때문에 내용이 편의적으로 조정되는 경우가 있었거든요. 불편한 경험이었어요.

조국　김 감독님 이미지는 상처 입은 야수였습니다. 집으로 오라고 하셨을 때 야수가 웅크리고 상처 핥는 거처를 엿보겠구나, 했지요. (웃음) 생각보다 아늑합니다.

김기덕　(장작불에 데운 매실차를 따라주며) 지내보면 더 아늑한데⋯ 잔이 좀 거뭇거뭇하지요. 여기선 늘 대충 먹어요.

제가 남들에게는 야생동물로 비춰질지 모르지만, 한 인간으로서 부끄럽지 않으려고 노력해요. 이런 곳에 사는 이유도 최소한만 쓰고 최소한의 쓰레기를 만들기 위해서죠. 제가 (이런 곳에 살아야 할 만큼) 돈 없는 사람은 아니거든요. 한 인간으로서 토해내는 쓰레기가 어마어마하잖아요. 돈이 많으면 더 많이 토해내겠죠. 가급적 토해내지 않으려고 태양열 집적기도 설치했어요. 이런 곳에 살면 겨울 실내 온도가 17도 정도 돼요. 처음에는 몹시 추웠는데 1년쯤 지나니까 몸이 적응하더라고요. 서서히 야생동물에 가깝게 가고 싶은 마음은 있어요.

흰색을 말하기 위해선
검은색을 말해야 한다

조국　　황금사자상 타기 전까지는 영화계와도 관객과도 사이가 좋지 않았습니다. 그런데 이번 수상을 계기로 분위기가 확 바뀌었습니다.

김기덕　　이번 수상 이전에도 국내외에서 여러 상을 많이 받았어요. 그런데 이번은 금과 은 차이인 것 같아요. 한국 영화계가 기다리던 상이었으니까요. 나라 전체에서 애국심이 발동하는 것 같기도 하고요. 〈피에타〉에도 예전 제 영화의 불편함이 고스란히 있는데 그걸 다르게 해석하며 장점을 찾아주시기도 하네요. 제 영화를 전혀 보지 않은 분들도 절 알아보고 고생했다 감사하다 인사하시고요. 시골 할머니들이 알아보기도 하던데요. (웃음) 이번 작품이 황금사자상을 탈 만한 영화인가 하는 논쟁이 고개를 드는 것 같은데, 그것은 당연한 일이고요.

조국　　감독님도 이번 수상을 계기로 예전보다 많이 편안해지신 것 같네요. 감독님은 영화를 통해 이 세상은 정글이다, 라고 절규하는 것 같았습니다. 강자가 약자를 수탈하고 잡아먹는 세상, 무자비한 폭력과 야만이 관철되는 세상을 드러내기 위해 살인, 강간, 폭행, 상해 등의 끔찍한 장면을 생생히 보여주고요.

김기덕　　첫 영화 〈악어〉부터 그랬죠. 정점에 이르렀던 게 〈나쁜 남자〉 아니었나 싶고요. 주한미군 문제를 다룬 〈수취인불명〉에도 엄청난 내부적 폭력이 나오죠. 흰색을 말하기 위해선 검은색을 말해야 한다고 생각해요. 우리 사회가 겉으로 보면 고요하고 평온하지만 내면에 들어가면 여러 가지가 뒤엉켜서 가는 사회거든요. 제 영화에는 깡패, 창녀 등 가장 밑바닥에서 발버둥치는 사람들이 등장하죠. 이들은 돈 있고 권력 있는 사람들이 결코 경험하지 못하는 경지에 가 있다, 이들이 보는 세상이 굉장히 정확할 거다 생각했어요. 이들의 거친 행위를 통해 우리 사회에서 계속되는 질곡을 보여주고자 한 거죠. 단, 초기 영화들의 장면이 좀 더 절제되었더라면 좀 다른 영화들이 되지 않았을까 생각은 해요.

조국   OECD 가입국가, 국민소득 2만 불을 자랑하는 대한민국의 더러운 속살을 까주마, 너희가 외면하는 불편한 진실과 잔인한 현실을 보여주마, 이런 생각 아니었나요.

김기덕   사실 제 영화 장면보다 '9시 뉴스'가 더 잔인하지 않나요? 사건을 압축하고, 진짜 내용을 볼 수 없으니 체감이 덜할 뿐이죠. CNN도 BBC도 마찬가지고요. 보도되는 사건을 파헤쳐보면 숨겨져 있는 게 많아요. 죽은 사람보다 살아 있는 사람이, 죽인 사람보다 죽은 사람이 더 나쁜 경우도 있다는 거죠. 저에게 영화는 시대와 세상을 느끼는 '온도계'입니다. 서울 시내에서 지하철을 타거나 하면 항상 날카로움과 비겁함과 잔인함을 느끼거든요. 사람들 표정에서, 언어에서, 스쳐 지나가는 인상에서. 한국사회 곳곳에 잠재적 시한 폭탄이 째깍거리고 있어요. 어느 순간 불 붙으면 끔찍한 일이 벌어지고 사회는 뒷수습하려 하지요. 그리고 한국사회는 극단적 경쟁을 부추기는 자본주의입니다. 먹히지 않기 위해 초등학교 이전부터 치열한 경쟁을 해야 합니다. 60~70년대에는 빈농 아버지들이 자기 아들 서울대에 보내 권력, 명예, 돈을 얻으려는 열망을 가지고 있지 않았습니까. 이런 열망이 부정부패를 낳았고요. 저는 우리가 이 모든 일의 공범이라고 늘 생각해요. 예컨대 나 개인과는 무관한 살인 사건의 경우에도 이런 사회 속에 사는 우리는 작은 역할을 하지요. 각각은 시계의 초침, 분침, 시침 역할을 하는 것 같아요. 제가 영화로 관객을 자극해서 메시지를 전한다고 생각해본 적은 없어요. 제 영화 끝에는 그러한 것도 인생이라는 결론을 내려요. 우리가 살아가는 삶 자체는 자학, 가학, 피학이 바퀴를 형성해 굴러가는 게 아닐까요.

작품에서 제가 판타지를 많이 구사합니다. 잔인한 영화로 평가받는 〈악어〉나 〈나쁜 남자〉에서도 그랬죠. 그렇지 않으면 누군가는 늘 패배자고, 열패감에 시달리고, 이런 건 너무 괴로우니까요. 또 문제의 해결점을 찾지 못하기 때문에 그런 결말로 갔던 것 같기도 하고요.

조국　감독님 영화에는 악인이 많이 등장합니다. 〈아리랑〉에서 "악역을 잘하는 이유는 내면에 악이 있기 때문이다"란 대사는 감독님 자신과 우리 모두에게 한 말같이 들립니다.

김기덕 그 대사는 굉장한 아이러니를 말한 겁니다. 저의 악한 연기에 대해 많은 사람들이 귀엽다고 하더라고요. (웃음) 물론 저 사람은 영화가 아니면 어디서 저 분노를 폭발할까, 하는 사람도 몇 있어요. 한편 이런 건 있어요. 동물도 어류, 조류, 포유류 등으로 나뉘고, 그 안에도 육식동물과 초식동물이 있잖아요. 육식과 초식동물은 눈빛이 달라요. 육식동물 중에도 죽은 고기 먹는 게 있고 산 짐승 잡아먹는 게 있고. 인간들도 그러한 근성 차이가 있을 거라고 봐요. 외국은 잔인한 범죄인의 내면을 열어보는 심리분석이 발달해 있잖아요. 개인의 충동이 아니라 그 사람 내면의 트라우마를 보는 것 말입니다. 저도 인간의 선악을 자꾸 분해해보는 편이에요. 영화에 그걸 적용하고요.

조국 〈나쁜 남자〉 등 작품 속 여성의 모습 때문에 여성계에서 엄청나게 공격받았습니다. 감독님 작품 속 여성은 '창녀' 아니면 '성녀'로 그려질 때가 많습니다. 〈피에타〉는 후자에 속하는 헌신적 어머니고요.

김기덕 국내외에서 '당신 영화야말로 페미니스트 영화 아니냐, 여성이 한국에서 처한 위치를 정확히 지적하는 영화 아니냐'라고 말하는 분들도 많아요. 영화에서 주제와 메시지를 위해 사용되는 재료와 시퀀스가 있는데, 그것을 감독의 철학이나 시각이라고 생각하는 건 오류지요.

세상과 불화하는
'사이코'

조국   영화계 사람들과도 많은 갈등을 겪었습니다.

김기덕   제가 시비를 걸었던 건 아니었지요. 돌이켜보면 제도권과
비제도권 사이의 간극과 경쟁에서 오는 이해부족이었던 것 같아요.
양측 사이에 심리적 긴장과 게임이 있어요. 저도 제 자신이 비제도
권의 대표라는 생각을 해요. '그래 너희 쪽 대표선수를 내봐라, 나
한테는 상대가 안 된다' 하는 생각을 했어요. 몇 년 전부턴 그런 생
각에서도 벗어난 것 같지만. 〈악어〉가 처음 나왔을 때, 주목해야 한
다고 한 평론가가 한 명이었다면 '이것도 영화냐' 했던 게 9명 정도
됐던 것 같아요. 유일하게 옹호했던 이가 정성일 씨지요. 이후 아
홉 중 몇 분도 이 사람 다시 보자고 돌아섰고요. 출품하던 초기에
는 '나는 열심히 하는데 왜 날 비판하지' 이런 생각이 있었어요. '쟤
가 저러다 말겠지' 하는 시각도 느껴졌어요. 한 개인이 살아오면서
보고 느낀 모든 것이 정보잖아요. 학교에서 습득한 정보만 가치 있
는 게 아니잖아요. 엄마의 사랑을 받지 못했다, 어릴 때 생활의 영
향이다 등등의 말로 제 영화를 비평했을 때는 인신공격으로 느껴
졌어요. 그런데 제 영화 중기, 그러니까 8편쯤 만들면서부터는 그
런 비판에 의미를 두지 않아야겠다는 생각을 했어요.

여전히 저는 영화인 친구가 없어요. 술 한잔 함께할 수 있는 감독

도 없고요. 유일하게 이창동 감독님이 저를 동생처럼 아껴주고, 제 영화를 지지해주고, 어디 가서도 거론해주고 그러시죠. 제 조감독으로 일하다가 데뷔한 감독 중 한두 명과는 교류하지만, 소위 '메인스트림 감독'들, 저하고 해외에 나가 같은 무대에 서는 감독들도 사적으론 만나서 술 한잔하는 일이 없어요. 제가 가까이 가려 해도, 저를 그렇게 친숙하게 느끼는 것 같진 않더라고요.

조국   여전히 외로우시군요. 〈피에타〉 수상 소감에서 "구리를 지고 나르던 열다섯 살 자신의 모습"을 떠올렸다고 했습니다. 어린 시절 얘기를 조금 해주시죠.

김기덕   고향은 경북 봉화군 춘양입니다. 춘양목으로 유명한 동네지요. 1969년 아버님이 저희를 교육시킨다고 서울로 데려와 일산에 거주시켰고요. 학교에 들어갔지만 형님이 중학교 때 수업료를 딴 데 쓰면서 퇴학을 당했습니다. 동생들이 장남보다 학교를 더 가는 건 용인이 안 될 때라 저는 원예와 축산을 배우는 전수학교에 갔어요. 졸업 후 바로 공장에 취직해 4~5년 기계 만지며 생활하다 군대를 갔지요.

조국   소년 노동자로 어디어디서 일했나요?

김기덕   청계천 작은 공장 외에 폐차장, 가축공장 등에서 일했어요.

조국   당시 노동운동을 접했나요?

김기덕   노동운동과의 접촉은 전혀 없었어요. 데모 때문에 길 막히고 최루탄 터지고 해서 학생들 원망 많이 했어요. '학생들이 공부

해야지. 나 같은 애들도 있는데' 하는 부정적인 생각을 가지고 있었어요. 어쨌든, 저는 기계를 만지면서 많이 배웠어요. 기계의 작동원리에서 엄청난 철학적 깨달음을 얻었어요. 지금도 기계 만드는 걸 매우 좋아해요. 기계 안엔 모든 게 다 있거든요. 아까 자학, 피학, 가학을 말했는데, 고체, 반도체, 비도체 같은 원리를 이야기하는 거잖아요. 학교는 못 갔지만, 공장이 제겐 학교였어요.

조국 공장 노동자 생활을 한 후 해병대에 입대해 하사관이 됐습니다. 이 두 가지 경험이 감독님의 정신과 육체에 촘촘한 '잔 근육'을 만들어준 게 아닌가 합니다. 세상사를 파악하고 헤쳐 나가는 잔 근육 말이죠.

김기덕 그렇게 표현하시니 틀렸다고 할 순 없을 것 같아요. 둘 다 육체적 노동이 기본이 되고 수직적 명령과 복종이 관철되는 곳이지요. 지금도 온몸에 근육이 많은데, 공장의 무거운 짐과 해병대의 운동이 만든 것 같아요. 해병대에 지원해 들어갔어요. 고등학교 간 친구들에 대한 열등감도 있었고. 그때는 학교를 못 가면 군대도 방위를 가야 하는 시대였어요. 그래서 해병대를 지원했어요. 군대체질이라는 얘기 많이 들었죠. 상도 많이 받았고요. 군인정신을 체화하고 그에 투철하게 살다 보니 '사이코'란 소리까지 들었어요. 대대전체를 엎드려 뻗쳐놓고 400명에게 '빠따'를 친 적도 있어요.

조국 400명에게 '빠따'를 친 '사이코'라… (웃음) 어떤 이유로 그렇게 됐나요?

김기덕   유격훈련을 갔는데 병장들은 고기를 주면서 하사관한테는 국물만 주더라고요. 그래서 항의를 했더니 대대장이 네 맘대로 하라고 해서 그렇게 한 거죠. 팔 아파 죽을 뻔했어요. (웃음) 바로 '사이코'라고 소문났지요. 군인정신이 너무 투철했던 것 같아요. (웃음)

조국   제가 직접 뵙지는 못했지만, 김 감독님에게는 소설가 김훈 선생의 느낌이 있습니다. 김훈 선생은 '매뉴얼에 따라 행동하는 대위'를 제일 신뢰하고, 자전거 타기를 좋아하시죠.

김기덕   김 선생님, 잘 압니다. 며칠 전에도 뵀습니다.

우리는 진정 1대 1로 만나고
부딪치고 있는가

조국   공장과 군대에서 몸과 마음의 틀이 만들어졌는데, 갑자기 프랑스로 떠났습니다. 어떤 이유와 계기가 있었나요?

김기덕   제대 후 다시 공장 일을 하기 싫었어요. 남산 시각장애인 교회에서 봉사하면서 한동안 얹혀살았죠. 학력이 없으니 회사에 원서도 못 내고. 길거리에서 화가 흉내 내며 그림을 그리고 있었는데, 이러다간 내 미래에는 아무것도 없겠구나 하는 불안에 휩싸였어요. 프랑스는 예술의 나라, 기회의 나라, 능력의 나라, 이런 관념을 가지고 있었어요. 그런 상황에서 백남준 선생님 이야기를 접했죠. 백 선생님도 공부를 많이 한 분이 아니잖아요. 이 분 이야기를 듣고 내 자신을 돌멩이처럼 힘차게 던져보자고 결심할 수 있었어요. 돈이 없으니까 기차를 전전하면서 유럽을 돌아봤어요. 늘 시골을 다녔던 것 같아요. 마지막으로 남부에 정착한 후 처음으로 영화를 볼 기회를 가졌죠. 〈양들의 침묵〉과 〈퐁네프의 연인들〉을 보고 영화를 만들어야겠다 마음먹고 시나리오를 쓰기 시작했어요. 1995년에 시나리오가 당선되고, 1996년 〈악어〉로 데뷔했죠.

조국 과거는 물론이고 요즘 학생들도 그런 선택하기가 쉽지 않을 것 같습니다.

김기덕 아무것도 가진 게 없었다는 거, 잃을 게 없었다는 거, 지킬 게 없었다는 거, 이 점이 도전의 길을 열어주지 않았나 해요.

조국 언어는 어떻게 하셨어요?

김기덕 외국어를 정식으로 배운 적은 없어요. 한국의 간판이 많은 영어를 가르쳐준 것 같아요. (웃음) 사람들이 영어를 섞어 쓰는 대화들도 도움이 됐고요. (웃음) 프랑스에선 매일 불어 동사와 명사를 20~30개씩 외우고 습득해서 생활하는 덴 문제가 없었던 것 같아요. 물론 토론할 수 있는 정도는 아니었고요.

조국 〈양들의 침묵〉의 잔혹함과 〈퐁네프의 연인들〉의 환상은 지금도 감독님 영화에서 보입니다.

김기덕 부정하지 않습니다. 에밀 쿠스트리차의 〈집시의 시간〉에서도 영향을 받았고요. 당시 한국 영화에서는 이미지 접근이 없었는데, 저는 이미지 접근으로 영화를 만들었거든요.

조국　　　정규 영화교육을 안 받았습니다. 영화 만드는 데 가장 중요한 것이 무엇이라고 생각하세요?

김기덕　　　영화도 기술적으로는 한 달이면 배울 수 있어요. 시나리오든 연출이든. 정말 중요한 영화의 재료는 삶에 대한 관찰과 목격이에요. 모스크바, 베니스 등 외국에서 강의할 때도 같은 얘기를 했어요. 학교는 필요한 것이지만 10분의 1 정도라고 생각해요. 학교가 전부가 되어선 안 돼요. 영화에는 창의가 개입돼야 하잖아요. 사람들의 삶의 현상을 정제해서 메시지화하는 작업은 고스란히 개인에게 남는 문제죠. 굳이 말하자면 삶을 보는 게 수업이 아닐까 해요.

조국　　　〈한겨레21〉이 감독님 얼굴을 표지에 내면서 '잡놈 스타일'이라고 이름 붙였어요. 기분 나쁠 수도 있는데….

김기덕　　　괜찮습니다. '머슴'이란 말도 많이 들었어요. (웃음)

조국　　　저는 '범생'의 스펙을 갖추고 있지만, '범생'이 절대 가질 수 없는 '잡놈'의 힘이 있다고 생각합니다. 그런데 '범생'이 되지 못하는 많은 사람들이 '패배자' 취급을 받고 상처받고 쓰러지고 있지 않습니까.

김기덕　　　프랑스 가기 전까지 스스로를 무시했어요, 철저히. 너는 학교도 안 나왔고, 뭐도 못했고 뭐도 없고…. 그런데 프랑스 가서 바뀌었어요. 학력, 혈연, 지연 없이도 성공할 수 있는 세상이 있음을 보고 나서 내 속에 축적된 에너지와 정보도 가치가 있다는 믿음을 가졌지요. 세상의 '잡놈'들에게 '너 자신을 믿어라'라고 말해주고 싶어요. 우리 교육, 문제입니다. (스마트폰을 들며) 요만 한 거에 얼마든지 넣어둘 수 있는 것을 머릿속에 담도록 요구하고 이를 출력해서 테스트하는 건 끔찍한 일이에요. 머리에 담아야 할 정말 중요한 것이 얼마나 많습니까. '공부'의 한자 발음은 '쿵푸'지요. 원래 뜻은 몸과 마음을 다스린다는 거잖아요. 그런데 우리는 '공부'란 이름 아래 애들을 혹사시키고 있어요.

조국　황금사자상 수상 후 문재인 후보를 공개 지지했습니다. 그 이유를 공수부대와 해병대의 관계 때문이라고 농 섞어 말했지요. (웃음)

김기덕　저는 '노무현 정신'이 완성되지 못했다고 생각해요. 정치의 변화, 삶의 변화, 인간가치의 변화에 시동은 걸었지만 완성하진 못했어요. 곪은 상처가 여전히 있어요. 서로가 존중되지 못하고 편견을 가지고 무시하고 차별하고… 저는 경쟁에 기초한 수직사회보다 거대한 수평사회를 원해요. 대선후보들 다 훌륭하지만 저는 문재인이 이 일을 할 수 있다고 느꼈어요. 지금까지 대선후보들은 권력을 잡으려고 하는 분들이 많았잖아요. 그런데 문재인은 권력을 피하려 했던 사람이고, 누구보다 치명적인 심리적 고통을 겪었음에도 전쟁터에 나온 사람이란 점이 좋았어요. 문재인은 실패를 경험했기에 완성을 책임질 수 있다고 생각했어요. 물론 대통령이 되려면 '친노'를 다 끌고 가서는 안 될 겁니다.

조국　　김 감독님께 영화란 무엇입니까?

김기덕　　제 인생의 숙제죠. 제 직업에서 갈 수 있는 최고점을 가야 하잖아요. 영화도 어떤 경지가 있다고 믿어요. 영화가 표현하는 인간과 삶과 그 안의 카테고리를 하나씩 풀어나가면서 그 경지에 도달하는 거지요. 과학자가 발견되지 않은 미지의 퍼즐을 푸는 것처럼.

조국　　준비하고 있는 차기작은 무엇인가요?

김기덕　　우리 사회의 온갖 편견에 대한 글을 써보는 중이에요. 제목은 〈1대 1〉. 싸움할 때 말하는 '1대 1'이에요. 우리가 진정 1대 1로 만나고 부딪치고 있느냐 하는 질문을 해보고 싶어요.

조국　　감독님 색깔을 살리면서도 더 성숙하고 대중적인 작품 기대합니다.

김기덕　　(직접 만든 기계 3대를 가리키며) 에스프레소 한잔하며 더 얘기해봅시다.

．．．

　　김 감독은 우리 사회의 '주류'로부터 모질게 공격당하고 조롱받은 고 노무현 대통령과 문화적, 심리적 공감대를 형성하고 있는 듯했다. 그가 지난 대선 시기 "문재인의 국민이 되어 대한민국에 살고 싶다"며 공개 지지의사를 밝힌 것도 그런 맥락에서였을 것이다. 문재인은 패배했고, '주류'는 다시 승리했다. 그러나 김기덕은 꿋꿋이 그리고 끈질기게 자신의 길을 걸어갈 것이다.

〈피에타〉는 32회 영평상 최우수작품상, 33회 청룡영화상 최우수작품상, 4회 올해의 영화상 작품상을 받아 3관왕이 되었다. 그러나 김 감독은 〈피에타〉를 상영 한 달 만에 자진 종료시켰다. 그는 대기업 자본이 점령한 극장 배급체제를 강력 비판했다. 당시 큰 인기를 끌었던 〈광해〉, 〈도둑들〉을 언급하면서. 그가 9월 24일에 쓴 '피에타 관객분들께 감사드리는 글'이라는 공개편지에는 이런 말이 있다. "여전히 멀티플렉스의 극장을 한두 영화가 독점하고 있고 동시대를 사는 영화인들이 만든 작은 영화들이 상영기회를 얻지 못하고 평가도 받기 전에 사장되고 있습니다. 또 창작자의 영역이 좁아지고 투자자의 생각이 중심이 되어 감독들이 교체되고 그들에 의해 과거 성공한 외화들이 정체불명의 이상한 한국영화로 둔갑하여 극장을 장악하고 있습니다." 영화계가 새겨들어야 할 직설이다. 그런데 김 감독은 '올해의 영화상' 수상소감에서 "이 작품상을 〈광해〉, 〈도둑들〉과 함께 나누고 싶다. 돌이켜 생각해보니 그 영화를 열심히 만든 감독과 제작진, 배우들에게 죄송하다"라고 밝혀 의외라는 평을 받았다. 자신의 입장을 분명히 밝히면서도 타인에 대한 배려를 놓치지 않으려 한 것이다. 그는 극장 독과점 '체제'를 비판했을 뿐, 대박 영화를 만든 '사람'을 비판한 것은 아니었다.

김 감독은 〈퐁네프의 연인들〉을 만든 레오 카락스 감독 팬이다. 그런데 최근 카락스 감독이 자신의 새로운 영화 〈홀리 모터스〉를 들고 방한했을 때 기자가 김 감독의 영화를 보았느냐고 묻자, "본격적인 영화인의 길을 가게 되면서 다른 영화들을 거의 안봤다. 한국 영화뿐 아니라 프랑스 영화도 잘 안 본다"고 답했다. 김 감독은 예의 차리는 답변을 하지 않는 카락스 감독의 직설적 반응을 더 좋아했을 것 같다.

"어디에서든, 패자부활전은
필요합니다"

고양 원더스 감독 **김성근**

2012년 4월 10일(화)
10:00~12:00
고양시 야구 국가대표 훈련장

열혈 야구팬으로서 '야신'을 '영접'했다. 철두철미 훈련과 승리를 중시하는 사내, 6번 프로야구 감독을 맡고 6번 경질된 후에도 꼿꼿하게 독립야구단 감독을 맡고 있는 사내를 만났다. 일흔 나이에 불타협, 불퇴전의 정신과 딴딴한 육체를 가진 그가 놀라웠다. 일본에서는 '조센징'이라는 욕을 들으며 7남매가 막노동해야 하는 어려운 생활조건에서 살았고, 한국에 와서는 '쪽발이'라는 비아냥을 일본인 아닌 한국인들로부터 들어야 했다. 그러나 그는 세상과 야구판의 이치를 냉정하게 인식하며 이를 악물고 자신의 길을 고수하며 묵묵히 걸어갔다. 그에게서 나이가 들어도 끄떡없고 오히려 빛나는 클린트 이스트우드의 느낌을 받았다. 그의 책 제목을 빌려 말하자면, "(나는) 김성근이다"라는 묵성(默聲)이 들리는 듯했다. 고양 원더스는 퓨처스(2군) 리그 48경기에서 20승 7무 21패(승률 0.488)를 거두었고, 5명의 선수를 프로팀으로 보냈다. 놀라운 성과가 아닐 수 없다.

조국　'야신'을 뵙게 돼 영광입니다. 그런데 김응룡 감독이 붙여준 별명 '야신'보다 '잠자리 눈깔'을 선호하신다고 들었습니다.

김성근　'잠자리 눈깔'은 어떤 순간도 놓치지 않는다는 뜻이에요. 사실 그때(2002년 한국시리즈) 내가 선택한 수가 거의 다 맞았어요. 투수 교체, 대타 등. 당시 감독으로서 두 번째 눈을 떴죠. 첫 번째 눈을 뜬 것은 가난한 구단인 쌍방울 감독 때였어요. 하지만 '야구의 신'은 있을 수 없는 겁니다. 모자라도 한없이 모자라요. 사실 김응룡 감독이 머리가 좋은 거죠. 나를 '야신'이라고 치켜세워놓고 '야신'을 이겼으니까. (웃음)

조국　감독님은 수첩, 식당, 동행인 등과 관련해 많은 징크스를 갖고 있는 것으로 압니다.

김성근　징크스가 유난히 많아요. 몇 시에 어디 가야 하고, 계단 올라갈 때 어떻게 올라가야 하고 등등. 덜 알려진 것으로 화장실 징크스가 있어요. (웃음) 예를 들어 사직구장에 가면 왼쪽에서 세 번째 화장실을 갑니다. 잠실구장은 왼쪽에서 첫 번째 화장실이고요. 문학구장에서는 감독실에서 나오자마자 화장실에 가요. 징크스는 이기고 싶은 집념의 산물입니다. 마음의 불안감을 이기기 위한 것이기도 하고요. 좋게 얘기하면 세심한 것이고.

조국　'전쟁'을 앞둔 '장수'가 행하는 '주술의식'이군요. 경기운영에서 데이터를 중시하시는 것으로 알려져 있는데요.

김성근　데이터는 참고자료일 뿐이에요. 실제로는 직감이 더 많이 작동합니다. 90%가 직감이에요. 데이터로 포착되지 않는 것이 많아요. 예를 들어 최형우가 김광현한테 몇 타수 몇 안타 쳤는지는 기록이 있어요. 하지만 경기 당일 컨디션은 데이터에 안 나오죠. 심리도 안 나오고요.

조국   그러한 직감은 수많은 경험과 관찰의 농축물이겠지요. 요즘 쓰고 있는 야구모자 챙 안쪽에 적어둔 글귀가 있는지요. 다른 사람이 보지 못하는 곳에다 자기 자신에게 던지는 메시지를 적어둔 것일 텐데요.

김성근   '판단', '결단' 이런 걸 많이 써놓습니다. '집념'이라고 쓴 것도 있고요.

조국   고교 입학 때부터 야구에 죽고 야구에 사는 '야생야사(野生野死)'를 추구하며 살아오셨습니다. 시즌 중 집에 거의 들어가지 않는다고 하던데 정말인가요.

김성근   고교에 진학하면서 돈 벌고 학비 내야 하니까 그때 생각이 깊어지지 않았나 싶어요. 1년에 일주일 집에 들어가면 많이 가는 겁니다. 지금도 아파트 얻어 혼자 나와 살아요. SK 5년 동안 집에 들어간 날이 한 달이 안 돼요.

조국   쫓아내지 않는 사모님께 감사해야겠습니다. (웃음) 여가 시간에는 뭘 하십니까?

김성근   여가 시간 없어요. (웃음) 오늘도 쉬는 날인데 선수들 보러 왔죠. SK 시절에도 시간 나면 2군 선수들 보러 갔어요. 24시간 내

내 안테나를 세워놓아야 하거든요. 프로는 완전을 추구하는 사람이 이기는 겁니다. 완전을 추구하지 않는 사람은 프로에서 살아남지 못해요.

조국   혹시 꿈속에서도 야구를 하십니까?

김성근   야구 꿈을 자주 꿉니다. 두산에 진 날 야구 꿈을 꾸다가 새벽 4시에 벌떡 일어나 어떻게 하면 이길까 생각했죠. '야구의 신'이라면 모든 걸 알 수 있어야 하는데, 왜 새벽 4시에 일어나 끙끙대겠어요. (웃음)

잔재주 부리는 놈이 이기는 사회는
바뀌어야

조국   프로구단에 계시다가 독립 야구단을 맡으신 각오가 새로울 것 같습니다. 이곳에 오신 후 선수 5명을 프로팀으로 보내셨는데요. 자서전 제목인 "꼴찌를 일등으로"의 원칙은 무엇인가요?

김성근   '어차피', '혹시', '반드시' 이 세 단어를 어디에 적용시키느냐에 따라 인생이 달라집니다. '어차피'는 스스로 포기하는 거예요. '혹시'는 1~2%의 희망을 좇는 것이죠. 나는 '어차피', '혹시'를 '반드시'로 바꾸려고 했어요. 사람은 누구나 잠재능력을 가지고 있고, 그걸 계발하는 게 나의 임무입니다.

조국　'패자부활전' 없는 한국사회에 대해서는 어떻게 생각하십니까?

김성근　우리나라는 재벌사회, 금권지배사회 아닙니까. 돈 있는 사람이 말하면 통하고, 돈 없는 사람이 말하면 통하지 않는 사회예요. 혹시나 피해 볼까 봐 말도 잘 못하는 나라입니다. 굉장히 슬프죠.

조국　박현준, 김성현의 경기조작 사건을 지켜보시면서 어떤 생각이 들었는지요?

김성근　두 선수가 돈이 뭔지 몰랐던 게 아닌가 싶어요. 정당하게 벌지 않은 돈은 사람을 망치는 법인데… 너무 슬픕니다. 1958년 한국에 처음 온 이후 신문에 하루라도 부정부패 기사 안 나오는 날이 없었어요. 잔재주 부리는 놈이 이기는 사회는 바뀌어야 합니다. 옛날이나 지금이나 아이들 눈은 파닥파닥 살아 있어요. 그런데 이 아이들이 살아야 하는 사회는 변함이 없어요. 돈, 돈, 돈타령만 하고.

조국　야구선수 중 상당수는 야구만 하다 보니 사회생활에 적응하지 못하는 경우가 있는데….

김성근　고양 원더스 선수들에게 매 순간 최선을 다하라, 순간을 귀중하게 생각하라, 그러면 인생에 도움이 될 거라고 가르칩니다. 그리고 사복 입었을 때는 어디에 있든 운동선수 표시 나지 않게 행동하라고 말합니다. 운동선수는 야구장 밖에서 으스대지 말아야 해요.

조국　사실 저는 고 최동원 선수 시절부터 '거인' 열혈팬입니다. 아드님 김정준 씨 책에 따르면 감독님은 "거인에게는 지고 싶지 않다"는 의지가 있었다는데… 로이스터 감독과 경쟁심을 느끼는 것 같다는 아드님의 관찰이 있었습니다.

김성근　(아들 책) 안 읽어봤어요. (웃음) 2008년 시즌 전 미디어데이 때 롯데 정수근이 했던 "연습만 하는 팀한테는 지기 싫다"는 말이 발단이 됐어요. 로이스터에게 한국 야구가 우수하다는 것을 보여주고도 싶었고. 일본 가서도, 아시아 시리즈 가서도 마찬가지였습니다.

조국　감독님의 '일구이무(一球二無)' 정신은 로이스터 감독의 '노피어(No Fear)'와 차이가 있다고 아드님은 말했습니다.

김성근　일구이무는 매 순간 최선을 다해야 한다는 정신입니다. 강은 흘러가지만 내 앞에 흐르는 물이 똑같은 적은 없어요. 야구도 똑같은 상황이 한 번도 없습니다. 매 순간 최선을 다해야 해요. 그리고 '일구이무' 정신은 어떤 행동을 하건 근거를 요구합니다. 예를 들어 초구부터 친다고 마음먹는다면 그 근거가 있어야 해요. 한편 공 하나에 연연하지 않겠다는 로이스터의 '노피어'는 한번 놓쳤다고 하더라도 연연하지 말고 다음 기회를 노리자는 뜻입니다. 서로 다른 측면을 말한 것뿐, 큰 차이는 없다고 봅니다.

조국　야구인 사이에서는 김 감독님에 대한 호불호가 갈립니다. '재미있는 야구'를 하지 않고 악착같이 '이기는 야구'만 한다는 비난이 있는데….

김성근　(목소리를 높이며) '재미있는 야구' 한 감독 중 남은 사람이 있습니까? 없어요. 승부가 무서운 줄 모르는 겁니다. 예를 들어보죠. 8대 0으로 이길 때는 8대 0으로 끝내야 합니다. 점수를 내줘서 8대 7로 이기면 투수를 많이 써야 하잖아요. 전력 소모 없이 이겨야 해요. 시즌 전에 스프링 캠프에서 '정규리그 133경기 중 70승 또는 80승 한다'고 선수들한테 선언합니다. 1승, 1승 잡고 올라가야 하는데 이길 수 있는 경기를 놓치는 건 있을 수 없는 일이에요. 4~5점 리드할 때 경기가 가장 힘듭니다. 차라리 박빙인 크로스게임이 나아요. 표현이 뭣하지만 '확인사살'도 해서 상대팀을 두렵게 만들어야 합니다. 확실하고 확고하게 이겨야 해요. 반대로 지고 있을 때는 악착같이 쫓아가야 하고요. 그래서 상대방에게 상처 주고 상대 전력을 소모시켜야 합니다. SK처럼 원래 약했던 팀이 강팀이 되면 더 아니꼽죠. 원래부터 강한 팀이면 그런가 보다 하고 넘어갔을 거예요.

조국 　야구를 목숨 건 '전쟁'으로 보는 '전사'의 의지가 느껴집니다. 근래는 감독님을 비판하는 사람들도 생각이 바뀐 것 같습니다.

김성근 　사람들이 나를 비난하면서도 이기는 방법을 찾기 시작했으니까요. 예전에는 '자율야구'가 아마추어 야구까지 판을 쳤어요. 한국 야구 망하겠다 싶었죠. 쌍방울 레이더스에 가서 혹독히 연습시켰습니다. 그 전 해까지 LG 트윈스와 5승 14패였는데, 내가 간 뒤 14승 5패로 바꿔놓았어요. 연습량이 많고 노력하면 변할 수 있다는 교훈을 준 거죠.

당시 나는 '천 원짜리 야구'라는 말을 썼어요. '천 원'밖에 없으면서 호화멤버 해태나 두산을 어떻게 이기겠어요, 기용방법과 전략전술이 달라져야 했습니다. 팬은 물론 야구해설자도 이해 못했죠. 하지만 집안 사정은 아버지, 엄마가 제일 잘 압니다. 내가 맡고 있는 팀은 내가 제일 잘 알아요. 어느 순간 욕하던 사람들이 바뀌더군요. 요즘 LG 김기태 감독의 야구를 잘 보세요. 선발이 없어요. 쌍방울 야구죠.

조국   프로야구 감독을 6번 맡아서 6번 경질됐습니다. SK에서 경질됐을 때 '졸부'에 맞서는 '장인'의 모습을 보았습니다. 거인팬이지만 모욕감을 느낄 정도였죠. 우승이 필요하니 김 감독님을 잡았고, 우승하고 나니 감독님이 부담이 된 것 아니었나 싶습니다.

김성근   구단에서 처음에는 나를 좋아했어요. 돈도 많이 안 쓰고 승리하니까. 나는 FA 한 명도 안 잡았어요. FA 한 명 데려오려면 40억, 50억이에요. 나는 전부 어디서 잘린 선수, 2군 선수를 데리고 와서 좋은 선수로 만들어놨습니다. 한계에 달한 김재현도 4년 연장시켰고, 박경완은 아직도 뜁니다. 돈으로 한 것은 하나도 없어요. 약한 전력으로 이긴 거죠. SK 5년 동안 4월 성적이 81승 28패 5무, 7할 4푼 4리예요. 남들 노는 12월, 1월에 연습한 결과입니다. 2010년 성적은 21승 5패입니다. 플러스 16승이에요. 2008년은 19승 5패, 플러스 14죠. 다 없는 전력으로 이긴 겁니다.

조국   그런데 왜 틀어졌나요?

김성근 구단 사장에게는 출세가 우선이에요. 돈 안 쓰고 성적 올리면 성과는 자기 것이 됩니다. 선수들이 고생해서 만든 것인데… 승부의 세계에서 어려운 것은 정상에 오르는 것, 이것보다 더 어려운 것은 정상을 유지하는 것, 가장 어려운 것은 정상에서 떨어졌다가 다시 올라가는 것이에요. SK에서는 선수들과 힘을 합쳐 세 가지 어려운 일을 다 이루었어요. 그런데 사장은 재미없는 야구를 했다고 싫어했죠. 김성근이 회사에 나쁜 이미지 만든다고 싫어하는 것 같았어요. 현장을 무시한 처사죠. 거기까지 올라가려면 얼마나 힘든데… 부상 선수 많고 전력 보강 없이 군대 보내고, 고맙다고 하지는 못할망정….

처음 하는 얘기인데, 우승 후 선수단에 200만 원씩 상품권을 줬어요. 우승여행을 가족 놔두고 선수만 가라는 겁니까. 그러니 선수들이 안 가겠다고 했죠. 선수단 모두가 인격적 모욕을 당한 느낌이었어요. 나도 열받았고. 그리고 선수들 치료비를 사장에게 보고하지 않고 내가 직결한 게 있어요. 정대현, 이호준 등을 일본에 보내 치료하는 비용으로 총 1억 원 정도 썼을 겁니다. 사장이 싫어했던 모양이에요. SK에서 내 개인적으로 돈 쓴 적은 거의 없습니다. 하지만 선수들을 위해서는 요구했어요. 2007~08년 우승 이후 간부회의에서 나를 자르려고 했어요. 원래 높은 곳에 있으면 바람이 많은 법 아닙니까.

조국 부자 구단 SK 와이번스 이전에 가난한 구단 쌍방울 레이

더스에서 감독을 하셨죠.

김성근   처음 시작은 똑같아요. '왜 계약했지, 잘못했다'로 시작하죠. (웃음) 레이더스는 선수가 없었고, 키운 아이들도 분발하지 않았어요. 구단 지원은 생각하지도 못할 상태였고. 다른 팀에서 200억 쓸 때, 쌍방울에선 50억 가지고 했어요. 캠프 가면 돈이 모자라 이 것저것 내가 깎았죠. 다른 팀이 무궁화 5개 호텔에서 잘 때, 우리는 앞방 옆방 소리 다 들리는 곳에서 잤습니다. 팀 구성원 모두가 결핍과 싸우며 운동을 했지만, 불만 없었어요.

당시에는 현대가 선망의 부자 구단이었습니다. 그래서 현대와의 경기에서는 내가 일부러 심판과 거칠게 싸웠어요. 현대와의 경기에서 제일 많이 퇴장당했고. 선수들이 부자 구단에게 기죽지 말라고 의도적으로 싸운 겁니다. 그 결과, 현대와 쌍방울 선수의 급 차이는 매우 컸는데 승패 차이는 별로 없었어요. 감독으로 깨침이 있었던 때가 바로 이 시절이었죠. '없는 살림'으로 경기를 치러야 하니까 상대가 보이더군요.

프로에게는 자극제가, 세상에는 희망이 되고자

조국   선수의 기를 살리려는 의도적 행동이었군요. 새로 맡은 고양 원더스는 어떻게 키우려 하십니까?

김성근　프로야구에 대한 자극제가 됐으면 좋겠습니다. 그리고 세상 사람들에게는 희망이 됐으면 좋겠어요. 우리가 잘해내면 프로야구 시스템이나 관성을 바꿀 수 있는 계기가 될 겁니다. 우리 선수들은 패자부활전에 들어온 이들이에요. 이런 선수들이 잘해낼 수 있다는 메시지를 사회에 던지고 싶어요. 고양 원더스가 성취를 이루어야 제2, 제3의 독립구단이 생기고, 좀 떨어지는 야구선수들이 뛸 수 있는 공간도 생깁니다. 그러면 1년에 100명, 200명을 살릴 수 있어요. 그런 사명감을 가지고 있습니다.

조국　선수보다 감독으로 생활한 기간이 더 깁니다. 감독으로서 생각하는 '지도자'의 덕목은 무엇인지요?

김성근　감독은 조직의 아버지입니다. 아버지는 자식의 미래를 걱정하고, 아이들을 위해 희생하고 봉사합니다. 자식은 버리고 바꿀 수 없잖아요. 어떡하든 버리지 않고 키워야죠.

조국　청바지를 일본 롯데 마린스에 있으면서 입기 시작한 것으로 압니다. 그 이전에는 자신도 입지 않았고 선수들에게도 입지 말라고 했다던데….

김성근　오늘 아침에도 입고 나왔어요. 전에는 정장을 입어야 상식이고 정상이라고 생각했어요. 그런데 청바지를 입어보니 편하던데요. 특히 생각이 젊어져서 좋아요. 양복은 무지 답답하고 늙어 보여요. 지금은 어디 가나 청바지를 입습니다. 20벌 넘게 있어요.

조국 　저도 강의 없는 날에는 청바지를 입고 다니는데, 그 이유도 같습니다. 서울대 교수라며 '무게' 잡기 싫어서죠. 최근 박재동 화백, 이창동 감독(전 문화부장관)을 만났는데 두 분 다 청바지를 입고 있더군요. 일흔 연세에 청바지 입으려면 몸매도 유지돼야 하는데, (웃음) 평소 운동을 많이 하십니까?

김성근 　건강해야 청바지도 입을 수 있죠. 배 나온 사람이 청바지 입으면 볼품없어요. 최근에는 몸에 딱 붙는 청바지가 좋더라고요. (웃음) 매일 아침 30~40분씩 걸어서 출근합니다. 출근하면 바로 아령 운동을 하죠. 뛰고 달리는 건 안 되지만, 노크볼은 칩니다. 한 번에 2,000~3,000개를 칠 때도 있어요. 감독이 시범 보일 수 있는 체력은 가지고 있어야 하니까요. 어느 분야건 체력이 없으면 지도자가 될 수 없어요.

조국 　술자리 같은 데서 노래도 부르십니까? 애창곡은?

김성근 　술은 가끔 마십니다. 20대 때는 친구들 노래하고 춤출 때 나는 술만 마시고 앉아 있었어요. 애창곡이라 하면 옛날에는 한명숙의 '노란 셔츠 입은 사나이', 최희준의 '하숙생'을 불렀어요. 지금은 안 부릅니다.

조국 　음치나 박치이신가요? (웃음)

김성근 　장훈 선수 알죠? 내 1년 선배인데, 1991년 부산에서 1회 한일 슈퍼게임을 했죠. 술집에서 장 선배와 노래를 불렀는데, 선배가 "다시는 노래하지 마라"고 하더군요. (웃음) 그 정도 실력입니다.

조국 　개인적 소망이 있으신지요?

김성근 　없습니다. 야구 감독으로 더 출세하고 싶다, 돈 많이 받고 싶다 하는 마음은 없어요. 우직하고 순수하게 선수들과 함께 호흡 맞춰서 어떻게 상대를 이길까, 오직 그것만 소망합니다.

조국 　30대의 김성근과 70대의 김성근을 비교한다면 무엇이 달라졌나요?

김성근 　생각이 깊어졌죠. 30대 때는 감정이 앞섰지 않았나 싶어요. 자기만족 속에서 움직였죠. 지금은 상황을 고려하며 내 감정을 죽입니다. 옛날에는 내가 맞다고 생각하면 만족했는데, 지금은 효과가 반드시 있어야 한다고 생각해요.

조국 　야구와 인생의 공통점은 무엇이라 생각하십니까?

김성근 　가면 갈수록 어렵다는 것. 잡히지가 않아요. 매 이닝 알 수도 없고요. 인생도 됐다 싶은데 되지 않고 영원히 종착점이 없어요. 자기 자신을 믿고 갈 데까지 가보는 게 야구고 인생 아니겠습니까.

· · ·

　　김성근 감독의 야구관을 들으면서, 재일교포 프로 바둑기사 조치훈 9단의 유명한 말 "목숨 걸고 바둑을 둔다"가 떠올랐다. 제한시간을 다 쓰면서 한 수 한 수에 최선을 다하는 조 9단의 치열한 투혼은 김 감독의 것이기도 하다. 지난 대선 기간에 여야 후보들은 고양 원더스를 찾았다. 고양 원더스는 우리 사회에 '패자부활전'이 필요하다는 메시지를 던지는 존재이기 때문이다. 정치권은 물론 사회 전체가 이 메시지를 받아들여 제도와 관행을 바꾸기를 희망한다. 김 감독은 지난 대선 하루 전, 자신의 야구 철학인 '일구이무'를 변형한 '일표이무(一票二無)'라는 말로 투표를 독려했다. 그리고 훈련 일정을 하루 당겨 마무리하여 원더스 구성원 모두가 투표하게 만들었다.

　　아울러 이 지면을 빌려 독립구단을 만들고 매년 거액을 지원하면서도 팀 운영을 전적으로 김 감독에게 맡긴 허민 구단주에게 감사 인사를 전하고 싶다. 돈을 대면 통제력도 갖고 싶은 게 사람 마음인데, 허 씨는 흔치 않은 선택을 했다. 또한 그는 원더스 선수 5명이 프로야구팀에 입단했을 때 이적료를 요구하기는커녕, 떠나는 선수에게 격려금을 줬다. 그는 '2012 일구상 시상식'에서 '일구대상'을 받으며 이렇게 말했다. "작은 성공에 도취돼 비틀거리고 있을 때 김성근 감독을 보면서 정신이 번쩍 들었다." 내가 하고 싶은 말이었다.

"광고천재? 학창시절엔
공부 못하는 불청객이었을 뿐"

이제석

이제석광고연구소 대표

2012년 7월 6일(금)
10:00~12:00
서울 상수동 이제석광고연구소

이제석 대표는 청소년 시기를 만화에 빠져 보내면서 성적이 나쁘다고 구박받다가 지방대 미대에 입학, 수석으로 졸업했으나 취업에 실패하고 동네 간판장이로 일했다. 독기를 품고 편도 비행기 표를 끊어 미국으로 떠나 세계적인 광고상을 휩쓸고 난 후 귀국해서는 메이저 광고회사 러브콜을 거절하고 공익광고의 새로운 장을 열고 있다. 2013년 KBS 드라마 〈광고천재 이태백〉이 이 대표를 모델로 주인공 캐릭터를 설정했다는 점이 알려지면서, 이 대표는 다시 주목을 받았다.

조국 　연구소 위치가 좋습니다. 한강이 내려다보이네요.

이제석 　상수동이 마음에 들어요. 이 동네에서는 차 마시면 기타치고 피리 부는 사람을 쉽게 만날 수 있죠. 강남 쪽은 잘 안 가요. 강남 전체를 비하하려는 의도는 없지만 졸부들, 있는 척하는 사람들이 설치는 게 보기 싫어서요. 공기가 안 좋아요. 많이 썩었죠. 이상하게 그곳에 가면 몸이 불편해요. 그쪽 사람과는 일도 잘 안 해요. 반대로 불

암동, 삼청동 같은 곳에 가면 숨이 트여요. 작은 골목이 그대로 있고 영세자영업자가 장사하고 문학하는 사람들이 모여 글 쓰는 곳이 좋 아요. 그런데 최근에 여기도 대형 체인점이 들어와 심기가 불편하긴 하죠.

사람들의 인식을 5도, 10도
바꾸는 일

조국 　〈한겨레〉독자와는 2010년 한겨레 '나눔꽃 광고'로 만났습 니다. 첫 회가 떡국 옆에 "설날 연휴에 집집마다 끓여먹는 떡국 한 그릇이 누군가에게는 그림의 떡입니다"라는 카피가 있는 '그림의 떡' 광고였죠.

이제석 　2009년 '이제석의 좋은 세상 만들기 캠페인'에서 〈영남일 보〉에 국내 최초로 신문 공익광고를 하기 시작했고, 전국지로는 〈한겨레〉지면에서 처음 했죠.

조국 　〈영남일보〉 2면에 게재됐던 "오늘밤 누군가는 이 신문을 이불로 써야 한다"는 카피가 들어간 '이불신문' 광고, 간명하면서 도 강렬했어요. 노숙자를 위한 잡지 〈빅이슈〉의 한국판 표지디자 인도 만들었고요. 상업광고는 하지 않나요?

이제석 　업무의 20% 정도는 상업광고를 합니다. 상업광고는 영악

나는 세상의 불청객　　　　　　　　　　125

한 테크닉을 요구하기 때문에 실력을 키우기 위해서라도 해야 해요. 이런 테크닉을 공익광고에도 사용할 수 있고. NGO 활동가분들과 일하다 보니, 교활한 면이 너무 없어서 문제더라고요. (웃음) 하지만 제 삶의 목표는 공익광고를 하다 죽는 겁니다.

조국   왜 공익광고를 택했죠?

이제석   자살예방, 학교폭력 근절, 다문화가정 차별 철폐, 장기기증 활성화, 어린이 국내입양 촉구 같은 캠페인을 할 때 신이 나거든요. 상업광고 작업할 때와는 보람이 달라요. 통장 잔고 같은 유형자산도 중요하지만 제일 중요한 것은 무형자산 아닌가요? 유형자산은 시장경제 논리 따라 돌아가니까 한정적이고 제한적일 수밖에 없어요. 하지만 무형자산은 무한하잖아요. 많은 돈, 좋은 옷이 아니라 정신적 가치를 추구하려고요.

조국   최근 조현오 전 경찰청장의 자서전 표지디자인을 했죠. 조 청장은 정치적 논란을 많이 일으킨 사람인데….

이제석   많은 분들이 왜 했냐고 묻더라고요. 일하면서 친분이 생겼어요. 어렵고 먼 느낌의 사람이었는데 만나보니까 소탈하고 인간적인 매력이 있더라고요. 행적에 대해선 자세히 몰라요. 우리나라에서는 누구 친하다고 하면 오해하는 분들이 많은 것 같아요. 여러 의미로 확대해석되기도 하고.

조국   '광고천재'라 불립니다. 자신의 광고철학은 무엇이라 할 수 있나요?

이제석   제 광고철학의 핵심어는 '레스(less)'예요. 커다란 어젠다 작업을 할 때도 화면에 쓸데없는 건 안 집어넣죠. 어떻게 적게 얘기하고 상대방을 설득할까, 한 번의 짧고 단순한 이야기로 광고를 본 사람 가슴에 평생 진한 감동이나 여운으로 남을 수 있을까 생각해요. 저는 광고를 흥미 있는 이야기, 멋진 카피 한 줄이라고 생각하지 않아요. 시인이나 방송작가와는 또 다른 광고장이의 역할이 있어요. 15~30초 동안 재미있는 이야기를 풀어나가는 것은 광고장이 고유의 능력이 아니에요. 그런 이야기를 하면서도 안에 뼈가 있어서 사람들 인식을 5도, 10도 바꾸는 것, 그게 능력이죠. 해결해야 할 문제가 있다, 그러면 광고를 통해 사람의 눈과 인식을 바꾸는 게 중요해요. 그래서 문제해결에 가장 큰 결정타를 날릴 수 있는 인식전환이 무엇인가에 초점을 두죠. 부엉이면 부엉이(강남경찰서 벽화광고), 권총이면 권총(원쇼 칼리지 페스티벌 최고상 수상작 '굴뚝총') 하나로 승부를 걸어요. 유명모델도 쓰지 않아요. 상업광고를 할 때도 하나를 만들어 여러 사람을 감동시킬 수 있는 방식을 제안하죠. 불필요한 제작 공정도 줄이고 홍보도 너무 많이 하지 말자고 얘기해요.

조국   요즘 상업광고를 보면 스타 출연에 목을 매는 것 같던데요.

이제석   스타를 쓰는 것은 광고장이의 책임회피예요. 진정한 광고장이는 광고의 A부터 Z까지 스스로 다 만들어야 해요. 스타 누구하면 이미 특정한 이미지를 갖고 있잖아요. 스타 이미지를 가져다 제품에 끼워 넣기는 상대적으로 쉬워요. 하지만 그건 제품의 고유한 이미지를 만들지 못하는 불임광고죠. 그리고 대형 광고대행사는 실제 작업을 자기들이 안 하고 외주업체에게 다 시키거든요. 광고대행사 크리에이터는 훌륭한 트래픽 매니저에 불과하죠. 외주를 주더라도 기획까지 다 맡기는 것은 문제가 있다고 봐요. 그건 영혼을 파는 행위예요. 아랫사람 관리하는 일만 하다 보면 수명이 오래 못 가거든요.

조국 그러고 보니 이 대표 광고에 유명인이 나온 건 못 본 것 같네요.

이제석 내용을 돕는다면 쓸 수도 있죠. 가발집 광고에선 시트콤 〈막돼먹은 영애씨〉의 유형관 씨를 출연시켰어요. 대머리 아이콘이라서. (웃음)

조국 미국이나 우리나라나 '돈지랄 광고판'이 됐다고 한 적 있죠.

이제석 사람들이 큰 것, 많은 것, 비싼 것에 집착하는 이면에는 콤플렉스가 있어요. 가난뱅이 콤플렉스. 원래 부자였거나 내면이 부자인 사람은 필요 없는 데 돈 쓰는 걸 좋아하지 않아요. 광고도 마찬가지예요. 불필요하게 거창하게 보여주기 위해 돈 쓰고 치장하는 행태는 버려야 해요. 제 생각이 이렇다 보니 졸부형 클라이언트와 잘 안 맞아요.

공부 못하니까
청소나 해라?

조국   인터뷰 때마다 다뤄서 지겨운 느낌이 있겠지만, 개인사 얘기를 안 할 수 없겠네요.

이제석   괜찮아요. 여기에서 별 볼일 없는 사람, '루저'였던 사람이 저기에서 달라질 수 있다는 점을 널리 알리고 싶어요. 제 과거는 현재 제 라이프스타일, 추구하는 철학과 연관이 있기도 하고요.

조국   중·고등학교 시절 주변 모든 사람이 공부 잘하는 형과 비교했고, 선생님은 "너 같은 놈 때문에 우리 반 평균 떨어진다" 이렇게 말하며 야단쳤다던데요.

이제석   저보고 직업반 가라 했어요. 예체능반 택한 후에도 벌레 보듯 했죠. 학교와 사회가 저를 필요로 하지 않는다고 느꼈어요. 인정받지 못하고 존재감 느끼지 못하는데 살아야 할 동기를 찾을 수 있었겠어요? 학교 가도 학교에 필요 없는 학생이었어요. 공부 못한다는 이유로 불청객 취급 받았으니까. 공부 못한다고 청소만 시키고… 청소 굉장히 많이 했어요. '공부 못하니까 청소나 해라', 이거 청소에 대한 비하 아닌가요? 서울시가 만든 공익광고에서 환경미화원을 위한 표창장을 만든 것도 이런 경험이 있기 때문이었어요.

조국   학교 규정보다 머리카락이 길어 바리캉으로 밀렸는데 다음 날 그대로 등교해서 신나게 맞았다던데. (웃음)

이제석   잘 기억나지 않는데요. (웃음) 예전 친구들 만나서 3차까지 가면 친구들이 제가 학창시절에 했던 행동을 들려주거든요. 내가 정말 그런 일도 했나 싶을 정도로 충격적이에요. (웃음) 규율을 좋아하지 않았던 것 같아요. 제 의사와 무관하게 만들어진 규율은 지키기 싫었어요. 반항하고 바꾸고 싶었죠. 지금 생각해보면 규율도 질서유지 차원에서 중요한 건데 말이에요.

조국   고향인 대구를 포함해 전국적으로 학생 자살이 일어나고 있는데, 과거나 지금이나 학교 문화는 크게 바뀐 게 없는 것 같아요. 그 속에서 버틸 수 있었던 힘은 무엇이었나요.

이제석   만화 그리는 것에 빠져 있었어요. 매주 신작 만화를 발표했는데 반 아이들이 돌려가며 봤죠. 마침 좋아하는 거 해보라고 격려해줬던 선생님이 계셨고요. 반 친구 중에서도 그림 잘 그린다며 칭찬하고 신작 없느냐고 물어보는 친구들이 있었어요.

조국   어떤 만화를 그렸어요?

이제석   시사적인 내용이 많았어요. 선생님 '까는' 내용도 많았고. 학교라는 작은 사회에서 일어날 수 있는 질투, 배신, 야망, 로맨스 등등. (웃음) 내 만화가 학교 신문에 연재되었던 게 큰 의미가 있었어요. 뿌듯한 순간이었죠. 공부 잘하는 애들만 학교 신문에 나왔는데, 내 만화가 크게 실렸으니. 나도 세상이 필요로 하는 사람이구나 하고 느꼈던 것 같아요.

야박하고 스트레스 받고
자살하지 않는 세상이 되도록

조국   평점 4.5 만점에 4.47로 계명대 시각디자인과를 수석 졸업했죠. 하지만 번듯한 직장을 못 잡고 동네 간판장이로 일했네요.

이제석   간판 일은 대학 다닐 때부터 했던 거예요. 간판 보면서 오래된 것 같으면 다시 해주고 돈 받고. 싸게 잘해주니 가게에서 다른 곳을 소개해주기도 하고. 친인척들이 개업하면 짬뽕 한 그릇 얻어먹고 해주기도 하고요. (웃음)

조국   '학벌사회'에 대해 어떤 생각이 들었나요?

이제석   그때는 '학벌사회' 이런 건 전혀 몰랐어요. 학교 밖 세상이 어떻게 돌아가는지 모르고 살았거든요. 내 일만 열심히 하면 다 되는 줄 알았으니까요. 토익, 토플 같은 것도 전혀 준비 안 하고 내가 하고 싶은 일에만 몰두했죠. 졸업한 후에야 '아, 사회에서 요구하는 건 이게 아니구나' 하고 알게 됐어요. 그런데 나중에 생각해보면 그때 내가 하고 싶은 것에 몰두한 게 오히려 다행이었어요.

조국   미국 유학을 가야 했는데, 영어는 어떻게 준비했나요?

이제석   집 근처 미군 부대 '캠프 워커'에 '공짜 미술수업 1대 1 개인지도' 광고를 내서 미군들에게 미술을 가르치며 영어를 배웠어요.

조국   미국에서 공부하고 활동할 때 한국 어느 대학 출신인지는 중요하지 않았고, 작품으로 승부를 걸어 평가받았습니다. 미국에서 성공하고 돌아오니 비로소 한국에서 조명과 주목을 받았죠. '지잡대'라는 모멸적 단어를 들어본 적 있나요?

이제석　들어봤어요. '인(in) 서울'과 '지잡대'를 나누는 사고는 상대를 비하해서 자신을 올리려는 거예요. 편견의 배경이 뭔지 많이 고민했어요. 우리나라 사람들은 편 가르고 급 나누기 좋아하는 것 같아요. 자기 존재에 대한 불확실성이 강할수록 자기와는 반대되는 그림자를 만들어놓고 자기를 올리려는 심리가 있잖아요. 자기가 신앙심이 없을수록 타인을 신앙심 없다고 비난하고, 애국심 없을수록 타인이 애국 안 한다고 까죠. 상대방을 검게 만들어서 자기를 희게 보이려 하는 거예요. 사실 저는 '지방'이라는 단어도 너무 싫어요. 대구면 대구, 광주면 광주지, 어디가 중앙이고 어디가 변두리라는 건지. 미국이나 중국에서 보기에는 우리나라가 변방 중 변방 아닌가요?

조국　2010년 모교에서 강의를 했죠. 후배들 만나니 어떻던가요?

이제석　'지잡대' 규정에 눌려 있었어요. 기가 많이 죽어 있더라고요. 강연할 때마다 똑같은 느낌을 받아요. 세상은 그 사람의 실제 속이 무엇인지 보지 않고 스펙만 보려 해요. 취업원서도 안 받아주고.

조국　지방대 학생들에게 들려주고 싶은 말이 있습니까?

이제석　스스로 자신감을 찾았으면 좋겠어요. 어디 틀어박혀서 자기 하고 싶은 거 하라고 권하고 싶어요. 교수님 지도를 믿고 꾸준히 하면 당장 사회적으로 인정받지 못하더라도, 시간 지나면 장독의 묵은 장처럼 실력이 우러날 거예요.

조국   그런 개인적 노력 외에 '학력차별금지법' 제정 같은 제도적 변화도 필요하지 않을까 싶습니다. 해외에서 인정받았는데 우리나라로 돌아온 특별한 이유가 있나요?

이제석   떠날 때만 해도 다시 돌아올 생각이 없었어요. 배신감과 원망으로 가득 차서 편도 비행기를 탔으니까요. 미국이 역사가 짧고 전통이 없어서 그런지 몰라도 허례허식이 없어 좋았어요. 실용과 합리를 중시하는 사고가 많이 도움됐죠. 서로 해줄 수 있는 것을 해주고 서로 정확히 주고받는 것. 그것이 없으면 갈라서고. '쿨'하고 단순한 게 좋았어요. 그런데 미국 생활을 접을 무렵 한국에 대한 애정이 되살아나더라고요. 제가 몰랐던 부분도 있고, 오해했던 부분도 많았던 것 같고. 미국을 알면 알수록 미국보다는 한국에 애정이 갔어요. 지금은 우리나라가 제대로 발전할 수 있도록 이바지하고 싶어요.

조국   지금까지 자신을 버티게 해준 내면의 동력은 무엇이라고 생각하나요?

이제석   제가 정말 원하고 기뻐서 하면 천당에 있는 것처럼 효율성도 높고 즐거웠어요. 납득 안 가는 일은 정말 하기 싫었고요. 바리캉으로 머리카락 밀려가며 반항했던 것도 같은 이유 때문이었을 거예요. 내가 납득할 수 있는가, 내가 좋아하는가를 중심에 두고 살았기 때문에 버티고 이겨낸 것 같아요.

조국   작품을 보면 생각을 뒤집는 게 많아요.

이제석   제 작품에는 '서브버전(subversion)', 즉 뒤집는 게 있어요. 대상을 뒤집는 데서 모티브를 얻죠. 제 작품을 보면 공격성이 들어가 있어요. 광고는 듣는 사람 귀에, 보는 사람 눈에 화살처럼 꽂혀야 해요. 메시지에 임팩트가 없으면 안 보거든요. 임팩트를 만들려면 집중력과 폭발력이 있어야 하죠. 이런 작품을 만들다 보니 부드러웠던 성격도 변하는 것 같더라고요.

조국   고양이를 뚱뚱하게 만들어 물개들 사이에 넣어놓은 반려동물 다이어트 사료광고 같은 것은 유머가 넘칩니다.

이제석   유머 코드 속에도 가학적, 공격적 요소가 많아요. 비극과 희극은 깻잎 한 장 차이예요. 바보 영구도 아주 슬픈 이야기잖아요. 지적장애인 이야기 아닌가요? 〈개그콘서트〉를 좋아하는데, 〈개콘〉도 핀트를 살짝만 다르게 맞추면 관객을 울릴 수 있어요.

조국   요즘 작품을 보면 예술가 같다는 느낌도 드네요.

이제석   '현대 미술의 극치'다, '개념 예술'이다, 라고 해석하는 사람도 있어요. 해석은 그 사람 자유지만, 제게 광고는 문제해결 수단, 그 이상도 이하도 아니에요. 사회에 필요한 일을 하는 사람이 되고 싶어요. 대중을 위한 작업을 하고 대중과 커뮤니케이션하는 작업을 하고 싶어요. 특히 문제해결의 결정적 단서가 되는 인식전환에 기여하고 싶은 마음이 커요. 인식을 바꾸어 해결할 수 있으면, 때려 부수고 새로 짓고 이런 것 하지 않아도 되잖아요. 제 롤모델은 '방망이 깎는 노인'이에요. 요즘 누가 방망이 깎아 쓰나요. 하지만 세상의 기준과 타협하지 않고 자기 방망이를 열심히 깎으려 해요. 골리앗과 싸워 이긴 다윗도 롤모델이고요.

조국   재능교육센터 일에 대하여 소개해주시죠.

이제석   주말에 한 번씩 모여서 재능을 기부해 사회공익광고 만드는 일을 합니다. 이 글을 보는 독자분들도 관심 있으면 매체를 제공해주면 고맙겠어요. 광고 제작하는 분들도 도와주시면 좋겠고요. 저희 회사는 조그맣기 때문에 일을 다 감당하지 못해요. 많이 참여해주시면 감사하겠습니다.

조국   향후 비전과 계획은 무엇인가요?

이제석   소통, 특히 시각적인 소통으로 국민들 인식 변화를 이루고 싶어요. 당면한 국가적 문제부터 사소한 문제까지. 나라 전체가 소통이 안 되고 있잖아요. 정부가 좋은 정책을 내놓아도 대중의 공감을 얻지 못하면 정책이 실현되지 못해요. 소통의 창구가 되고 싶어요. 물론 미디어의 도움도 필요하죠. 광고를 통해 국민들이 정신적, 심리적으로 치유되고, 더 건강하고 밝고 살맛나는 세상이 되면 좋겠어요. 야박하고 스트레스 받고 자살하는 그런 세상 말고. 그리고 우리나라를 넘어 아시아권에 집중하고 싶어요. 국내 활동도 많이 하고 있지만, 해외 활동도 많이 하고 싶어요. 미국은 블루오션이 아니에요. 미래는 아시아에 있죠. 집은 한국이었고, 학교는 미국이었고, 직장은 아시아가 될 것이라 생각하고 있어요.

．．．

　　현재 청년·학생들은 고액의 대학등록금을 내고 졸업해도 취업이 어렵고 취업하는 경우도 비정규직이 다수이기에 자력으로 집을 마련하는 것은 무망하다. 학벌이 좋지 않으면 상황은 더 어렵다. 연애, 결혼, 출산을 포기한 '삼포 세대'라는 단어가 회자될 수밖에 없다. 만 30세의 이 대표는 학벌, 스펙, 대기업 취업으로만 달려가도록 몰리고 있는 이 땅의 젊은이들에게 '도전하라, 전복하라'고 조언한다. 또한 그는 광고장이로서 능력을 최대한 발휘하여 우리 사회의 공감력과 소통력을 높이려 한다. 그러면서 아시아를 향해 나아가려 한다. 많은 젊은이들이 이 대표로부터 영감을 얻기를 고대한다.

　　박원순 서울시장이 시민운동가 시절, '판검사나 공무원이 되거나 대기업에 들어가야 성공할 수 있다고 믿는 20세기 직업관은 과감히 버리자'고 제안한 바 있다. 그러면서 세상의 빈자리를 메우고 나와 세상을 바꾸는 직업을 찾고 만들라고 조언했다(박원순, 《세상을 바꾸는 천 개의 직업》(문학동네, 2011)). 이 대표는 박 시장의 조언을 들은 적은 없지만, 그 길을 과감히 찾아 나선 용자(勇者)다. 이런 용자들이 더욱 많아지길 고대한다. 무엇보다 대학 입학 전 교육이 학생의 소질을 찾아내고 그것을 북돋는 방향으로 운영되고, '지잡대'라는 모멸적 호칭이 사라지고, 대학 졸업 후 '학벌'이 아니라

'실력'이 중시되도록 법과 제도가 바뀌길 희망한다. 이는 진보와 보수의 문제가 아니다. 박근혜 정부와 국회의 결단이 필요하다.

책 발간을 위하여 인터뷰를 재정리하던 막바지, 이 대표가 자서전 표지디자인을 해준 조현오 전 경찰청장이 고 노무현 대통령의 차명계좌에 대한 허위발언으로 유죄가 인정되어 법정구속되었다는 소식을 들었다. 이 대표는 정치적 성향을 기초로 사람을 사귀는 사람이 아니다. 다만, 정파를 떠나 공인으로서의 기본을 잃은 사람은 가급적 피하는 게 좋겠다는 생각이 들었다.

3부

"정치 얘기는 특별한 사람이 하는 건 아니라고 생각해요.
제가 노래하는 사람이라면 노래로 정치 참여하고,
글 쓰는 사람이라면 글 써서 정치 참여했겠죠."

고은 시인
"지금이야말로 시인의 근성이 필요한 시대"

조정래 소설가
"박정희가 지하에서 한 층 한 층 올라와 지상으로 나오고 있다"

강풀 만화가
"'26년' 전 그날에 문화적 처벌을 내리고 싶었다"

승효상 이로재 대표
"사람이 선해질 수 있는 건축 설계하고파"

이효리 가수
"나의 변화가 나도 놀라워요!"

내 방식대로 세상에 말 걸기

"지금이야말로 시인의 근성이 필요한 시대"

2012년 7월 17일(화)
11:00~13:00
경기도 안성 자택

고은은 언제부터인가 우리에게 시인을 뜻하는 보통명사가 되었다. 사실 별도의 설명이나 주석이 필요 없는 사람이다. 주선(酒仙)이 지상에 잠시 머물고 있는 경기도 안성에서 향 좋은 독주를 앞에 놓고 마주 앉았다.

조국   서재 입구 양쪽에 높이 쌓여 있는 책들이 마치 절 입구의 '불이문(不二門)' 같습니다.

고은   서재는 나에게 자궁과 같아. 태아처럼 들어앉아 있으면 몸이 달아올라. 자, 여기 프랑스에서 온 밀주(密酒)야. 옛날 50년대엔 명동 지하클럽에서 밀주를 팔았지. 조 교수 얼굴에서 평화 냄새가 나네. 이 전투적인 사회에서 말이야.

조국   속은 끓고 있습니다. 꽤 독하네요. 처음 맡는 향인데 참 좋습니다.

고은   좋지? 자꾸 강조하고 싶네. 세포를 자르르 건드려.

누구든 정치로부터 벗어날 수도,
도망칠 수도 없어

조국   오늘은 시인이 보는 세상이 무엇인지 여쭤보고자 합니다.

고은   나도 오염됐어. (웃음)

조국   최근 도종환 시인의 시를 교과서에서 빼니 마니 하다 결국 들어갔습니다. 어떤 생각이 드셨어요?*

고은   화낼 가치도 없어서… 친구들이 잔뜩 화낸 다음에나 천천히 아주 게으르게 화를 낼까 하고 있는데, 담배 한 대 다 피우지 않을 사이에 없어져버렸으니 뭐라 말할 나위도 없고 그래. 권력집단은 유아원 같아. 깨끗한 동심을 가진 아기 말고, 치졸하고 이기적인 욕망을 가진 아기들 집단 말이야. 조금만 불편하면 막 울고, 뭐 있으면 막 뜯고 먹고, 배고파 젖 먹을 때 엄마 육체를 착취하듯 빨아먹고. 도종환 씨가 시인이었다가 현실 정치에 참여하게 됐잖습니까? 그건 자기 의사로만 된 것도 아닐 겁니다. 자기가 그동안 형성해온 환경들의 요구에 의해, 받아들이지 않을 수 없었던 연약함도 있습니다. 이런 것들이 다 복합적으로 작용한 거죠. 현실 정치에 동참함으로써 그런 1차적인 사회적 반응이 있어준다는 거 자체가 그 사람으로 하여금 앞으로 정치의 길을 어떻게 가야 할지 깨닫게 해준 것이라 생각해요. 그 점에선 좋은 '친구'를 만난 거야.

조국   도종환 시인이 국회의원 되신 뒤 제가 화환을 보냈습니다.

"시인에서 의원으로 강등되셨습니다!" 이렇게 리본을 달아서요. (웃음)

고은 (무릎을 치며) 짓궂은 덕담, 괜찮네! 난 밥 사줬어. 이왕 여의도 갈 바에 10년은 해라, 하지만 그걸 직업으로 삼진 마라, 가차 없이 '실축(失蹴)'하고 나와라, 그렇게 말했지. '실축'이라고 했어. (웃음)

조국 정치인이 되신 적은 없지만, 1974년 자유실천문인협회 초대 대표, 1976년 한국인권협의회 부의장, 1979년 민주주의와 민족통일을 위한 국민연합 부위원장을 하셨고, 1980년 5·18 민주화운동 후에는 구속되는 등 사회참여와 정치참여를 계속하셨습니다. 시인에게 정치란 무엇입니까?

고은 시인이 자기가 살고 있는 삶의 현장을 바라볼 때는 시인이 아니라 정치인의 눈으로 보지. 내 생활의 일반은 정치적이야. 왜냐하면 나는 투표하는 사람이고 세금 내는 사람이니까. 또 누군가 잘못된 길을 가면 불만이 쌓이고 갈아엎어야겠다는 염원이 생기니까. 내 실존 자체가 피할 수 없는 정치적 환경 속에 놓여 있기 때문에, 나는 당연히, 분명히 정치적인 존재지. 그 점에서 내 비석은 정치인의 비석일지도 몰라. 생사를 통해 정치에서 헤어날 길이 없어. 이 세상은 정치로 구성되어 있잖습니까? 유령조차 정치에서 벗어날 수 없어. 물론 나는 시인으로서 실정법 쪽보다는 자연법 쪽의 시각을 가져. 현실만이 아니라 꿈을 보태고, 그 꿈이 반영되는 현실을 만들어내고 싶어 하니까. 내가 현실을 바라보는 것은 현실 자체가 아니라 내가 만든 이미지를 현실에 부여하는 것일지도 몰라.

조국   1980년 남한산성 육군교도소 7호 특별감방에 갇혀 생사를 기약할 수 없을 때 〈만인보〉를 구상했습니다.

고은   (술을 권하며) 더 드세요. 흔들립시다. 이 술, 손님에겐 한 번도 주지 않은 거야. 우리 마누라하고 둘이만 먹었던 거야.

조국   영광입니다. 선생님은 사모님한테 혼나실 것 같은데요. (웃음)

고은   술 먹고 들어오면서 현관문 바로 앞 시멘트 바닥에 쓰러져 자니까. 집 현관문 바로 앞에서. 왜냐면 깰까 봐. 깨지 않겠다는 어떤 밑바닥에 남아 있는 그런 게 있나 봐. 맨정신으로 들어오지 않으려고. 다음 날 내가 당하는 게 상당하지. (웃음)

조국   남한산성 7호 방으로 돌아가자면….

고은   7호 방은 김재규 부장이 있던 방이었어. 특별감방은 수감 자체가 고문으로 느끼도록 만들어놓은 방이에요. 교도소장이 헌병 대령이었는데 '어휴, 이 방은 험한 방인데', 그러면서 가더군. 나중에 알았는데 국문학자 조윤제의 사촌이었어. 김재규가 거기 있다가 새벽에 교수형 당했지. 김재규는 교수형 당하러 가기 전에 '그냥 갈 수 없다. 커피는 한잔 마시고 싶다' 그랬다고 하더구먼. 새벽 임종 음식으로 커피 한잔을 택한 거지.

조국   죽음의 색깔을 보고 냄새를 느끼셨네요.

고은　　창이 없어 30촉짜리 등이 꺼지면 암실이 돼요. '철창'이 아니라 '철무창'에 갇혔지. 크기도 작아, (팔을 벌리며) 한 요만큼? 거기 있으면 입관돼 있는 시체 같은 느낌이 들어. 조사 받으러 가지 않아도 죽어나는 거지. 내가 승려 생활을 했어도 실존에서는 울어. 생사 문제에서는 가장 비겁한 고백이 가장 진실해. 생사에 의연한 것은 의도된 디자인이야. 죽을 때 뭐라고 하고 죽을까도 생각했지. '통일 만세'를 부르고 죽을까, 아니 이것도 치졸하다, 그냥 껄껄 웃고 '야, 쏴! 확인사살까지 내가 인정하겠어', 이래야겠다, 이런 호기도 있었어. 여러 가지 죽는 제스처도 미리 설정했어.

조국　　그 와중에 시작(詩作)을 생각했습니다.

고은　　거기서는 현재가 없어. 유일하게 남은 것은 과거였어. 미래는, 뭐, 낼모레 죽는다 하는데… 실제 날 송치시키면서 내 등 뒤에서 한 사람은 '3년 뒤엔 나와' 이러고, 다른 한 사람은 '아냐, 이거 몇 달 있으면 없어져' 이러더군. 대못질이지. 여하튼 그때, 내 과거 속 할아버지의 어떤 동작, 할머니의 하얀 육체, 할머니를 닮은 아버지의, 농부인데도 하얗고 그런 살, 인텔리겐치아의 손, 할아버지를 닮은 작은아버지의 갈색 피부 등이 떠올랐어. 그 얼굴들, 색깔들, 소리들… 그때부터 미래가 생겼어. 만약 살아 나간다면, 이걸 쓰겠다 했지. 묘한 삶에 대한 묘한 허영, 작가로서 분심(忿心)이 생긴 거야. 그렇지만 현실에서는 무력했지, 볼펜 하나도 없고. 음, 이제 취기가 도네.

통일은 '포위된 언어'가
살아남기 위한 수단

조국   '통일 만세'를 생각하셨다는데, 시인에게 휴전선은 무엇입니까? 분단이 고착되면서 남측 사람들의 상상력은 휴전선 이남에 갇혀 있지 않습니까.

고은   휴전선은 나의 은사야. 내 운명 전체를 그어주고 있다는 점에서. 내 시에 이런 것이 있어. 휴전선을 없애는 게 아니라 휴전선이 점점 더 확실해지면 좋겠다, 휴전선이 남과 북으로 넓어지는 거야, 북으로는 백두산까지 남으로는 한라산과 이어도까지. 이렇게 휴전선이 넓어지면 한반도 전체가 그냥 평화야. 그게 내 꿈이지. 60년대 현실참여 안 하고 예술지상주의 추구할 때도 통일을 열망했어. 도저히 휴전선을 넘어갈 수 없잖아, 그러면 내가 콜레라균이 돼 휴전선을 넘어가 북한 여성에게 들어가자, 그럼 교합이 이루어진 거잖아. 그 여성도 죽고 나도 죽을 거 아냐. 죽었지만 흙이 돼. 하나의 흙이 되는 거야. 이렇게 나는 흙으로서의 통일을 염원했어.

조국   균이 되어서라도 휴전선을 무시하고 싶으셨군요. 아니면 북한 여인네와 목숨 건 치명적 사랑을 하고 싶으셨든지. (웃음) 현재 '겨레말큰사전 남북공동편찬사업회' 이사장직을 세 번째 맡고 계시죠?

고은   이 사업을 임종을 위한 사업으로 삼고 있어. 이건 다시 없는 명제를 나에게 부여해준 것이기에. 아, 내 운명은 여기 다 바쳐야겠다, 이렇게 생각해. 나의 신은 세종이에요. 나에게 문자를 만들어준 존재이므로. 그 세종 이전에 우리나라는 한자에 종속된 국가였어. 세종이 개천(開天)을 한 거야. 그런데 겨레말은 200~300년 뒤에는 없어질지 몰라. 언어는 우리 삶처럼 무상해요. 나는 언어의 노예인데, 그럼에도 돌아서서 언어를 주인으로 삼지 않습니다. 언어 이것은 언젠가 떠난다는 것, 나를 흘러가는 격류에 잎사귀처럼 내버린다는 걸 알아요. 그런데도 언어 외에는 없으니까. 200년 뒤에 언어가 없어진다 해도, 우리는, 지금은 현재니까 해야죠. 우리말과 같이 존재했던 만주 여러 부족어는 다 죽어버렸잖아. 베이징의 민족대학 도서관에 학술용어로만 남아 있을 뿐 실제 쓰는 사람은 없어졌어. 적도 상에 있는 여러 부족 언어들, 적도에 있는 식물종과 정비례해서 멸종하고 있고. 마지막 할아버지 죽으면 끝나니까. 학문의 전당에 남아 있지도 않고. 그런데 우리말도 위기상황이야.

조국　　시인에게 우리말은 무엇입니까?

고은　　겨레말은 억압받은 언어예요. 억압받아서 살아남은 언어. 구어처럼 순수하고 무상한 언어가 어디 있습니까? 우리 공동체가 쓰던 구어가 있었는데, 한자의 급습에 의해 무장해제됐죠. 세종이 글자를 만들었지만, 한자에 의해 무지막지하게 억압당했고. 현재 우리가 쓰는 말에도 그 폭력이 내재화되어 있어. 한글이 만들어지고 점잖게 '언문'이라 했지만, 실제로는 '쌍글', '똥글', '암글'이라 불렸지. 천민, 상것, 여자들이 쓰는 거다 이거지. 한자에 의한 언어 폭력이지. 주자학의 극단주의지. 고종 때 국한문 혼용문서를 쓰면서 비로소 공식어가 됐는데, 왜놈이 들어왔어. 팔자가 더럽게 센 언어야. 조선말은 낙후된 야만어라고 취급했지. 학교 들어가 일본어로 수업했고, 조선말 쓰면 불이익 당했어. 일제하 사범학교가 뭔지 알아? 가난하고 똑똑한 조선 아이들 모아서 일본화시키는 본거지야. 박정희가 대구사범학교 나왔지. 그러나 나는 학교에서 일본어 쓰면서도 동네 머슴한테 한글을 배웠어. 그때부터 이미 불온했나 봐. (웃음) 학교 가면 전혀 내색 안 했지. 해방되고 '언문'이 아니라 '국문'이란 말을 처음 썼는데, 학교에서 '국문 아는 사람 손들어' 했을 때 손든 사람이 나밖에 없었어요. 그 덕택에 월반했잖아요. (웃음)

아프리카 문인들 만났을 때, 이들이 과거 5~6대에 걸쳐서 자기의 부족어를 밤마다 모여서 자식들에게 전승했다는 얘기를 들었어. 밖에서는 프랑스어와 영어 쓰고. 우리 조상들이 솥단지와 솜이불 지고 블라디보스토크로 북간도로 갔잖아. 그때 자기 할아버지, 할머니 제삿날과 '아리랑'과 우리말을 기억하며 갔어. 30년대 스탈린 통치 시절 중앙아시아로 쫓겨날 때도 그랬고. 기차에서 어머니 시체를 내버리면서 갔지. 후손으로서 이러한 아픈 역사를 기억해야 해. 이거 잊어버리면 나쁜 놈이지. 참말 최고의 악질이지. 내가 내 할머니, 할아버지의 자손이란 것보다, 그들이 썼던 언어의 자손이라는 것, 그게 내가 갖는 실존의 근본 명제야.

일본어 다음에는 영어 때문에 겨레말이 망하고 있어. 외국 신문이 '한국에선 영어가 종교다'라는 제목의 특집까지 낸 적이 있지. 체코에서 작가들 만나 술 먹고 울었어. 체코가 히틀러의 독일에 정복되면서 언어도 정복됐어. 프라하에서 태어나 독일어로 시를 쓴 릴케는 체코에서는 반역자야! 체코 가서 릴케 얘기했다가 혼났어. 나치 지배가 끝나니 소련 지배가 이루어져 슬라브어가 들어왔어. 요샌 영어가 지배하고 있더군. 프라하 가서 미 대사관 초청받아 가봤더니, 대사관이 고궁을 차지하고 있어. 총독부더구먼! (웃음) 독어, 슬라브어, 영어에 차례차례 당한 거지. 우리 겨레말과 비슷한 역사 아니냐고. 세계 언어의 정치학을 체험했어.

조국   수천 년 억압에도 살아남은 우리말이 이제 분단으로 갈라졌습니다.

고은   남과 북이 갈라져 있지 않습니까? 식민지 시대에는 평양, 신의주, 나진에 갈 수 있었죠. 걸어서라도. 지금은 못 가죠. 지구상에서 가장 먼 거리가 남북 아닙니까. 체제가 다르다는 게 무섭습니다. 체제가 제도를 만들고 제도는 완전히 다른 것을 요구합니다. 내 운명의 지속성을 규정해요. 나는 이 우리말, 시간과 시대상 위기의 언어, 공간상 위기의 언어, 이 포위된 언어가 영원하길 꿈꿀 순 없지만, 앞으로 300년은 지속시키는 단초는 만들고 싶다, 이런 바람입니다. 내게 통일은 수단이에요. 통일이 된다고 겨레말이 보장된다는 법도 없어. 영어화, 중국어화될지도 몰라. 이러한 위기의식과 역사의식을 가지고 겨레말을 보존하고자 해.

자본주의가 판을 쳐도
시는 모독당하지 않아

조국　　옛날 얘기로 가볼까 합니다. 청년시절 허무주의와 파괴주의에 빠지셨죠.

고은　　내 허무주의는 19세기 서구의 것이 아니야. 토산품이야. 내 고향 전북에는 대지주들이 많았는데, 그 아들들은 좌익이 많았어. 아버지의 모순에 대한 반동이라고 할까. 예를 들어 고창의 백남훈이 그렇지. 난 좌우 보복학살의 현장에 있었어. 맥아더가 인천 상륙을 위해 양동 작전을 썼는데, 군산, 울진, 삼척에 날마다 폭격을 했어. 날마다 폭격만 본 사람이야. 그 뒤에 떠돌아다니면서 보니까 온 나라가 초토화되었더구먼. 이 폐허는 인간 심성의 폐허로 이어질 수밖에 없었어. 나는 죽음을 많이 봤어. 좌익의 죽음과 우익의 죽음. 소년에게 감당할 수 없는 것들이었어. 장례 지낼 수 없는 존재이기에 소년이라고 하는데, 소년이 장례를 지내줘야 했으니까.

조국　　4월 혁명이 일어났을 때는 스님으로 절에 계셨지요?

고은   4·19를 나는 해인사에서 맞이했어. 단식하고 있었지. 승려들이 막 도망가고 대처승이 들어올 때 난 해인사를 지켰어. 정치 현실 이런 건 모를 때야. 그저 '정통을 지킨다'는 마음이었지. 말하면 알 만한 고승들도 도망갔어. 대처승들이 조폭 시켜서 나를 끌어가려 하는데, 내가 버텼어. 그랬더니 깡패들에게 막걸리 항아리를 가져다주었어. 이놈들이 술 취해서 날 끌고 가요. 내 머리가 계단에 부딪히면서 피 흘리고 가사 다 찢기고. '가사가 찢기다니, 난 중으로서 끝났구나', 이런 생각이 들었어. 내 이데아가 깨진 것 아니에요? 처녀막 없어지고 동정 파괴되는 거 같은 거죠. 거기서 내 가사가 찢겼지. 그때 주지 도장을 내가 쥐고 있었어. 도장 찍어야 넘어가는 건데, 그걸 안 놨어요. 다른 사람들에게 숨기거나 입만 봉하면 되는 건데, 나는 오히려 다른 방법을 썼어요. 끌려가 도장 보여주면서 '자 여기 있다, 내가 안 찍는다, 네가 갖고 가서 찍어라. 그럼 그건 무효다' 했어요. 허를 찔린 거지.

조국   그러다가 1970년 11월 13일 전태일 열사의 분신으로 큰 변화가 일어났습니다.

고은   무교동에서 소주, 지금의 우아한 소주가 아니라, 입에서 '카' 소리 나오는 독주를 마셨어. 안주는 아주 매운 낙지 안주였지. 독한 걸 먹어야 비로소 자족이 되는 독한 환경이었어. 술 마시고 난 후 주모에게 부탁해 신문지 조각 놓고 술집 탁자에서 잤어. 여관비가 없었으니까. 그런데 신문에 '노동자의 죽음' 기사가 나온 거야.

처음엔 '뭐지?' 하는 가벼운 호기심 정도였어. 점점 현실을 알게 됐어. 몸살감기가 몸에 들어와 몸이 떨리는 것처럼 현실이 막 느껴졌어. 암튼 전태일 이후 현실이 다가왔어. 병에 걸린 것처럼 막 현실이 다가와. 그때 민족도 보이고, 어디서 파편적으로 들었던 정치 개념들이 막 들어와. 70년 겨울, 그렇게 전환이 시작됐어. 그런데 그러고도 시는 여전히 옛날 시를 썼어. 몸이 먼저 가고 난 후에야 언어가 따라왔어. 70년대 중반에야 현실 참여 시가 나오더군.

조국   몸이 먼저 간다는 말씀, 가슴에 와 닿습니다. 사람들은 선생님이 노벨문학상 타기를 원하지만, 정작 선생님 시를 읽지는 않습니다. 시보다 상을 좋아하는 것이겠지요. 돈이 지배하는 세상에서 시는 사치나 잉여가 된 것인가요.

고은   오히려 이런 때 내가 있다는 게 축복이에요. 지금이 왜 좋냐 하면, 이제 내 동굴로 돌아왔다는 느낌이 들어요. 이때 시를 좀 써보고 싶어요. 내 시가 깃발처럼 휘날릴 때보다 내 시가 동굴 천장 박쥐처럼 드리워지고 싶어. 자본주의가 판치고 광고 문구가 세상을 도배해도 시는 모독당하지 않아. 시는 그냥 우리가 없어질 때 함께 없어지는 거예요. 시는 문학의 한 장르나 예술의 형식으로 읽는 게 아니야. 인간이, 인류가 이 세상에 있는 동안 동반해야 하는 심성의 표현이지. 아버지가 죽으면 울고 연인과 헤어지면 아파. 나라가 망하면 통곡해. 또 별의별 희로애락의 기반 위에서 우리 삶이 영위되지. 이게 다 모두 시가 되는 거야.

우리는 지금 화려한 이백과 두보를 얘기하지. 그러나 이 사람들 참 힘든 삶과 세상 살았습니다. 이백이 술값은 좀 벌었지만, 두보는 그것도 못 벌었어. (웃음) 이백도 화려한 꿈을 실현해본 적이 한 번도 없어요. 두보는 오히려 체제에 충실했지만 불운했어요. 이백은 체제에 충실할 수 없는 이였고. 한족 아니라 오랑캐, 자유분방한 유목 기질이 있는 사람이죠. 이백은 왕 앞에서도 절대 비굴하지 않았어. 취해 쓰러져 잤는데 현종이 배려해서 이백이 깰 때까지 옆에서 기다린 적도 있었어. 요거 괜찮지. (웃음) 지금이야말로 이런 시인 근성이 필요한 시대야.

조국   아까 '나의 신은 세종이다'라고 하셨죠. 그런데 얼마 전 박근혜 의원 측근이 박정희를 이성계에, 박 의원을 세종에 비유하더군요. '이성계가 쿠데타를 했지만 그의 자손 세종은 위대한 나라를 만들었다'를 강조하려는 것이겠죠.

고은   (깜짝 놀라며) 아니, 그런 일이 있었어? 아주 무식한 혈통주의네. 박정희는 우리가 극복해야 할 인물이지 세습해야 할 인물이 아니야. 다시는 나타나면 안 될 시대를 의인화한 것이 박정희지. 아기 낳을 때 고통을 잊어버리는 것처럼 과거를 아주 희미하게 여기는 경향이 있어. 그러면 안 돼. (목청을 높이며) 어떻게 박정희와 박근혜를 이성계와 세종에 비유할 수 있어! 범죄적 수준의 견강부회네. 아주 무식한 놈이나 지능범이 할 수 있는 말이야. 세종은 왜 위대하냐고? 자기 아버지의 무자비를 자비로 개혁한 사람이야. 세종의 위대성은 자기 아버지를 복제한 것이 아니고, 내친 데 있어. 문화적으로 말이야.

조국 〈만인보〉에서 이명박 대통령에 대해 언급하며 "개발이 악이 아니라 선이기를 / 개발이 정치가 아니기를" 우려하셨죠. 그런데 개발이 악이 되고 정치가 되는 결과가 나왔습니다. 대통령을 뽑는 우리는 어떤 마음가짐을 가져야 할까요?

고은 지난 5년 동안 우리가 감당해온 정권… 당장 저 앞에 나가면 4대강 사업이 진행되고 있어. 죽음의 강을 맞이하고 있는데, 철모르는 시민들은 자전거 타고 뱃놀이하고. 서울 민심을 홀렸던 청계천도 얼마나 돈을 낭비하는 구정물인지, 앞으로 점점 더 드러날 거야. 우리는 정치를 쉽게 경멸하지만 정치로부터 절대 도망갈 수 없어. 박정희를 겪었고 이명박을 겪었어. 다시 겪지 않아야 하는데, 나쁜 징후가 현전(現前)해 있어. 사람들은 나이 들면 체념하거나 현상에 양보하기 쉽다고 해. 나는 늙어서 죽음을 앞두고 타협하는 삶을 제일 싫어해. 누구 하나쯤은 안 그랬으면 좋겠어. 단재조차 나중에 맘이 약해지면서 아들딸을 미국 유학 보내고 싶어 했지. 인간적으로 그럴 수 있겠다 그러면서도 '아이고, 그 말은 속에나 둘 일이지 왜 이렇게 기록까지 남겼을까' 하고 생각해. 나이가 들어 말기가 돼서, 닥쳐오는 현실에 눈감아주는 태도, 개인의 실존으로서나 구조물로서 기여하는 공적인 존재로서 나는 싫어요. 앞으로도 나는 이름으로나마 전사자로 남아 있고 싶어요. 이렇게 예상하는 게 패배의식인가?

조국　　전사하지 않으실 것입니다. (웃음) 폭포수같이 터져 나오는 말씀 잘 들었습니다.

고은　　난 절대 지식인이 아냐, 무당이야. 무당으로 내뱉은 거야. 사실 함석헌도 무당이야. 니체도 태양계에 다가가려 하다 녹아버린 무당이고. 점심때가 지났네. 잘 아는 수육집이 있어. 가서 소주 한잔하면서 얘기 더 해.

∙ ∙ ∙

　　고은은 이백과 니체가 혼용된 사람, 무당과 예언자를 넘나드는 사람, 천둥벌거숭이 아이와 열렬한 투사가 공존하는 사람이었다. 술을 물처럼 마시면서 질문과 무관하게 종횡무진 번뜩이는 말씀을 쏟아놓으셨다. 인터뷰에 담지 못했던 선생의 말, 예컨대 "헤겔, 칸트 이 새끼들 재미없어요. 그건 완전히 플라톤의 이데아의 종손들, 제도를 계승·발전시키는 종손들이야", "헤겔은 털이 안 난 인간이야", "니체는 원시 인간의, 아프리카의 털을 갖고 있어. 똥구멍, 겨드랑이에도 털 난 인간", "루쉰(魯迅)은 계몽군주 쪽이야. 마오가 국가를 만들었으니, 루쉰이 플라톤처럼 된 거지. 난 거기 기생했던 궈모러(郭沫若)를 더 좋아해. 형제지간인 리영희와 그 점에서 다른 의견이었어" 등은 이성과 논리 과잉 상태의 내게 특별하게

다가왔다. 고 리영희 선생은 고은이라는, 뜻은 같으면서도 기질은 매우 다른 벗이 있었기에 참 행복했을 것 같다.

　　우리는 정치로부터 도망칠 수 없다는 선생의 경고, 우리 모두 새겨야 한다. 아버지를 복제하지 말고 내쳐야 위대한 왕이 된다는 선생의 말씀, 박근혜 대통령이 새기길 희망한다. 대선 전후 시인 김지하의 무지막지한 발언을 접하며, 인생 말기를 앞두고도 '전사자'로 남고 싶다는 고은 시인의 말이 떠올랐다. 삶의 순간은 언제나 중요하지만 늙은이가 되었을 때 더 중요하겠구나 하는 생각이 들었다. 이 인터뷰를 계기로 선생의 팔순을 축하하기 위한 작은 파티에 초청받았다. 백낙청 선생 외에는 다 40~50대에 해당하는 '젊은이'들이 모였다. 그날 선생은 역시 대취하여 노래 부르고 춤을 추셨다. 목소리는 우렁찼고 춤사위는 호방했다. 그리고 우리에게 약속했다. "내가 너희들 팔순 잔치에 찾아오마! 그날 등이 무거우면 내 혼령인 줄 알아라."

*

2012년 7월, 한국교육과정평가원은 '정치적 중립성'을 이유로 도종환 민주통합당 의원의 시와 산문을 교과서에서 빼도록 권고했다. 그러나 비판 여론이 거세지자 '정치권 입문 전에 발표한 작품은 예외로 둔다'며 권고를 번복했다.

"박정희가 지하에서
한 층 한 층 올라와
지상으로 나오고 있다"

소설가 조정래

2012년 8월 29일(수)
10:00~12:00
한겨레신문사

소설가란 어떤 존재이며, 어떤 역할을 해야 하는지 치열하고 선명하게 보여주는 사람을 만났다. 몸에 밴 강직과 절제, 그리고 여전히 청청한 기운을 보고 느낄 수 있어 좋았고, 인터뷰 후 막걸리를 마시며 부인 김초혜 시인과의 열렬한 연애 비화를 들을 수 있어 더 좋았다. 아들에 대한 애틋한 마음과 두 손자에 대한 무한한 사랑은 내 마음까지 따뜻하게 했다.

조국 　책 제목인 '황홀한 글 감옥'이란 표현에서도 드러나듯, 온몸과 마음을 바쳐 글을 써오셨습니다. 여태껏 8만 매가량 되는 엄청난 양의 원고를 쓰셨지요. '글 감옥'을 만든 이유는 무엇이며, 그 '감옥'은 어째서 황홀합니까?

조정래 　짐승의 왕이라고 하는 사자나 호랑이도 사냥할 때는 혼신의 힘을 다합니다. 노루 새끼 한 마리도 쉽게 잡히지 않는 게 삶이죠. 작가는 지쳐 있거나 무관심한 영혼들을 흔들어 깨우는 작업을 합니다. 그러려면 보통 사람의 평균 노동시간 8시간보다는 더 많이 일해야 하지 않겠습니까? 집필에 들어가면 하루 12시간 이상, 더러는 18시간씩 노동을 합니다. 그래서 동료·후배 작가들이 날 '도깨비'라 부르더군요. (웃음) 이를 한 번도 어긴 적 없이 30년 계속해왔고, 또 앞으로도 생명이 다하는 날까지 그렇게 살 겁니다. 《태백산맥》,《아리랑》,《한강》 등 대하소설을 계속 쓸 수 있었던 것도 그러한 자기규율과 제어 덕분입니다. 글을 쓰는 건 감옥이죠. 스스로 간수와 죄인 노릇을 하는 감옥입니다. 그런데 글이 잘 안 될 때 몸부림치다시피 해서 스스로를 이겨내 쓰다 보면 생각보다 훨씬 더 잘 쓰는 부분이 나옵니다. 그때 "아, 정말 잘 썼다" 하고 스스로 감탄해요. (웃음) 그때의 황홀경은 도 닦는 사람들이 느낀다는 '득도의 황홀함'과 다르지 않을 겁니다. 그 황홀경이 없으면 글 못 써나가죠. 그래서 반어적 표현으로 '황홀한 글 감옥'이란 제목을 붙였죠.

조국　문학하는 사람들은 술 좋아하고 놀기 좋아한다는 선입견이 보통 사람들에게 있습니다. 그러나 선생님께서는 구도승 같은 삶을 사셨습니다. 그러면서 "천재란 건 둔재가 아주 오랜 노력을 하는 것"이라 하셨는데요.

조정래　천재는 따로 없어요. 두 가지 요건이 충족되어야 천재입니다. 첫째, 머리가 좋은 사람이 아니라 무한히 책을 많이 읽은 사람. 둘째, 끝없이 노력하는 열정을 잃지 않는 사람. 저는 타고난 재능보다는 노력을 믿으려 했어요. 그래서 제가 이런 말을 한 적이 있어요. "노력을 이기는 재능은 없고, 노력 없는 재능은 열매를 맺지 못하는 꽃과 같다."

조국   우리나라 유명 작가 가운데 육필(肉筆)을 고수하는 분은 선생님과 김훈 선생님 정도로 알고 있습니다. 이유를 듣고 싶습니다.

조정래   컴퓨터가 시인에겐 불필요하지만 소설가에겐 필요한 도구라고 생각해요. 많은 양을 써야 되니까요. 그러나 기계의 속도에 실리게 되면 불필요하게 양이 많아지고 문장의 밀도감이 현저하게 떨어집니다. 소설은 문장 하나하나 실오라기처럼 엮어 비단 만들듯 써야 해요. 밀도감이 떨어져버리면 소설 망치는 첩경이죠. 그래서 손으로 씁니다. 다른 얘기인데, 제가 손으로 써서 편지를 보내면 컴퓨터로 친 답장이 오는 경우가 있어요. 마치 공문서 받는 듯 살벌한 느낌을 받습니다. 얼마 전까진 사인은 하던데, 요샌 사인도 직접 하지 않고 찍어 나오더군요. 어찌 인간미라는 게 이렇게 없는가 싶어요. 편지라는 것은 정을 담는 것인데, 구식의 바람이겠지만 기분이 좋진 않습니다.

조국   휴대전화도 스마트폰도 안 쓰시죠.

조정래   작가는 혼자 골방에서 글 쓰는 사람인데, 왜 내가 어디에 있는지 온 세상 사람들이 전부 알아야 합니까? 그건 글 쓰는 데 막대한 피해를 입혀요. 휴대전화는 죽을 때까지 안 가지려 합니다. 그래도 내 인생에 손해가 아무것도 없어요. 필요한 전화는 백번이라도 오니까.

5년쯤 전에 통계청에서 통계를 냈어요. 주5일 근무하고 주말 이틀 동안 국민들이 어떻게 보내는지 조사했어요. TV와 인터넷과 함께 보내는 시간이 평균 3시간, 글 읽는 시간은 신문 읽는 시간 포함해 고작 7~8분이었어요. 이게 말이 됩니까? 휴대전화가 진화해서 스마트폰으로 바뀌니까 거기 매달리는 중독자가 생겼죠. 인생은 한 번밖에 못 삽니다. 왜 그리 인생을 낭비합니까, 수다 떠는 일로. 제가 보기엔 정말 가여운 사람들이에요. 그 시간에 책도 보고 음악도 듣고 정서생활을 함으로써 나를 좀 더 윤택하게 성장시킬 수 있는 삶을 살 수 있는데, 왜 그리 소모들 하는지 답답합니다.

이 땅의 작가로서
도대체 뭘 해야 하나

조국   옛날이야기 좀 해보겠습니다. 아버님께서 승려가 되라 하셨는데, 거부하고 소설가가 되셨죠. 그런데 아버님께서 또 한편으로는 선생님 어린 시절에 시조나 동시들을 묶어서 책으로 만들어 주기도 하셨죠. 동시에 두 가지 요구를 하신 셈인데, 승려가 안 되겠다 했을 때 아버님 반응은 어떠셨나요?
조정래   아버지께서 저를 꾈 때 만해 한용운 선생 예를 들었어요. 만해 선생은 승려의 길을 가면서도 최고 시인이 됐지 않았냐. 두 가지를 다 하라 하셨어요. 그래서 저는 "만해 선생은 100년에 한 번 태어날까 말까 한 사람인데 감히 제가 어찌 그분을 따라갑니까" 했죠. 아버지 말이 막혔죠. 아버지께서 《태백산맥》 3부까지 읽고 돌아가셨어요. 돌아가신 다음에 어머님께서 전해주셨는데, 아버지께서 '자식 키운 보람 있네'라고 하셨다더군요. 돌아가시기 전에 만족하신 거죠.

조국　　동국대 국문과에 들어가셨습니다. 당시 동국대 국문과는 한양대 공대, 홍익대 미대 등과 함께 그 자체로 유명하고 좋은 과였습니다. 다극(多極) 체제였던 것이죠. 그런데 언제부터인가 각 대학 학과의 특장(特長)은 없어지고 대학 간판만 남게 됐습니다. 단극(單極) 피라미드처럼 서열화된 대학의 모습을 보시면서 어떤 생각이 드시는지요?

조정래　　대학은 개성이 있어야 제대로 발전하는데, 그것이 사라져버리는 것은 국가적, 사회적으로 굉장히 불행한 일입니다. 이런 체제 아래에서는 창의성 있는 많은 사람들이 공부 못하는 '삼류 인간'으로 취급되고 말아요. 이런 비극은 우리 사회 후진성의 산물입니다. 대학 서열에 목매고 사생결단하는 학부모, 그리고 그런 서열화를 막지 못하는 교육제도, 양측에 책임이 있습니다. 옛날처럼 대학별로 유명한 학과가 있고, 학생들이 그 학과를 찾아 부산도 가고 광주도 가는 식으로 돌아가야 교육도 국가도 살아납니다.

조국　　당시 동국대 국문과에는 양주동, 조연현, 서정주 등 문학

분야 최고의 선생님들이 계셨죠. 전국 문학청년들이 다 가려 했던 학과였을 텐데, 입학 후 생활은 어땠나요?

조정래   저는 입학 전까지 시인 서정주가 죽은 사람인 줄 알았어요. (폭소) 원래 유명한 사람은 이미 죽은 사람이라고 생각하잖아요. 양주동 선생님도 마찬가지였고. '야, 저런 분들에게 수업을 받는구나' 하는 긍지가 있었죠. 더 놀라운 것은 재학생 중에 이미 등단한 문인이 7~8명이나 있는 거예요.

조국   부인 김초혜 시인이 바로 그런 분이셨지요. (웃음)

조정래   주눅 들면서도 '나도 저 길을 가야 할 텐데' 하는 긴장이 있었어요. 국문과 학생들은 열심히 공부하고 작품 써서 돌려보고 평가해가면서 치열하고 보람 있는 4년을 보냈죠. 대학 졸업할 때 졸업생 대표로 신문에 글을 쓰면서, "내 인생이 4년 단위로 이렇게 바뀔 수 있다면 나는 40년 뒤에 엄청난 사람이 될 수 있을 것"이라 썼어요.

조국   자기예언이 성취됐군요. (웃음) 우리 대학 체제가 바뀌어 대학생들이 청년 조정래 같은 대학생활을 할 수 있으면 좋겠습니다. 작품 얘기로 넘어가겠습니다. 만 20년에 걸쳐 완성한 《태백산맥》, 《아리랑》, 《한강》 3부작은 한국 문단의 기념비적 저작입니다. 이 3부작은 선생님께 무엇이었는지요?

조정래   중고등학교 때부터 '사회생활'이라는 과목을 좋아했어요. 우리 사회와 역사를 알게 되면서 난 왜 이렇게 조그만 나라, 비참

한 역사를 가진 땅에 태어났을까 생각했어요. 대학 들어가면서 구체화되고, 작가가 되면서 더 구체화됐고. 우리 민족의 고난에 찬 삶과 역사를 쓰지 않으면 이 땅의 작가로서 존재할 이유가 없다고 생각했어요. 민족 분단으로 진실을 쓰지 못하게 막는 정치적 압박도 있었지만, 그래서 더더욱 기필코 써야 한다 생각했어요.

조국 《태백산맥》 집필을 1983년에 시작하셨습니다. 광주의 피 냄새가 채 가시지 않았고, 군사독재 정권의 폭압이 기승을 부릴 때 아닙니까. 선생님을 존경하는 이유 중 하나는《태백산맥》을 정치적 민주화가 진행된 이후가 아니라 그 이전에 쓰기 시작하셨다는 것입니다.

조정래 1980년 광주 민주화운동이 무자비하게 진압된 후 외부 사람이 통행할 수 있다고 했을 때, 저는 아내에게 광주에 가보자 했어요. 그때 초등학교 4학년이었던 아들도 결석시키고 데려갔어요. 새벽 6시 금남로 뒤 광주 YWCA에 갔는데, 벽면에 있는 총탄자국을 350개까지 세다 포기했어요. 제가 집사람에게 "이건 여순반란사건 때보다 더 처참하고 잔혹하다" 했어요. 실제 더 많은 사람이 죽었고. 돌아오면서 도대체 이 땅의 작가로서 뭘 해야 하나 생각했어요. 이러한 비극의 뿌리인 분단 문제를 정면으로 쓰지 않으면 작가로서 존재할 이유가 없다고 판단했어요. 당시는 체제의 폭압이 너무 심해서 학생운동도 제대로 일어나지 못했던 때였어요. 2회분 써놓고 집사람에게 말했어요. "내가 계속 써나가면 반드시 정치적 위해를 당한다. 그때 애 데리고 견딜 수 있겠느냐?" 집사람이 한참 가만히 있더니, "작가가 쓰고 싶은 걸 쓰다가 당하는 일이라면 관계없다, 견딜 수 있으니 쓰고 싶은 대로 써라" 했죠. 그런 확인을 받을 정도로 두려운 상황이었죠.

조국　　　다들 광주를 회피할 때 직접 광주를 찾아가시다니, 게다가 가족까지 다 데리고 말입니다. 역사의 고비마다 정면으로 맞붙으셨습니다. 지금이야 상상하기도 어렵지만, 쓰는 것도 죽고 사는 문제로 직결되는 상황이었습니다.

조정래　　《태백산맥》 쓰면서 정신적 고통이 심했어요. 좌익 부분을 쓰고 나면 계속 악몽에 시달렸어요. 끌려가서 고문당하고 두드려 맞는 꿈. 벌떡 일어나 다시 원고 들여다보고 손질하곤 했지요. 그러다 보니 심한 위궤양이 생겼어요. 위에 두 군데 천공이 났지요.

조국　　　3부작에 등장하는 인물이 총 1,200명인 것으로 압니다. 독자 입장에서는 인물사전이 필요합니다. (웃음)

조정래　　안 그래도 출판사에서 작업 중입니다.

조국　　　이들 중 가장 애착이 가는 인물은 누구입니까?

조정래　　《태백산맥》의 하대치. 민중의 표상이지요. 끝없이 시대상황에 따라 발전하고 성숙해나가는 인물이죠.

조국　　　그 인물 중 자신을 투영했던 사람은 누구입니까?

조정래　　작품 속 하나의 사건이나 하나의 장면은 일곱, 여덟, 아홉 개까지 의미를 담고 있어요. 작가가 의도하는 대로 끌고 가려면 한 인물에 모든 걸 다 담을 수 없어요. 긍정적인 인물 여러 명에게 나눠 몰고 가게 해야 목적하는 바를 이루죠. 《태백산맥》의 김범우도, 《아리랑》의 공허도 한 축을 맡고 있고, 《한강》의 유일표도 한 축을 맡고 있고.

조국　《태백산맥》 쓰실 때 후배작가들이 "왜 투쟁하지 않느냐"고 비판했고, 선생님은 "그 시간에 글로써 투쟁하겠다"고 답했다는 애기를 들었습니다.

조정래　1980년대 후반 격렬하게 시위가 일어날 때 후배들이 그렇게 저를 비난했습니다. 90년대 중반이 되니, "아, 역시 조 선배가 옳았어" 하더군요.

조국　글 쓰는 투쟁으로 더 많은 변화를 이루었음을 알아주었군요. 그런데 《태백산맥》으로 1994년 국가보안법 위반 혐의로 고발돼 11년이 지난 후인 2005년에야 무혐의 처분을 받았습니다.

조정래　경찰 대공분실과 검찰에서 조사받는데, 조사받는 고통보다 더 괴로운 것은 작품 쓰는 걸 중단하는 거였어요. 《아리랑》은 〈한국일보〉에, 《한강》은 〈한겨레〉에 연재하고 있었는데, 수사 때문에 일주일씩, 열흘씩 연재가 중단되는 게 작가로서 비통하더군요. 우리 조국이 이 정도밖에 안 되는가 싶었지만, 그래서 더 써야 한다는 결의를 다지며 견뎠죠.

조국　고발한 사람들은 극우성향이니 그렇다 치더라도, 노무현 정부 이후에야 무혐의처분 받았다는 것이 황당하고 기막혔습니다.

민주정부 형사정책의 수치입니다! 대중에게는 덜 알려진 작품이지만, 제가 좋아하는 작품으로 《인간연습》과 《오 하느님》이 있습니다. 우리 사회가 민주화되는 과정에 소련 등 '국가사회주의' 체제가 확망했죠. 민주화를 심화하는 과정에서 사회주의로부터 배울 것이 많은데, 소련이 망해버리니 '이제 사회주의는 끝났다'면서 미국식 자본주의 숭배현상이 나타났거든요. 그때 선생님께선 이 두 책을 내셨죠.

조정래　　소련이 무너졌는데, 왜 소련이 무너졌는가를 대중이 알 수 있도록 써놓은 글이 하나도 없었어요. 파편적으로, 부분적으로만 말하는 거예요. 20세기의 거대한 실험이고 인간이 갈 수 있는 좋은 길의 하나로 선택한 것이 사회주의인데, 그것이 무너진 원인을 규명하지 않고서야 다음으로 나아갈 수도 없고 인간 존재 가치를 규명할 수도 없잖아요. 그래서 작가 입장에서 규명하려 했던 것이 《인간연습》이에요. 제목 그대로 사회주의 몰락이라는 것은 인간이 연습한 것이라는 거죠. 그래도 인간은 또 살아야 하니까 마지막 주인공이 인간에 대한 재발견을 보이죠. 어린애의 똥에서 구린내가 아니라 단 냄새가 나도록 사랑하는 긍정, 그것이 또 앞으로 나아갈 수 있는 미래라는 긍정을 말했던 것이죠.

《오 하느님》은 인류가 존재하는 한 소수 강대국과 다수 약소국이 있고, 강대국은 방법만 달리해서 끊임없이 약소국들을 괴롭힌다는 점을 보여주려 했어요. 약소국인 우리 체험을 통해 강대국들이 얼마나 비인간적이고 잔혹한 짓을 했는가, 지구 70억 인구 중에서 50억을 점유하고 있는 약소국들을 대변하고 싶었어요. 미국에서 곧 출간됩니다. 상당히 애정을 가지고 있는 작품 가운데 하나죠. 가장 민족적인 것이 가장 세계적인 것이란 말, '제3세계'라고 불리는 곳에서 정신적이나 육체적으로 굶주리고 있는 사람들을 대변한다는 자긍심도 가지고 쓴 작품이죠.

이제 국민은
뭔가 달라고 요구할 자격이 있어요

조국   현 시국 이야기를 좀 해보고 싶습니다. 2007년 이명박 집권을 예견하시면서, "민주화세력 집권 15년이 정치 무능으로 실패했고, 그 결과 불행히도 차기 정권은 필연적으로 보수세력이 잡을 수밖에 없을 것이다" 하셨습니다. 이제 이명박 정부가 끝나가고 있습니다. 이명박 정부 치하에 살아가시면서 작가로서, 시민으로서 어떠셨는지요?

조정래   정당정치가 운영되는 민주주의 사회에서 하나의 정당이 정권을 잡는 것은 상대 정당이 실패한 반대급부인 경우가 많죠. 부시의 멍청한 실패가 오바마를 탄생하게 한 것 아닙니까. 마찬가지로 직설적인 언행을 너무 많이 해서 실패한 노무현 대통령 때문에 이명박 정권이 탄생했습니다. 그런데 이명박 정권은 어떻게 이럴 수 있을까 싶을 정도였어요. 너무 어이없고 한심스러워서 믿을 수가 없었어요. 그 많은 사람들이 희생해서 민주화를 이뤄냈는데, 어떻게 이렇게 민주주의를 후퇴시킬 수 있을까, 4대강 사업같이 국민의 70%가 하지 말라는 일을 왜 이렇게 몰아붙일까, 지난 5년이 너무 갑갑했어요. 이명박 정권은 국민이 깜짝 놀랄 정도로, 믿을 수 없을 정도로 '불통의 실패'를 함으로써 정권교체가 될 수 있는 기반을 튼튼히 만들어주었다는 점만 기여를 한 것 같아요. (웃음)

조국　　민주정부의 한계로 경제민주화의 비전과 방책이 없었다는 점을 들 수 있습니다. 뒤늦게나마 경제민주화가 시대적 화두로 자리 잡았습니다. 경제민주화란 말에 알레르기 반응 보이던 새누리당조차 표면적으로는 경제민주화 하겠다고 하잖습니까. 선생님께선 재벌개혁과 경제민주화 문제를 2010년 《허수아비춤》에서 제기하셨습니다.

조정래　　대선 정국에서 여야가 모두 경제민주화를 최대 과제로 내세운 것은 그들이 스스로 깨달았기 때문이 아니라, 국민들 요구가 워낙 강력해서 받아들이지 않을 수 없었기 때문입니다. 70년대 중반 총리가 이런 공개발언을 했습니다. "지금은 분배의 시기가 아니라 축적의 시기"라고. 언젠가 분배의 시기가 올 테니 기다리라는 메시지가 있었기에, 국민들은 그 말을 믿고 헌신했습니다. 노동자들은 하루 14시간 이상 비인간적이고 가혹한 노동을 견디며 살았지요. 지금은 국민총생산 2만 달러 시대입니다. 이제 국민은 뭔가 달라고 요구할 자격이 있어요. 우리나라가 OECD 33개국 중에 자살률이 1위입니다. 국민 행복지수는 꼴찌입니다. 사람이 살기 너무 어려운 지옥 상황이란 겁니다. 그러니 '묻지 마 살인'도 일어나는 겁니다. 누적된 상처가 곪아터지는 거예요. 정치인은 물론 각 분야 지식인들이 정신 차리고 이걸 해결하지 못하면 우리나라는 가망이 없습니다. 그런데 박정희 정권부터 지금까지 역대 정권이 재벌을 너무 옹호해서, 그들이 방자해졌습니다. 이제는 정치권력을 압박할 정도로 거대한 권력이 됐고요. 재벌개혁과 경제민주화 없이는 국민의 삶과 국가의 운명이 위험해집니다.

조국 강력한 대권후보인 박근혜 씨는 "아버지는 경제성장을 이뤘고 나는 복지국가를 이루겠다"는 메시지를 던지고 있습니다. 과거 선생님은 "박정희가 지하에서 한 층 한 층 올라와 지상으로 나오고 있다"는 평가를 하신 적 있습니다.

조정래 박근혜 씨의 겉모습은 어머니고, 속마음은 아버지입니다. 그러기에 5·16 쿠데타를 "불가피한 최선의 선택"이라 말하죠. 민주화 세력의 희생, 국민의 열망을 완전히 묵살하는 발언입니다. 고 장준하 선생 유골이 드러날 때에도 "끝난 일"이라고 정리해버리더군요. 이런 사고방식을 가진 사람이 변화한 시대의 대통령이 되어선 참 곤란하죠. 그분을 바라보는 심정, 참 딱하고 우울합니다. 그리고 복지는 대통령이 하는 게 아닙니다. 복지는 국민 전체 힘으로 이뤄내는 것이지 대통령이 베풀어주는 것이 아니라는 사실을 그가 알았으면 합니다.

조국　　야권 정당은 과거에 비해 세력이 확대되었지만 시민에게 큰 감동을 주지는 못하는 상태로 머물러 있습니다. 반면 정치권 밖에 있던 박원순 씨가 서울시장이 되는 등, 시민들이 정치권 바깥 인사에게 마음을 주고 있습니다.

조정래　　박원순 시장이나 안철수 원장이 부상하는 것은 우연이 아닙니다. 그들이 평생 삶을 통해서 진정성, 헌신성, 실천성을 충분히 보여줬기 때문에 시민들이 신뢰하는 것입니다. 그들의 부상은 국민의 선택이고, 시대의 요구이자 역사의 부름입니다. 박원순 씨가 시장이 되고 나서 빈틈없이 아주 잘하고 있잖아요? 안 원장에 대해서 보수언론들이 정치적 경험이 없기 때문에 안 된다고 얘기하는데, 그것은 국민을 속이는 모함입니다. 안 원장이 정치인으로 변신하여 대통령이 된다면, 박 시장처럼 잘할 것이라 믿고 있습니다.

조국　　보수언론에서 안 원장의 룸살롱 출입 여부를 따지면서 공세를 펴기도 했죠.

조정래　　그 보도를 보고 한동안 어리둥절했어요. 말도 안 되는 생트집이죠. 안 원장이 병역기피도 안 하고, 위장전입도 안 하고, 논문표절도 안 하고, 세금포탈도 안 했으니 그런 말도 안 되는 문제로 트집을 잡는 거지요. 차라리 장교로 근무할 때 사병한테 왜 존댓말을 썼느냐 하든지, 아니면 왜 트림을 하느냐고 따지는 게 더 낫

겠지요. (웃음)

조국   야권 정당에 대해서도 하실 말씀이 있을 것 같습니다.

조정래   민주통합당과 통합진보당 두 정당은 내부 불협화음으로 국민들에게 엄청난 실망을 줬습니다. 통합진보당이 벌인 작태를 보십시오. 국민의 실망이 말도 못합니다. 그런 작태는 수구세력 입에 밥 떠먹여주는 역할을 하는 것입니다. 정말 정신 차려야 합니다.

진보를 위한 예술은
더욱 아름답다

조국   중국 관련해 세 권짜리 책을 준비하신다고 들었습니다.

조정래   1990년대 중반부터 중국 소재로 소설을 써야겠다고 생각했습니다. 중국이 강성, 강대해지는 것은 21세기 전 지구적인 문제이자, 국경을 맞대고 있는 우리 민족의 미래 문제이기도 합니다. 세계 사람들이 돈을 좇아 중국이라는 거대한 땅덩이에서 어떻게 움직이고 있는가, 그 결과는 어떻게 될 것인가 이야기할 것입니다. 그래서 제목이 《정글 만리》입니다. 중국 대륙이 정글이에요. 내일부터 '감옥'에 들어가 내년 4월까지 꼼짝 않고 써서 완성할 겁니다.

조국   작가는 이 세상에서 무엇을 해야 합니까?

조정래   문제없는 인간사회는 없죠. 경중의 차이가 있을 뿐이지. 문제가 많을수록 작가는 그 문제에 정면으로 대결해야 하고, 그 문제에 대해 정직한 발언을 해야 하고, 그 발언이 사회를 인간답게 바꿔나가는 데 기여할 수 있어야 합니다. 태백산맥 문학관 외벽에는 "문학은 인간의 인간다운 삶을 위해 인간에게 기여해야 한다"고 새겨져 있습니다. 빅토르 위고는 말했죠. "예술은 아름답다. 그러나 진보를 위한 예술은 더욱 아름답다."

. . .

2008년 전남 벌교에 개관한 태백산맥 문학관에는 《태백산맥》의 육필원고 1만 6,500장이 빼곡히 쌓여 전시돼 있다. 이 원고지 기둥은 그 자체로 관람객을 숙연하게 만드는 힘이 있다. 다음에 벌교에 가면 2011년 완공된 '소설 태백산맥 문학거리'를 걸으며 소설 속 주요 장소를 돌아볼 생각이다. '여자만(汝自灣, 순천만의 옛 이름)'의 뻘밭에서 캐낸 쫄깃한 꼬막을 맛보는 것은 물론이고.

조정래 선생은 인터뷰 끝을 빅토르 위고의 말로 마무리했다. 대선 후 《레 미제라블》 열풍을 접하면서 묘한 감회가 일었다. 지난 대선에서 조정래 선생은 안철수 후보 후원회장직을 맡으셨다. 쉽지 않은 결단이었으리라. 인터뷰 당시 이명박, 박근혜를 강력히 비판하면서도 노무현의 한계를 질타했던 선생은 안 후보를 새로운 대안으로 보셨던 것이다. 대선 시기 선생은 안철수를 《태백산맥》의 김범우, 《아리랑》의 송수익에 비유했다. 선생은 김범우의 중도노선과 송수익의 자기헌신이 21세기 한국에 필요하다 판단한 것이다. 그러나 안 후보는 무소속의 한계를 넘지 못하고 중도 사퇴하였던 바, 선생 속도 몹시 쓰렸으리라 생각한다. 2016년 차기 총선 전까지 민주진보진영의 내공 쌓기와 전열 가다듬기는 계속될 것이다. 잉어가 안전한 연못에 사는 데 익숙해지면 나태해져 살만 찌고 빨리 죽는다. 그러나 메기를 연못에 풀어놓으면 긴장이 유지되어 잉어가 건강해진다. 안철수가 한국 정치판의 메기로 맹활약하기를 고대한다.

박근혜 대통령의 인사를 보면 '박정희의 사람'이거나 '박정희 정신'을 체화한 사람들이 중용되고 있다. 이를 목도하면서 "박정희가 지하에서 한 층 한 층 올라와 지상으로 나오고 있다"는 선생의 말씀이 떠올랐다. 한국전쟁과 장기간의 권위주의 체제를 거치면서 한국 정치지형은 수구보수에게 유리하게 '기울어진 운동장'이다. 여기서 전통적 민주진보진영이 수구보수진영보다 더 빨리 더 많이 혁신하지 않고 기존의 지지기반만 챙긴다면, 패배는 예정되어 있다. 진보적 비전과 가치를 중도까지 확장하지 못한다면, 또한 패배는 예정되어 있다. 반대로 '중도'라는 모호한 깃발만으로는 시대정신을 담을 수도 없고 대중의 마음을 얻을 수도 없다. 정치인의 길을 걷겠다고 공언한 안철수의 정치력은 이제 새로운 시험대에 오를 것이다. 정치인 안철수가 '안철수 현상'을 담을 수 있는 현실적

역량을 갖추고 있는지도 확인되어야 한다. 조정래 선생의 혜안이
도움이 되리라 믿는다.

" '26년' 전 그날에 문화적
처벌을 내리고 싶었다"

만화가 강풀

2012년 11월 29일(월)

13:00~15:00

한겨레신문사

정식 만화교육을 받지 않았으나 대학시절 학생운동 일환으로 만화를 그리다 전업 만화가가 된 사람, 구직의 어려움을 겪다 웹툰 시대를 연 사람, 탄탄한 구성, 기발한 발상, 따뜻한 감성이 결합된 다양한 만화를 그리는 사람, 사회변화의 주요 변곡점에서 정치적 표현을 두려워하지 않는 사람, 작은 귀걸이가 빛나는 거구의 순정파 장난꾸러기를 만났다.

조국 귀걸이를 했네요? 지난번 만났을 때는 몰랐는데.

강풀 스물다섯 살 때부터 했어요. 〈황혼에서 새벽까지〉라는 영화에 나오는 조지 클루니가 귀걸이를 했는데 멋있더라고요.

조국 패션 선구자였군요. 난 귀걸이 할 엄두는 못 내는 사람이지만, 사진작가 김중만 선생 목덜미에 새겨진 호랑나비 문신을 보니 하고 싶더군요. (웃음)

강풀 저도 문신하고 싶었는데, 아버지가 목사님이라 혼나겠더라고요. (웃음)

'그 사람'에게 가장 무서운 건
사람들이 '기억'하는 것

조국   영화 〈26년〉으로 요즘 바쁘시죠. 원작 만화를 그리게 된 동기가 무엇이었나요.

강풀   상지대학교 총학생회 간부로 있으면서 대자보에 5·18 관련 만화를 여러 번 그렸어요. 만화가로 데뷔한 후에도 5·18의 상흔이 여전하더군요. 그런데 이를 치유하지는 못할망정 헤집는 사람들이 있더라고요. 화가 났어요. 특히 전두환 씨가 '29만 원 발언' 한 날, 화가 정말 많이 났어요. 주변 사람들한테 이런 내용의 만화를 그리겠다 했더니 많이들 말리더라고요. 결혼하면 이 만화를 못 그릴 것 같아 결혼 직전에 그렸지요. (웃음) 지금까지 제가 한 일 중에 가장 잘한 일이라 생각해요.

조국   많은 분들이 영화제작 펀드에 참여했죠?

강풀   정말 감동적이었어요. 사실 펀드 계획을 망친 게 저예요. (웃음) 펀드 짜는 회사에서는 금액 제한을 두지 말자고 했어요. 그런데 제가 영화표 미리 사두는 금액 정도로 낮추자고 고집했거든요. 극장표 두 장 값인 2만 원으로 낮추자 했어요. 그 결과 1차 모금 때 목표액 10억 원을 못 모았어요. 원작자로서 금액 제한을 안했으면 훨씬 빨리 그리고 많이 모였을 거예요. 그렇지만 저는 지금도 제 방침이 맞았다고 생각해요. 5·18 말하면서 돈 얘기 해선 안 된다는 게 제 입장이에요. 2차 모금 때는 29만 원을 추가했어요.

조국   29만 원? 상징적 숫자군요! (폭소)

강풀   2차 모금 때 7억 원이 모였어요. 문화예술 분야에서 펀드가 7억 원이나 모인 것은 전례 없다고 하더라고요. 이것만으로도 절반은 성공하지 않았나 생각해요. 펀드 참여한 분들이 무슨 특별한 혜택을 받거나 엔딩 크레딧에 이름 올리려고 돈 내셨겠어요? 32년 전일을 기억하는 사람들의 공분 때문이겠지요. 저보다 젊은 사람은 광주를 잘 몰라요. 지금 대학생이 1990년대생인데, 5·18과 8·15를 헷갈리기도 해요. 그들 잘못이 아니라 알리지 않은 우리 잘못이죠.

조국   판결문과 역사책이 5·18의 성격을 명확히 규정했지만, 범죄인들이 뻔뻔하게도 죄의식 없이 떵떵거리고 있지요.

강풀   화해와 용서 얘기하는 사람도 있는데, 용서를 빌어야 용서하는 거잖아요. 그걸 얘기하고 싶었어요. '문화적 처벌'을 내리고 싶었어요. 현재를 사는 사람들이 적어도 기억이라도 했으면 좋겠다는 마음과 함께. 그 사람한테 가장 무서운 건 사람들이 기억하는 거라 생각해요. 이 영화가 대선용 영화로 보이는 게 너무 싫어요. 두 번 엎어졌다 이제야 개봉하는 거예요. 이 영화가 잘됐으면 하는 마음이 간절해요. 여태까지 제가 시놉시스 쓴 거 포함해 7편의 영화가 있었는데, 이번처럼 절박하진 않았어요.

조국   살아남은 사람들의 '기억투쟁'이 필요하지요. 지금까지 사회참여적 작품을 많이 그렸습니다. 여중생 사망 사건, 한미 FTA,

182

노무현 대통령 탄핵 관련 작품 등.

강풀   그런 작품들을 80여 명 만화가들이 같이 했어요. 제가 이름이 알려져 있다 보니 마치 저 혼자 한 것처럼 기억되고 있을 뿐이에요. 데뷔 초기 '똥 만화'를 많이 그렸는데, "똥 만화 그리는 네가 뭘 안다고 그러냐", 이런 얘기도 들었어요. 뭘 모르면 좀 어때요. 정치 얘기는 특별한 사람이 하는 건 아니라고 생각해요. 우리 생활과 가장 밀접한 게 정치잖아요. 정치가 잘못되면 당장 등록금 올라가고 전세금 올라가잖아요. 제가 노래하는 사람이라면 노래로 정치 참여하고, 글 쓰는 사람이라면 글 써서 정치 참여했겠죠.

조국   저보고는 '교수가 왜 정치에 관여하느냐. 학생이나 가르쳐라' 그러죠. (웃음) 직업적 정치인이나 엘리트만 정치를 말할 수 있다고 생각하는 것 자체가 민주주의의 부정이지요. G20 포스터에 쥐를 그려 넣었다고 처벌받은 '쥐 벽서' 사건 아시죠?

강풀   '쥐 벽서' 사건은 쪽팔린 거예요. 법 집행기관이 너무 경직된 사고를 가지고 있어요. 정부는 공포심을 조장했고요.

조국   만화가로서 그 사건으로 창조적 상상력이 위축되는 느낌을 받거나 하나요?

강풀   저를 포함해 대부분 작가들이 느끼고 있어요. 게다가 학교폭력 등 무슨 사회문제가 발생하면 학생들이 만화를 봐서 그렇다고 비난하잖아요. 실제로 몇몇 만화가 청소년유해 딱지를 받았어요. 이렇게 되면 작가들은 자기검열을 할 수밖에 없어요. 혹시 나도 딱지 받지 않을까 쪼그라들어요. 작품에 대한 해석권을 대중에게 주지 않고 정부가 독점하고 딱지를 붙여요. 전체적인 맥락은 다 무시하고 말입니다.

조국   이명박 정부 5년 동안 어땠어요?

강풀   생활인으로선 말도 안 된다고 생각하는 일들이 벌어졌어요. 가장 화가 난 건 민간인 사찰이었어요. 어떻게 국가가 무고한 시민을 사찰하는 게 민주국가에서 가능한가요? 노 대통령 시절에 일어났다면 탄핵감이었겠죠.

조국   국헌문란 중대범죄지요. 제대로 밝혀져 '몸통'이 다 드러났어야 했는데….

착한 사람들이 모이면
세상을 바꿀 수 있다는 걸 믿어요

조국   옛날로 가봅시다. 청소년 때도 만화를 그렸습니까?

강풀   고등학교 때 반마다 〈드래곤볼〉 잘 따라 그리는 친구 있잖아요. 저도 그런 정도였어요. 만화보다 책을 정말 좋아했어요. 가방에 교과서는 없고 소설책만 있었어요. 1주에 10권 이상 읽었어요. 집 근처 송파도서관 가서 책을 빌렸는데, 원래는 한 번에 두 권만 빌려주는 거였어요. 그런데 제가 너무 자주 가니까 사서 누나가 제게만 10권씩 빌려줬어요. 처음엔 정말 읽었느냐고 의심하다 특혜를 준 거지요. 도서관 열람실 가면 한두 개는 소설 코너가 있잖아요. 그 코너에 꽂힌 소설을 다 읽었다니까요.

조국   독서가 강풀을 만들었군요. 소설을 좋아해서 국문과에 갔나요?

강풀   고등학교 때 미술반 제의를 받았는데 학원비가 비싸서 못했어요. 제가 잘하는 게 국사, 세계사여서 국사학과 갈까 하다가 국문과를 택했어요. 글쓰기 좋아해서 국문과를 택했는데, 음운론 이런 거 배우더라고요. 문예창작과를 갔어야 했는데… 모르고 들어갔어요. (웃음)

조국   대학시절 상지대 분쟁이 대단했죠.

강풀   엄청났죠. 김문기 씨가 쫓겨났다가 다시 들어오려 했거든요.

조국   그런데 이명박 정부 들어 김 씨의 사람들이 상지대 이사회로 복귀하고 있더군요.

강풀   솔직히 신경 끄고 싶은데 그럴 수 없잖아요. 정말 지겹다는 생각이 들어요. 제가 학교 다닐 때 해야 했던 일을 후배들이 또 해야 하다니 말입니다. 굉장히 화가 나요.

조국   우리 사회 기득권층은 집요합니다. 그때부터 지금까지 절대 포기하지 않고 끈질기게 목표달성을 위해 노력하잖아요. 역설적이지만 민주진보진영은 김문기 씨에게 배워야 합니다. (폭소) 길게 보고 끝까지 버티는 사람이 이기니까요. 직업적 만화가가 되겠다는 생각은 언제 했어요?

강풀　　대학시절 대학학보사와 원주 〈영서신문〉에 만평을 연재하고 있었는데, 졸업반 되면서 결심했어요. 석 장짜리 이력서를 만들었어요. 첫 장에는 제 캐릭터를 그렸고, 두 번째 장에는 당시 유명했던 히딩크, 김대중 아저씨 등을 그렸고, 마지막 장에는 '내 만화를 쓰면 당신네들 잘될 것이다'라고 썼어요. (웃음) 이 이력서를 전화번호부 뒤져서 400여 군데에 보냈지만 받아주지 않았어요. 그런 생활을 6개월쯤 했어요. 그게 안 되고 나서는 내가 그린 걸 들고 출판사를 돌아다니며 구직활동을 했죠. 오전 2군데, 오후 3군데 정도. 그렇게 1년… 그러다 스포츠 관련 주간잡지사에 근무하게 돼 만화 연재를 했어요. 그런데 막상 가보니 만화 그리는 대신 기사 쓰라 그러더라고요. 그나마 회사가 어려워져서 그만두게 됐죠. 그래서 2001년에 웹툰을 시작했어요.

조국　　어떻게 웹툰을 하겠다고 생각했어요?

강풀　　구직활동 때 파일 들고 다니다 나중에는 너무 무거워 CD로 구워 배포했어요. '이 CD를 열기만 하면 제 만화가 보입니다' 하면서. 그러다 '왜 이런 멍청한 일을 하지? 인터넷 홈페이지를 만들면 되는데' 하는 생각이 들더라고요. 전교조에서 도와줘 거기 서버에 기생하면서 웹툰을 시작했죠. 2001년이었는데 그때만 해도 웹툰 개념이 없었어요. 그래서 온라인 만화가 1세대가 된 거죠.

조국　　'강풀'이란 이름은 언제 만들었어요?

강풀 '강풀닷컴'이란 홈페이지 개설하면서요. 그 전에 전교조나 참여연대에 그림 그릴 때는 '강도영'이었죠.

조국 왜 이름으로 '풀'을 택했어요? 밥풀의 '풀'은 아닌 것 같고, 영문으로는 충분하다는 'full'을 쓰던데.

강풀 대학시절 별명이었어요. 제가 옷, 가방, 신발까지 풀색, 즉 국방색으로 도배하고 다녔거든요. (웃음)

조국 웹툰에서 각종 배설물 소재 만화를 그리기 시작했죠.

강풀 '똥 만화'로 시작했는데 사람들이 좋아하는 거예요. 저도 그것에 좀 취해 있었고요. (웃음) 어떻게든 이름을 알려야 한다는 점도 있었어요. '엽기 만화가'라 불리는 것도 좋았어요. '만화가'라는 이름이 붙으니까.

조국 더러운 걸 노골적으로 드러내는 데서 독자들이 대리만족을 느낀 것 같아요. (웃음)

강풀 남자들 술 마시면서 하는 얘기 순서가 있잖아요. 여자, 술… 마지막엔 더러운 얘기 하잖아요. 더러운 얘기를 적나라하게 하니까 금기를 깨는 쾌감이 있었던 것 같아요.

조국 이후 작품을 보면 공포물과 순정물을 오갑니다. 깊이 보면 두 개가 결합돼 있기도 하고.

강풀 제가 재미있어서 하는 거예요. 귀신 얘기도 사랑 얘기도 다 좋아하거든요.

조국 우리 사회, 우리 삶이 공포와 사랑으로 구성돼 있음을 보여주는 것 같기도 한데. 좀비를 등장시킨 〈당신의 모든 순간〉도 이 세상이 좀비를 만들어낸다는 걸 보여주려는 것 같았어요.

강풀　　기본적으로 사람은 선하다고 생각해요. 성선설을 믿거든요. 〈26년〉의 그 사람과 〈이웃사람〉의 살인마 빼고는 제 만화에 악당이 안 나와요. 매너리즘 같을 수 있어 고민하기도 했어요. 하지만 나이 마흔 앞두고 보는 세상은 이래요. 사회적으로는 잘못된 부분도 있지만 사람들은 좋은 방향으로 나아가려 해요. 착한 사람들이 모이면 세상을 바꿀 수 있다는 걸 믿어요.

조국　　작품 속 주인공들은 자기만의 비밀, 약점, 흠결을 갖고 서로 어울리고 사랑하고 힘을 합치고 그러더군요. 우리네 인생처럼.

강풀　　어떤 평론가가 제 만화는 협력해서 뭔가 이루는 걸 좋아한다 하더라고요. 저도 그렇게 생각해요. 제가 얼마 후 아빠가 되거든요. 태어날 아이를 위해 동화책을 쓰고 있어요. 아이에게 들려주고 보여주고 싶은 게 있으니까요. 교수님이 말씀하신 그런 얘기 쓰고 있어요. 세상은 온통 선으로 차 있진 않지만, 네가 올바르게 살아가는 세상이 올 것이다, 이런 얘기 말이에요.

조국　　어떤 아이가 되면 좋겠습니까? 아이가 19세 성인이 되는 2032년에는 어떤 세상이 되면 좋겠습니까?

강풀　　아이들이 더 자유로워지고 더 개인적이 되면 좋겠어요. 공부 많이 안 하면 좋겠어요. 독서실에서 글 작업 하는데, 아침 8시부터 저녁 8시까지 거의 혼자 써요. 학생들은 그 이후에 오는데 너무 불쌍해요. 대학 안 가겠다 하면 안 보내고 싶어요. 아이가 하고 싶은 걸 할 수 있는 세상이면 좋겠어요. 아이가 학교 다니기 시작하면 교육 관련 만화를 그릴지도 모르겠다는 생각이 들어요.

누군가를 가르치려는 만화는
안 그릴 것

조국   트위터 팔로워들은 알고 있겠지만, 일상생활에 대해 말해주세요.

강풀   1년에 5개월은 연재 작업해요. 연재 들어가기 전 7개월 동안은 취재하고 스토리를 써놔요. 연재할 때는 새벽 4시 출근해 밤 10시 반에 퇴근해요. 하루 4시간도 못 자는 것 같아요. 이런 생활을 거의 10년 넘게 하고 있어요.

조국   트위터에 야식을 계속 올리던데, 진짜 그때 그렇게 먹습니까? (웃음)

강풀   솔직히 말하면 절반 정도가 진짜 먹는 거예요. 트위터리안에게는 야식으로 보이겠지만, 저에겐 그 시간이 저녁 먹는 시간이에요. 늦게 자니까.

조국   야식 올리는 패턴이 재미있던데요. 예전에는 아름다운 얘기할 것처럼 '낚싯밥'을 던진 후 음식을 보여줬는데, 최근에는 바뀌었더라고요. 사람들이 뭔지 알 수 없는 사진을 올려놓고 퀴즈를 던지더군요. 알고 보니 음식인데. 음식을 근접촬영해 장난치는 거죠.

강풀　트위터에서 노는 게 재미있어요. 거의 대부분 혼자 일하는데, 중간중간 놀고 약 올리고 장난치면 재미있더라고요. 아무 의도 없이.

조국　음식 근접촬영 사진을 올리는 '낚시'는 우리 편견을 깨뜨리려는 의도가 엿보이던데요.

강풀　교수님 같은 분이 참 좋아요, 멋지게 해석해주시니까. (웃음)

조국　원래 예술가들은 장난치듯 놀듯 일하지요. 트위터 상에서도 저를 놀리는 멘션을 툭툭 던지잖아요. 받는 사람 입장에서 통쾌함이 있어요. 무게 잡고 말하는데 긴장 풀라고 옆구리 간질이는 느낌이랄까. '범생이' 스펙 갖고 있는 사람들은 장난기나 재치가 결여돼 있는 경우가 많잖아요.

강풀　저는 싫어하는 사람한테 시비 안 걸어요. 교수님은 선비 같은 느낌이어서 장난치고 싶은 마음이 막 생겨요. '꼰대'가 아니시니 잘 받아주실 것 같고. 제가 진중권 교수님을 매우 좋아해요. 두 분이 친한 친구라는 게 재미있어요. 진 교수님은 항상 교실 맨 뒤에 다리 꼬고 앉고, 조 교수님은 교실 중간에 반듯이 앉아 있는 분 같은데, 서로 친하게 지내시니….

조국　진중권은 아예 교실에 들어오지 않는 사람이지요. (웃음) 저도 그렇게 '범생이'는 아닌데… 여하튼 '범생이'만 있는 세상은 지옥입니다. 요즘에는 대학원에서 열심히 공부한다면서요?

강풀   뒤늦게 공부에 재미 붙였어요. 학교 다닐 땐 공부 더럽게 안 하다가. (웃음) 처음엔 그림을 정식으로 배우고 싶어서 동네 만화학원에 갔어요. 그런데 제 신상을 밝히니까 원장님이 너무 싫어하더라고요. (웃음) 그래서 대학원에 진학했어요. 졸업논문 제목은 '웹툰에 대해서'로 생각하고 있어요.

조국   이론을 공부하면 지금까지 해온 작업의 허점이 보이고 미래 작업에 대한 힌트도 얻을 수 있을 겁니다. 하지만 석사나 박사 학위가 없어도 강풀은 강풀이죠. (웃음)

강풀   학교가 정말 재미있어요. 리포트 발표도 정말 열심히 해요. 관심 있는 분야니까 정말 재미있게 공부하게 돼요. 교수 제의도 들어오지만 적어도 10년은 현역 작가로, 그리는 데만 집중하고 싶어요. 한번은 어떤 학교에서 초빙교수로 가르친 적이 있었는데, 학생들 만나는 것은 즐거웠지만 이러다간 만화를 못하겠다 싶었어요.

조국   영화로 비유하면, 강풀은 영화를 평론하는 것이 아니라 영화를 만들어야죠. (웃음) 강풀의 미래는 무엇입니까?

강풀   죽을 때까지 만화 그릴 겁니다. 하지만 사람들이 제 만화 안 보면 그때는 그만 그려야죠. 제가 제일 경계하는 게 뭐냐면 누군가 가르치려는 만화를 그리게 되는 거예요. 언젠가 독자들이 제 만화를 외면하는 날이 올 거예요. 그때는 시원하게 그만둘 겁니다.

조국   동화 말고 현재 준비하고 있는 작품은 무엇인가요?

강풀   〈타이밍〉이라는 만화가 있었는데, 〈타이밍2〉를 준비하고
있어요. 〈아파트〉, 〈어게인〉, 〈타이밍〉으로 이어지는 연작물의 끝
입니다. 내년 4월 정도면 나올 거예요.

조국   출간되면 '고기 파티' 합시다. (웃음)

· · ·

　　　지난 대선 시기 강풀은 '내가 문재인을 지지하는 이유'라
는 웹툰으로 폭발적 반응을 얻었다. 그는 "여기에는 타 후보에 대
한 네거티브가 없고 오로지 문재인 후보만을 이야기합니다. 공약
을 바탕으로 한 신뢰와 지지의 이유들을 나열합니다"라고 밝히며,
트위터를 통해 받은 지지 이유에 기초해 그린 웹툰을 공개했다. 대
선 당일 그는 "만감이 교차한다. 난 정말 할 수 있는 모든 것을 다
해보았나. 부족하진 않았나. 어떤 것을 또 할 수 있었을까. 어떻게
해서든 뭘 해서든 도움이 되고 싶다. 진심으로 절박하고 간절하다"
라는 글을, 대선 결과가 나온 후 "문재인 지지자 강풀입니다. 여러
많은 분들 많이 애쓰셨습니다. 그리고 지나친 패배의식은 버리자
고요. 괜찮아요"라는 글을 트위터에 올렸다. 모두 내 마음 같았다.
　　　강풀은 인터뷰에서 언급한 동화책을 2013년 2월 발간했다.
결혼 8년 만에 얻은 첫딸 '소리'를 위해 쓴 《안녕 친구야》(웅진주니
어, 2013)는 단박에 베스트셀러가 됐다. 이 책 관련 인터뷰에서 그

는 "박근혜 당선인이 대통령으로서 성공하길 바랍니다. 물론 그 성공의 기본은 인권이 되면 좋겠습니다"라고 말했다. 이 역시 깊이 공감한다. 강풀은 '딸 바보'가 될 것이 분명하다. 딸들이 살아갈 세상은 아버지들이 살아온, 또 살고 있는 세상보다 나은 세상이 되어야 한다. 세월이 흐른 후 강풀이 대학생 시절 자신에게 강한 영감을 주었던 박제동 화백 같은 모습이 되어 있길 희망하며, 또 그렇게 되리라 확신한다. 조금 덩치가 있겠지만.

"사람이 선해질 수 있는
건축 설계하고파"

승효상

이로재 대표

2012년 9월 24일(월)
16:00~18:00
이로재

한국 건축 대표주자로 '빈자의 미학'과 '불편하게 살기'를 추구하는 사람을 검도 단증과 죽도, 그리고 자전거가 놓여 있는 탐나는 서재에서 만났다. 승효상은 스펙으로 보면 엘리트 중 엘리트이지만 시대와 사회의 모순과 부딪치며 살았고, 건축이 우리 삶을 바꾼다는 소신을 구현하고자 분투하고 있다.

조국　　사무실 이름 '이로재(履露齋)'에 대한 질문 많이 받으셨죠. 어떤 뜻인가요?

승효상　　1992년 친구 유홍준 교수가 아버지 퇴직금으로 아버지와 함께 살 집을 설계해달라고 부탁했어요. 그래서 지은 것이 '수졸당'인데, 유 교수가 가진 돈이 적어 설계비도 다 줄 수 없는 형편이었어요. 《나의 문화유산 답사기》 쓰기 전이었거든요. (웃음) 유 교수 공부방에 있던 '이로재'라는 200년 된 현판을 탐냈더니 설계비 대신 가져가라 하더군요.

조국　　두 분 우정이 아름답습니다. 그런데 왜 그 현판을 노리셨

196

던 겁니까.

승효상 　이로재의 출처는 〈소학〉인데, '효심 지극한 가난한 선비가 아침마다 부모님께 문안드리러 가면서 이슬을 밟는 집'이란 뜻이죠. 그 뜻이 정말 좋았습니다. 내가 갈 길을 알려주는 것 같았어요. 김수근 선생 문하에서 15년 동안 있었으니 김수근 건축밖에 몰랐는데, 이제 내 이름으로 내 건축을 해야겠다고 모색하고 있을 때 이 현판을 만난 거지요.

조국 　김수근 건축과 승효상 건축을 나누는 시점에 현판을 보게 되고 간판을 바꿈으로써 승효상 건축이 공식적 이름을 얻기도 한 것이로군요.

승효상 　은유적으로 표현한 이름이라 할 수 있죠. 직원들은 이 이름 안 좋아해요. 새벽에 이슬 밟는 사람이 도둑놈하고 설계회사 직원 말고 어디 있냐고요. (웃음)

불편했지만 정이 가득했던
어린 시절의 집

조국 　우리나라를 대표하는 건축가이고, 스펙으로 보면 엘리트 코스를 밟았습니다. 게다가 막강한 영향력을 가졌던 김수근 선생의 수제자이기도 합니다. 이런 점 말고 승효상 건축철학의 원형이

된 어린 시절 이야기를 들려주시죠.

승효상   부모님은 이북(평안도 정주)에서 월남하셨고, 전 부산 대신동에서 태어났습니다. 제가 기억하는 가장 오래된 기억이 세 살 때 누님이 저를 업고 여덟 가구 사는 마당 깊은 집 마당을 돌아다니며 저를 달래주던 것이었습니다. 여덟 가구가 살던 그 집이 저의 첫 번째 공간적 기억입니다. 아버지가 사업을 하시긴 했지만 빛을 못 보셨어요. 늘 가난에 쪼들렸어요. 고등학교 때까지 이사를 스무 번쯤 했습니다. 최근에 이사 다닌 그 집들의 평면도를 일일이 그려봤는데, 그 집들이 제 건축의 바탕이 되는 평면이 아닌가 하는 생각이 들었어요.

조국   평소 '불편하게 살기' 철학의 뿌리가 그 여덟 가구 집에 있었나 봅니다.

승효상   그 집들은 불편했지만 정이 가득했어요. 그 집 마당에 우물 하나 화장실 하나가 있었어요. 아침이면 서로 화장실 사용하느라 북새통이고, 저녁이면 서로 밥하느라 시끌시끌했지요. 불편하지만 그게 우리를 얼마나 사람답게 만들어주는가 하는 생각을 했어요.

조국   중고교 때부터 건축을 하겠다 생각하셨습니까?

승효상   아닙니다. 저는 그림 그리거나 신학공부하고 싶었습니다. 기독교 집안이어서 모태신앙이었는데, 제 의사와 상관없이 교회에 다녀야 하고 성경을 외워야 하는 것에 대해 사춘기 때 이유 없는 반항을 한 거죠. 개신교에는 〈칼빈집〉이란 책이 있습니다. 그 1항이 무엇이냐 하면, "우리가 사람 된 목적이 무엇이뇨, 하나님을 기쁘게 하는 것이로다"라는 내용이었어요. 왜 내가 사는 목적이 하나님을 기쁘게 하는 것이냐, 그런 의문이 쌓여 신학을 하고 싶었습니다. 결국 제가 하고 싶었던 두 가지를 다 못한 셈이죠.

조국　　고교시절 공부는 잘했지만 '불량소년'이기도 하셨다는데, 얼마나 불량했는지 그때 활약상이 궁금합니다. (웃음)

승효상　　중학시절까지는 매우 모범적인 기독교 신자였는데, 고교 입학 후 교회에서 금지하는 건 다 했어요. 술 마시고 담배 피우고 교회 안 가고. 친구들 꾀어 중국집 이층 방에서 술 마시고, 교회 친구들 선동해 다대포 바닷가로 놀러갔지요. 학교에서는 제가 그런 줄 아무도 몰랐습니다.

조국　　교회 친구들을 '타락'시킨 소년이 이후 교회 장로가 되셨네요. (웃음) 문재인 대통령 후보가 경남고등학교 동기시죠?

승효상　　재인이는 문과이고 저는 이과여서 가까이 지내지는 못했어요. 재인이가 경남중을 나왔고 공부를 잘해서 집이 부자인 주류에 속하는 친구라 생각했어요. 나중에 알고 보니 어려운 환경에서 자랐더군요. 하루는 학교 담을 넘어 불량 학생들이 모이는 구덕산 속 모처에 갔는데, 재인이가 오는 거예요. 깜짝 놀랐지요. 다른 친구들도 속으로 '저놈은 왜 왔나' 싶었을 거예요. (웃음)

조국　　서울대 건축학과에 들어간 다음 반독재 데모를 많이 하셨다면서요.

승효상   유신 직전 해인 1971년 대학에 들어갔는데, 입학식 다음
날 휴교가 되더군요. 건축학과에 2년 위 고교 선배가 있었는데 그
분이 공과대 학생회장이었어요. 한복 입고 학교 건물 옥상에 서서
혼자서 '독재 타도'를 외쳤어요. 이 선배 도와야겠다, 생각했지요.
데모할 때 항상 선봉에 섰죠. 매번 얻어터지고 붙잡히곤 했어요. 휴
교하면 집에 내려갈 수도 없으니 하숙집 전전하다 다시 등교하면
데모하고 그랬습니다.

조국   한국을 대표하는 세계적인 건축가가 대학교 때 건축 공부
를 할 수 없었다, 아니 하지 않았다는 점이 참으로 역설적입니다.
저도 지금은 교수지만, 전두환 정권 아래 대학 다니면서 수업보다
는 '딴짓'에 정신 팔려 있었습니다. (웃음)

승효상   1학년 때는 내가 뭐 하러 대학 왔나 싶으면서도 건축과에
왔으니 건축이란 게 뭔지 궁금했습니다. 휴교가 됐으니 학교 수업
은 없고 결국 선배들에게 귀동냥으로 들으며 건축을 생각했어요.
그러다 2학년이 되었죠. 첫 전공수업 시간이 생각납니다. 미국 유
명 대학 나온 젊은 교수님 수업이었어요. 저도 성스러운 마음으로
목욕도 하고, 옷도 제일 좋은 걸로 골라 입고 맨 앞에 앉았습니다.
그런데 이 분이 12품 제도기를 들어 보여주시면서 "너희는 이걸 잘
다뤄야 한다, 성능은 이렇다" 같은 이야기를 하시는 거예요. 그때
제 머리가 완전히 돌아버렸어요. '건축이란 무엇인가' 이런 이야기
를 할 줄 알았는데, 지극히 지엽말단적인 걸 말하니까 울화통이 터

진 거죠. 그래서 제가 "선생님, 이게 저희에게 할 강의라 생각하십니까?"라고 항의해버렸어요. 수업 분위기는 엉망이 되었고, 저는 이 학교 안 다닌다 큰소리치면서 학교에 안 갔어요. 그런데 다시 휴교가 되는 바람에 학교를 거부하는 효과가 없어져버렸습니다. (웃음) 그다음부터 혼자 건축 공부했어요. 수업은 안 들었지만 학교 제도실에서 먹고 자면서 공부한 거죠.

조국   1974년 '공간'에 입사해 김수근 선생 작고 후에는 대표를 맡으셨습니다. 사람들은 김수근의 수제자이자 후계자였기에 쉽게 성공했을 것이라 생각할 겁니다.

승효상   저는 원래 독립하려 했어요. 김수근 선생이 1986년 6월 14일에 돌아가셨는데 그 한 달 전 스승의 날에 저와 다른 선배 한 분을 불러놓고 너희가 회사를 맡으라고 유언하셨습니다. 꼼짝없이 당했죠. (웃음)

대표이사가 되고 보니 빚이 30억 원 있었습니다. 사실 김수근 선생 작고 몇 년 전부터 저를 비롯해 많은 직원들이 월급을 제대로 못 받고 있었어요. 전두환 정권이 '구악'을 척결한다면서 김수근 선생 같은 대표적인 문화지식인들을 정부 발주 프로젝트에서 제외시키고 설계 당선을 방해했으니까요. 그런데 김수근 선생이 그런 사정 때문에 사업을 줄이거나 하실 분이 아니었죠. 회사에서 내는 건축잡지 〈공간〉은 창간 때부터 한 번도 흑자 난 적 없는 잡지인데 빚을 내면서 운영했습니다.

조국 　 김수근 선생은 1975년 9월 〈공간〉 창간 100호 기념사에서 "등사판을 손수 긁는 한이 있더라도 발행을 계속하겠습니다"라고 하셨지요.

승효상 　 회계 전문가에게 부탁해 경영 현황을 파악해보니, 경영에 대한 관념은 거의 백지 수준이었다더군요. 30억 빚 중에서 정상적인 빚은 절반 정도였고, 나머지는 사채에 이자가 붙어 원금보다 많아진 것 같은 비정상적인 것들이었습니다. 그래서 못 주겠다고 선언했어요. 이런 악성 사채는 이자 안 갚아도 도덕적으로 하나도 부끄럽지 않으니 동결해버렸습니다. 그 바람에 사채업자들에게 온갖 욕설을 들었고, 한두 번 맞은 게 아닙니다. 그렇게 회사를 운영해 3년 동안 악성채무를 정리한 후 같이 대표를 맡은 선배에게 나 좀 살려달라 부탁해 독립했습니다.

조국 　 김수근 선생은 왜 승 대표님을 찍어 덤터기를 씌우셨다고 생각하십니까? (웃음)

승효상 　 다른 '공간' 선후배들은 제가 김 선생에게 가장 많이, 가장 잘 배웠다고 했습니다. 저도 어느 정도 동의합니다. 그런데 사실 저는 김수근 선생님의 카리스마가 싫었어요. 그래서 문하에 갈 생각이 없었는데 대학 은사가 들어가라 하는 바람에 들어간 거죠. 제가 잘 배웠다는 건 김수근 선생과 싸운 결과입니다. 도면을 한 장 그리라 하면 두 장 그려갔고, 이런 기획하라 하면 다른 대안 내고…. 철저하게 패배하긴 했지만 엄청나게 싸웠습니다. 그 과정에서 많이 배웠습니다. 어찌 보면 김수근 건축에 저도 조금 보탰다고 생각합니다. 김수근 건축의 전환점이라 평가받는 마산성당과 경동교회 같은 작품들은 제가 주도적으로 했던 일이었어요. 그런 것들이 쌓이면서 선생님께 인정받았죠.

조국   덤비는 제자가 마음에 드셨군요. 프로이트적이지만, '아버지'를 죽이려 하는 '아들'이 마음에 들어 후계자로 인정하는 그런 과정 같기도 합니다.

승효상   죽이고 싶었는데 결국 선생님을 죽이지 못한 거죠. 스스로 돌아가셨으니까.

가짐보다 쓰임이 더 중요하고, 더함보다 나눔이 더 중요하며, 채움보다 비움이 더욱 중요하다

조국   독립 이후 승효상 건축과 김수근 건축은 어떻게 달라졌습니까?

승효상   3년 동안 공간 대표를 하면서 김수근 건축을 해야 했습니다. 심지어 제가 김수근 선생보다 김수근 건축을 더 잘할 수 있다고 강변해야 했습니다. 그래서 김수근 건축을 몇 번 했는데 너무 허무했습니다. 제가 김 선생님 밑에서 15년 있으면서 김수근 건축에 확실하게 세뇌돼 있었지만, 고통스러웠습니다. 그게 공간을 나오게 된 이유이기도 했어요. 작가란 유전인자와 성장환경을 떠나서는 만들어질 수 없더라고요. 김수근 건축을 후천적으로 배웠어도, 제 어린 시절이 바탕이 되는 건축을 하고 싶었습니다. 저와 김 선생님이 워낙 다르기도 했고요. 김 선생은 아주 좋은 환경에서 자란 분이고, 저는 소위 도시 빈민 출신이었고. 김 선생님이 샤머니즘의 영향을 받았다면, 저는 기독교였고. 김수근 건축이 사실 제게는 안 맞았어요. 그래서 제가 앞으로 가야 할 방향이 확실하게 보였습니다.

조국　승효상 건축의 열쇳말이 된 '빈자의 미학'은 언제 어떻게 나온 것입니까?

승효상　1990년 4월 3일 모여서 '4·3그룹'이라고 불리는 모임이 있습니다. 지금도 한국 건축에서 전무후무한 그룹인데, 그전까지는 대부분 서울대, 한양대, 홍대 하는 식의 학연으로 모였거든요. 학연을 모두 무시하고 14명의 또래 건축가들이 건축문화를 바꾸자고 모여 지금까지 이어지고 있습니다. 만난 이유는 각자 작품과 건축에 대해 이야기하자는 것이었습니다. 이 그룹이 제게 엄청난 도움을 줬습니다. 김수근 건축밖에 모를 때 남들은 어떻게 하는지 알 수 있었죠. 한 달에 한 번 모여 토론을 벌이는데 아주 처절할 정도였습니다. 치열하게 논쟁과 논박을 벌인 것이 저를 많이 각성시켰습니다. 이 4·3그룹이 1991년 11월 말에 전시하면서 각자 자기 건축을 어떻게 해나갈 것인지 선언했습니다. 그때 제가 '빈자의 미학'

을 선언했습니다. 이는 어떤 의미에서 우리 사회 기득권에 대한 성찰도 있는 이야기였습니다.

조국 빈자의 미학을 '가난할 줄 아는 사람들의 미학'이라 표현했습니다.

승효상 사실 가난한 분들에게 미학이 있기가 굉장히 힘들죠. 제가 이 말을 떠올리게 된 것은 우연히 서울 금호동 달동네를 지나가면서였습니다. 동네 골목 공간 구조가 기막히게 아름답고 모든 공동체의 공공영역과 공공생활이 그 안에서 다 이뤄지는데, 건축이나 도시의 모든 지혜가 다 있는 거예요. 골목길을 보면 직선에 평면이 아니라 언덕 위 비탈에 있으니까 길이 가다 휘어지고 넓어지고 높낮이가 달라지는데, 이게 공간 구조거든요. 그 구조에 따라 사람들이 모이고 헤어지는 것을 보고 건축의 모든 것이 저기 다 있다 생각한 거죠.

달동네 사람들은 가난한 사람들이라 어쩔 수 없이 나눠 써야 하는 것이었지만, 건축적으로 해석하면 모여 사는 사람들의 필수적인 건축공간으로 보였습니다. 가진 돈에 상관없이 우리가 나눠 쓰면 이런 공간의 아름다움을 가질 수 있을 거라는 생각이 들었죠. 부자 동네라는 성북동, 평창동 사람들은 '모여 사는 것'이 아니라 '붙어 사는 것'이지요. 길거리에 사람도 잘 안 다니죠. 달동네 골목을 보면서 모여 살고 나눠 쓰는 검박하고 절제된 건축미학을 실현해보고 싶었습니다.

조국   지금 인터뷰하는 이로재 사무실 건물도 내부가 고불고불한데, 같은 맥락인가요?

승효상   그렇죠. 우선 벽이나 천장을 보시면 덧대어져 있는 것이 하나도 없어요. 콘크리트는 콘크리트대로 벽돌은 벽돌대로 물성 그대로 나타내는 정직한 공간입니다. 그리고 문이 하나도 없습니다. 문처럼 보이게 공간을 구획만 했을 뿐 누구나 출입하고 공유할 수 있도록 했습니다. 다만 한 공간에서 다른 공간으로 이동할 때는 공간 성격을 다르게 하기 위해서 경사를 가파르게 한다든지 하는 식이죠.

조국   경동교회와 비슷한 느낌도 듭니다.

승효상   제가 교회 다닐 때 목사님이 보이지 않는 벽 뒤에서 예배 드리기를 좋아했거든요. 왜 다들 꼭 목사님 얼굴만 보냐는 겁니다. (웃음) 숨어 있을 수 있는 공간도 필요한 거죠.

조국   인문학적, 사회과학적 고민과 관찰이 '빈자의 미학'의 바탕을 이루었네요.

건축을 부동산으로 아는 것은
가장 저급한 이해

조국   이쯤 해서 근본적인 질문을 드리겠습니다. 건축은 무엇입니까?

승효상   저는 건축이라는 말 자체가 잘못된 단어라고 생각합니다. 건축이라는 단어는 근대에 들어와 일본 사람들이 만든 말입니다. '세울 건'과 '쌓을 축' 자를 조합했는데 노동을 뜻하는 말일 뿐, 건축을 설명하기에는 턱없이 부족한 단어입니다. 영어에서 건축을 말하는 '아키텍처(architecture)'는 으뜸이란 뜻의 '아키(archi)'와, 기술을 뜻하는 '텍처(tecture)'가 합쳐진 말로 그리스어에서 유래되었습니다. 으뜸이 되는 큰 기술이란 뜻이죠. 건축가를 가리키는 말은 '아키텍트(architect)'입니다. 첫글자를 대문자로 쓰면 '조물주'가 되지요. 중국 사람들은 건축을 원래 '영조(營造)'라고 썼습니다. '가꿀 영', '만들 조' 자를 합친 것이니, 그 뜻 역시 큽니다. 우리말에 가장 좋은 말이 있는데, '짓다'입니다. 건축은 '세우는 것'이 아니라 '짓는 것'입니다. '지음'이란 것은 질료에 자기 사상과 이념을 넣고 기술을 사용해 전혀 다른 물건을 만드는 것이죠. 건축은 사유의 과정을 거친 창조입니다. 건축을 부동산으로 바라보는 것은 가장 저급한 이해지요.

건축을 조금 낮게 봐주면 공학으로 보고, 더 잘 봐주면 예술로 봅니다. 하지만 이 모든 것도 다 잘못된 시각입니다. 건축의 본질은 공간, 특히 내부공간을 만드는 것입니다. 내부공간은 우리가 사는 방법 때문에 있는 것입니다. 공간을 어떻게 설정하느냐에 따라 삶이 달라질 수 있습니다. 그런데 이 내부공간이란 것이 눈에 보이지 않으니까 설명하기 어렵습니다. 우리가 어떤 곳에 가서 감동하면 그 공간에 감동한 거예요. 이 감동을 설명하려면 그 사람들이 사는 방식을 표현하는 것이 가장 설명을 잘하는 것입니다. 그러니까 사는 방법을 조직하는 것이 곧 건축인 것입니다. 그래서 설계를 잘하려면 남들이 어떻게 사는지 잘 알아야 하고, 남들이 사는 방법을 공부하는 것이 가장 중요합니다. 문학이나 영화, 역사 같은 것들을 알아야 하고, 궁극적으로 우리가 왜 사는지 알아야 하니까 철학도 필요하죠. 곧 '문사철(文史哲)'이 건축의 가장 기본이 되는 공부라 생각합니다.

최근까지 우리 학교에선 예술과 기술만 가르쳤고, 건축을 안 가르쳤어요. 이젠 좀 많이 달라지긴 했지요. 건축은 학문적 부류에 넣으면 인문학이지 결코 예술이나 공학이 아니라고 생각합니다. 인류가 생길 때 집이 먼저 있었고 공학이나 예술은 그다음에 나왔을 것 아닙니까? 그런 선후 관계를 봐도 건축을 공과대학이나 예술대학 안에 넣는 것은 무지라고 생각합니다. 다행히 우리나라에서도 이제는 건축이 따로 독립된 학제로 되어가는 추세입니다.

조국   게리 쿠퍼가 주연한 영화 〈마천루〉(1949)에서 주인공 건축가는 자기 뜻과 달리 지어지는 건축물을 폭파시킵니다. 승 대표님도 그런 심정 든 적 있으셨습니까?

승효상   폭파시킬 만한 분기를 가질 때는 노상 있죠. (웃음) 여기서 문제의 핵심은 건축가가 누구에게 봉사하느냐는 것이겠죠. 1차적으로는 건축주에게 봉사하겠지만 궁극적으로는 사회와 시민에게 봉사해야 합니다. 건축주에겐 건물의 '사용권'이 있을 뿐 '소유권'이 있는 게 아닙니다. 건축의 진정한 소유권은 사회와 시민에게 있습니다. 우리는 우리가 소유한 집만이 아니라 옆집이나 거리의 건물에서도 얼마든지 영향을 받기 때문입니다. 그래서 건축이 추구하는 최고의 가치는 공공적 가치입니다. 건축주 이익만 따라 공공성을 낮춘다면 그 사람은 건축주의 시녀나 하수인일 뿐 건축가가 아니라고 봅니다.

조국　　건축주들이 싫어할 것 같습니다. (웃음)

승효상　　그래서 서로 상처받고 헤어진 적도 많습니다. 초기에 그런 문제로 고민 많이 한 다음에는 건축주를 가리는 버릇이 생겼어요. 지금은 제 성질이 나쁜 걸 알고 오시는 분들이 많은데, 이런 생각에 동의하시는 분들은 정말 귀하거든요. 공공적 가치를 귀하게 여기는 분이라면 열 일 제쳐놓고 종처럼 봉사할 의향이 충만합니다. 그게 우리 사회 행복을 증진시키는 것이니까요.

조국　　"우리나라 정부에는 건설 정책만 있고 건축 정책은 없다"고 일갈하신 적이 있지요.

승효상　　우리나라 관공서 구성을 보면 토목 하는 사람들이 도시와 건축을 지배하고 있어요. 건설회사와 야합해서 말입니다. 건축가가 낄 틈이 없어요. 신도시 대부분은 정치권력과 건설권력이 야합해서 만든 거예요. 우리나라는 건설 정책도 물량 위주였지 삶의 질을 위한 정책은 펴지 않았습니다. 국토해양부에 건축이 속해 있는 것은 난센스입니다. 프랑스처럼 문화부 산하가 돼야죠. 그리고 설계와 건설을 분리하는 게 정상입니다.

조국　건축이 문화부 소관이 된다… 멋진데요. 대권 후보들이 이런 정부조직개편 공약을 내걸면 좋겠습니다. 그런데 기득권을 가진 '토건족' 반발이 만만치 않겠죠.

승효상　우리나라 건축건설 정책 중 가장 잘못된 게 정부에서 공사를 발주하는 겁니다. 사람들이 저보고 한국 대표 건축가라고 하는데, 제가 우리나라 대표 건물을 설계해본 적이 없어요. 건축가와 건설사가 합쳐서 오는 '턴키방식'을 정부가 선호하기 때문이지요. 이건 마치 검사하고 변호사가 의견을 통일해서 법정에 들어오라고 하는 것이나 마찬가지입니다. 건축가와 건설사는 자금력이 비교가 안되기 때문에 턴키로 하면 건축가가 건설사의 말을 들을 수밖에 없습니다. 그런데도 국토부는 이 방식을 버리지 않아요. 그 먹이사슬이 굉장히 완강한 거죠. 이걸 없애달라고 계속 이야기하는데 없어지지 않고 있습니다.

조국　용산 미군기지를 공원으로 바꾸는 국제설계 공모에 당선되셨습니다. 공원이 2027년 완성되던데, 승 대표님이 용산을 어떻게 바꿀지 기대가 큽니다.

승효상　용산 땅 면적이 78만 평입니다. 여의도가 90만 평이고, 뉴욕 센트럴파크가 103만 평입니다. 그런데 용산은 이 두 곳보다 더 크게 느껴집니다. 200만 평 남산과 연결돼 있고 한강으로 이어지기 때문이지요. 그리고 용산은 남산과 연결돼 한북정맥, 백두대간으로 연결되는 연결선상에 있습니다. 남쪽으로는 한강으로 이어지고요. 지도를 보면 서울의 정 가운데 있습니다.

이 중요한 땅을 저는 '비움의 실체'로 만드는 것이 중요하다고 봤습니다. 용산 공원의 설계는 비우겠다는 것이 원칙인데 세 가지 중요한 방침을 세웠습니다. 첫째, 자연 생태를 복원할 겁니다. 몽골과 일본이 점령했고 이젠 미국이 점령하고 있는데 그 안에서 그동안 어떤 일이 벌어졌는지 모릅니다. 둘째, 역사를 복원할 겁니다. 용산 부지 안에 건물이 1,000여 개 있습니다. 어떤 것은 없애야겠지만, 그런 건물도 완전히 없애지 않고 기억을 남기려 합니다. 새로 짓는 건물은 없을 겁니다. 셋째, 장소성을 복원하려 합니다. 울타리로 막혔던 공간이니 울타리를 없애 서울의 한 부분으로 되돌리려 합니다. 이 세 가지를 합쳐 '치유의 공원'이란 이름으로 설계안을 내 당선됐습니다.

조국   용산 공원도 끝내고 나면 무엇을 하실 건지요.

승효상   건축가에게는 은퇴 개념이 없습니다. 세계 최고령 건축가가 브라질리아 새 도시를 설계한 오스카 니마이어입니다. 지금 105세인데, 여전히 시가 물고 연필로 스케치하고 있습니다.

조국   게다가 2006년 99세 나이로 38세 연하의 비서와 결혼했다면서요? (웃음)

승효상   대단한 열정과 에너지죠! (웃음) 제 꿈은 끝까지 그리는 것입니다. 건축이 사람의 삶을 바꿀 수 있다 믿는 사람이기에, 사람들이 선해질 수 있는 건축을 설계하고 싶습니다.

· · ·

대중적으로 승효상은 고 노무현 대통령 묘역의 설계자로 알려졌지만, 그 이전부터 한국 건축을 대표하며 국제적 명성을 얻은 사람이다. 노 대통령 묘역의 의미는 그의 저서 《노무현의 무덤, 스스로 추방된 자들을 위한 풍경》(눌와, 2010)에 잘 정리돼 있다. 묘역 설계 당시 봉화마을 이사장은 문재인이었다. 지난 대선 시기 '건축가' 승효상이 뜻과 배짱이 맞는 '건축주' 문재인의 멘토로 활동한 것은 자연스러운 선택이었다.

그의 '빈자의 미학'에 영감을 준 금호동 달동네는 어떻게 되었을까. 승효상은 분노한다. "내가 좋아했던 금호동 달동네는 숨막힐 듯한 아파트가 **빽빽**하게 산비탈을 헤집고 들어서서 도시 속의 암 같은 덩이로 나타났다. 이것은 건축이 아니다. 우리에게 가해진 심각한 테러 행위이며 범죄다. 분개할 수밖에 없다."〔《오래된 것들은 다 아름답다》(컬처그라퍼, 2012)〕. 왜 금호동 달동네는 부산 감천 문화마을처럼 바뀌지 못했을까. 그리스 지중해 산토리니의 골목길 있는 집 풍경에 찬탄하면서, 우리나라 달동네는 왜 다 때려 부수어 아파트를 지어야 하는가. 물신을 숭배하는 건축이 판치면서 '사람 공동체'는 무너지고, '집값 공동체'만 속속 들어서고 있음을 개탄한다.

"나의 변화가
나도 놀라워요!"

가수 이효리

2012년 11월 9일(금)
13:00~15:00
서울 논현동 소재 카페

걸그룹 출신 최고 스타로, 생명과 생태에 진지한 관심을 갖고 활동하는 사람을 만났다. 쾌활하고 털털하면서도 소신 있고 당차며 심지 굳은 사람이었다. 이효리는 많은 남성들이 여성 스타에 대해 바라는 예쁜 인형 이미지를 차버렸다. 남자친구와의 해외여행을 쉬쉬하며 숨기지 않는다. '섹시 퀸'을 넘어 세상과 사람에 대해 진지하게 고민하며 발언하고 있다.

나를 상품 취급하는 사람들에게
나를 내놓는 게 싫더라고요

조국   일간지 인터뷰에는 잘 안 나오는 걸로 아는데 응해줘 감사합니다. 솔직히 말하자면, 저는 효리 씨 노래 잘 모릅니다.

이효리   저를 알긴 아시는 거죠? 안철수 후보님처럼 절 모르시는 건 아니죠? (폭소)

조국   저는 안 후보님보다 훨씬 '세속적'인 사람입니다. (웃음)

이효리   저를 선택하신 이유가 뭔가요?

조국   가수의 한 '전형'을 보여주는 삶을 살고 있어서요. 걸그룹 출신이지만 독립 후에도 실력으로 살아남았기 때문이지요. 더 중요한 이유는 독립 이후 변화가 특별했다는 점 때문입니다. '핑클'의 효리와 지금의 효리는 여러 면에서 많이 달라진 것 같은데.

이효리   '핑클' 때는 하라는 대로 했죠. 입으라는 대로 입고, 말하라는 대로 말하고. 제 의견이 전혀 없었죠. 그래도 유명해지고 돈도 많이 벌었으니까 그걸로 위안 삼았어요. 혼자 하면서부터는 거의 다 제 의견대로 했어요. 내가 하고 싶은 노래 부르고, 입고 싶은 옷 입고. 방송도 하고 싶은 것만 했고요. 어항에서 풀려난 느낌이었다고 할까요. 정말 자유롭고, 막 재밌고 신나고 그랬어요.

조국   어항에서 튀어나와 강으로 헤엄쳐 나가는 해방감을 느꼈군요. 다른 여가수에 비해 여성 팬도 많은데, 이유가 무엇이라고 보나요.

이효리   섹시함이건 뭐건, 자기주도적 여성의 모습을 좋아하는 게 아닐까요. 남성 시각에 맞춰진 여성이 아니라.

조국   효리 씨는 남성의 부속물이 아니라 독립된 주체, 당당한 주체로서의 모습을 보여주니까요. 언제부터 끼가 발휘됐나요?

이효리   어린 시절부터 학예회든 뭐든 앞에 나가 보여주는 걸 좋아했어요. 잘한다, 멋있다 하면 기쁨을 느꼈고요. 춤을 잘 췄어요. TV

에서 가수들 춤이 나오면 열심히 따라 연습했어요. 연기자든 가수든 유명한 연예인이 되고 싶었거든요. 대학 입학 후 1학년 1학기 보내고 데뷔했어요. H.O.T. 등이 데뷔하는 걸 보니, 다 제 또래더라고요. 가수 데뷔는 먼일이라 생각했는데, 나도 할 수 있겠구나 싶었어요.

조국　요즘은 청소년 때 데뷔하고 연예인이 된 후 대학 진학하던데, 효리 씨는 늦은 편이었군요.

이효리　그냥 시기가 그렇게 됐던 것 같아요. 만약 그 전에 캐스팅됐다면 다른 친구들과 같은 절차를 밟았을 거예요.

조국　보통 학생들과 똑같은 대학입시 과정을 거쳤을 텐데, 공부를 열심히 했나요?

이효리　아뇨. (웃음) 언어영역은 특출하게 잘했고 수학은 정말 못했어요. 공부를 열심히 하지도 않았고, 학원 다니거나 과외 받은 적은 없는데, 성적은 중간 정도 나왔어요.

조국　학교 다닐 때 사고도 좀 쳤을 것 같은데. (웃음)

이효리　중학교 때 노래방 갔다가 정학 당했어요. (웃음) 머리 노랗게 염색도 하고, 교복 치마도 짧게 입고 그랬죠. 주목받고 튀고 싶은 것도 있었죠. 머리 염색하면 왜 나쁜 학생이 되어야 하는지는 이해할 수 없었어요.

조국　몇몇 교육청에서 실시하기 시작한 '학생인권조례'의 문제의식을 선취(先取)하고 있었군요. (웃음) 요즘은 어린 시절부터 연예인이 되도록 부모나 기획사에 의해 키워지던데… 또래 친구들이 공유하는 경험과 문화를 모른 채 말입니다.

이효리   안타까워요. 애처롭기도 하고. 너무 어린 나이 때부터 경쟁하면서 오디션 준비하고 통과하고, 그 후에도 8~9년 연습해서 나오잖아요. 그러고도 자기가 하고 싶은 음악을 하는 것도 아니고. 그룹 구성원 사이에 불화도 생기고 따돌림도 있고. 자기가 원하지도 않았던 멤버와 24시간 내내 붙어 있는데 왜 안 그러겠어요.

조국   그런 후에도 새로운 '상품'이 나오면 버려지고 잊히고… 아이돌 그룹이 우후죽순처럼 등장하지만 생존기간은 짧은 것 같아요. 그런데 효리는 살아남았습니다. (웃음) 게다가 더 사랑받고 있습니다. 그 힘의 근원은 무엇인가요?

이효리   부모님의 방치가 아니었나, 해요. (웃음) 두 분이 맞벌이를 하셔서 밥 차려준다거나 옷 입혀준다거나 그런 게 전혀 없었어요. 어려서부터 거의 대부분 스스로 해야 했어요. 심지어 몸 아플 때도 약 먹어야 하나, 참을 만한가 스스로 판단했어요. 연예계 진출에 대해서도 부모님은 '네 인생은 네가 알아서 하는 거다'라고 말씀하시고 전혀 반대하지 않으셨어요. 그리고 남녀 역할에 대한 고정관념의 영향을 덜 받았어요. 예를 들어 여학생은 핑크색 옷, 남학생은 하늘색 옷 많이 입잖아요. 하지만 저는 구분하지 않고 예쁘면 다 입었거든요.

조국   연예인으로 활동하면서 불쾌한 일이 제법 있었을 텐데.

이효리   행사장에서는 갑자기 엉덩이 만지는 사람, '이효리, 너 나와' 하고 막말하는 사람이 있었어요. 촬영장에서는 '가슴골을 조금만 더 보여주세요'라는 요청도 받았고. 처음에는 잘 몰랐는데 어느 순간부터 내가 왜 이런 취급 받아야 하지, 하는 생각이 들었어요. 몇 억 원 준다 해도 나를 상품 취급하는 사람들에게 자신을 내놓는 게 싫더라고요.

약자의 생명이 강자에게 밀리는
현실에 대해 생각해요

조국   가수 활동 외에 동물보호운동에 적극 참여하고 있습니다. 지금 키우는 개 이름이 '순심이'죠?

이효리   유기견 보호소에 있을 때 이름을 그대로 쓰고 있어요. 이름 바꾸면 혼란스러워할까 봐. 동물의 권리에 대한 관심은 〈도시의 개〉라는 다큐멘터리를 본 데서 시작됐어요. 뭔가 잘못된 것 같다는 생각이 들어 동물보호운동을 하고 있던 임순례 감독께 전화했죠. 우리나라에서 동물의 권리, 정말 열악합니다. 한 해 동안 버려지는 개만 8만 마리가 넘어요.

조국   버림받은 동물은 정신병이 생기죠.

이효리   맞아요. 보호소에 가보면 정신이상으로 마음을 닫아버린

개들이 엄청 많아요. 벽만 본다든지, 자해한다든지. 사실 인간의 권리도 잘 보장되지 않으니 사람들이 동물의 권리에 관심이나 있을까… 절망적인 생각이 들어요. 대형 마트에서는 장난감 옆에서 동물을 팔고 있어요. 생명으로 보지 않는 거죠. 동물 치료에 부가가치세를 매기니 동물 키우는 데 돈이 많이 들어가서 버리는 숫자도 많고요.

조국   동물을 키우다 왜 버릴까요?

이효리   필요에 의해 키우다, 필요 없으니까 버리는 거겠죠. 아이들이 사달라면 귀엽고 예뻐서 키우다, 늙고 돈 들고 귀찮아지면 버리는 거죠. 처음에 저는 버리는 사람이 나쁜 사람이라고 생각했어요. 그런데 외국 갈 때마다 그 나라 유기견 보호소를 가봤어요. 제도가 아주 잘되어 있더라고요. 자기가 키우다 정말 못 키우게 돼 거기 데려다주면, 안전하게 새 주인을 찾아줘요. 제도적 장치가 잘 마련되면 많은 동물들이 버려지지 않겠죠.

조국   우리나라 상황은 어떤가요?

이효리   시마다 보호소가 있는데, 한 달에 100마리 들어오면 70마리 정도는 10일 보호한 후 안락사하고, 10마리 정도는 주인이 찾아가고, 5마리 정도는 입양된다고 해요.

조국   애완동물 또는 반려동물 보호 문제를 넘어 공장형 사육 반대운동도 벌이고 있죠? 이 맥락에서 채식을 하고. 완전 채식주의자인 '비건(vegan)'인가요?

이효리　아니요. 붉은 고기, 치즈, 우유는 먹지 않고, 물고기는 먹어요. 내가 동물을 정말 사랑해서 먹을 수 없다는 게 아니에요. 채식하는 이유는 소, 돼지, 닭 등이 키워지는 체제에 반대하기 때문이에요. 인간이 고기를 너무 싸게 많이 먹으려 하니까 동물들은 점점 더 열악한 상황에서 키워질 수밖에 없어요. A4 용지 한 장 크기 공간에 닭 두 마리씩 들어가 평생 사는 걸 상상해보세요. 얼마나 끔찍해요. 우리 인간들은 자신이 먹는 고기가 어떻게 키워지고, 어떻게 죽임 당하는지 모르잖아요. 광고에선 동물이 파란 하늘 아래 푸른 목장에서 뛰어다니는 모습을 보여주지만, 전혀 사실과 다르잖아요. 이런 현실을 널리 알리고 싶어요. 고기를 먹든 안 먹든, 현실을 알고 나서 선택해야 하니까요.

조국　동물 가죽이나 모피로 만든 제품도 사용하지 않는다고 들었습니다.

이효리　유명 메이커 회사에서 악어가죽 가방을 보내줬는데 돌려보냈어요.

조국　동물의 권리에 관심을 가지면 생명과 생태 문제에도 관심 가지게 되는 법인데.

이효리　환경에 대해서도 관심이 많아요. 그러다 보니 점점 제약이 많아져요. 환경 생각하면서 샴푸 광고는 못하겠더라고요. 환경문제가 있는 광고는 안 하겠다 했더니, 소속사에서 싫어하더라고요. (웃음) 그리고 사람의 생명에 대해서도 당연히 관심 갖게 되었어요.

〈두 개의 문〉, 〈저 달이 차기 전에〉, 이런 다큐 영화 많이 봐요. 노동자, 약자의 생명이 돈과 강자에게 밀리는 현실에 대해 많은 생각을 해요. 관련 책도 보고 있어요. 언젠가 〈녹색평론〉을 보고 있으니 회사 대표님이 '불온서적' 보고 있냐고 잔소리하시더라고요. (폭소) 〈녹색평론〉은 어디에서도 알려주지 않는 내용들을 많이 알려줘요. 한 달에 1만 원 내고 정기구독하고 있어요. 〈작은 책〉도 정기구독하고요.

조국   아, 효리 씨도 곧 '좌빨' 소리 듣겠습니다. (웃음)

이효리   교수님은 이미 듣고 계시잖아요. (웃음) 제가 이상한가 봐요. 제가 좋아하는 사람이 다 '좌빨'이잖아요. (폭소) 박노해 시인도 그렇고. 친구처럼 지내는 김제동 오빠도 그렇고.

조국   지난 총선 때 트위터에 투표 인증샷을 올렸죠.

이효리   소속사에서는 제 트위터 계정을 없애버리겠다 하더라고요. (웃음) '이효리, 투표했다' 이걸 알렸다고 험한 말도 많이 들었어요. (웃음) 그런데 그런 거 개의치 않는 성격이거든요. 옳다고 믿는 걸 밀고 나가는 성격이라서요. 생명에 관심 갖다 보니 자연스럽게 정치에도 관심 갖게 됐어요. 그러니까 선거에는 당연히 참여해야죠. 다른 사람들도 많이 했으면 좋겠어요. 유권자가 관심 갖고 대표를 제대로 뽑을 때만 세상이 좋은 방향으로 바뀌잖아요.

예전엔 자랑스럽던 게
이제는 부끄러워졌어요

조국   팔에 새긴 문신이 특이합니다.

이효리   하나는 '브라마 비하라스(Brahma Viharas)'인데 의역하면 '우주의 근본'이란 뜻이고, 다른 하나는 화엄경에 나오는 '인드라 망' 그림이에요. '우주의 근본'을 생각하고, 내가 모든 만물과 연결 돼 있다는 점을 항상 환기시키려고 새겼어요.

조국   생명과 생태에 대한 생각을 몸에 새겼군요. 멋집니다!

이효리   제 속에서 일어난 큰 파장을 표시했다고 할까. 제가 불교 쪽에 관심이 많거든요.

조국   불교 관련해서 무슨 책을 읽었나요?

이효리   틱낫한 스님의 책을 좋아해요. 《우리가 머무는 세상》이 참 좋았어요.

조국   사실 진짜 '급진주의자'는 환경주의자나 생태주의자죠, 좌파 사회주의자가 아니라. 생명의 관점에 서면, 좌파 우파 이런 구별 을 넘어 근본을 향해 가니까요. '급진적'의 영어 표현이 'radical'인 데 이는 원래 '발본(拔本)', 즉 '근본을 뒤집는다'는 의미를 갖지요.

이효리   유기견 보호로 시작한 일이 저를 이렇게 바꾸어놓으리라 고는 생각하지 못했어요. 그 전에 자랑스럽던 게 지금은 부끄럽고, 그 전엔 좋았던 게 지금은 싫고… 고민이 많아요. 자본주의의 꽃이었던 제가, 자본주의의 최대 수혜자인 제가 이런 생각을 하게 된 것은 고무적인 일이라 생각해요. 저 나름의 이유로 광고를 안 하겠다 했더니, '이효리 한물갔나' 이런 기사가 나오더라고요. 이런 기사 접하면 씁쓸해요. 내가 아직도 그런 것에 연연하는구나 싶기도 하고. 대중의 기호에 맞는 내가 있었는데, 이제 사람들로부터 잊히고 멀어지는 것 아닌가, 걱정도 들어요. 또 내가 누군가에게 이용당하는 것은 아닌가, 염려도 되고요. 아무것도 모를 때는 무지에서 오는 편안함이 있잖아요. 돈도 많았고 인기도 많았고요.

조국   자초한 고민이고 갈등이네요. 그러나 소중한 고민이고 갈등이지요.

이효리   고민하지 않고 갈등하지 않고 사는 사람 많잖아요. 왜 자초한 것인가 나도 모르겠어요. (웃음)

조국   어디서 행복을 찾나요?

이효리   돈은 아닌 것 같고요. 유명세나 발언권도 아닌 것 같고, 어디서 찾을까요? (고민하더니) 소소한 일상의 삶에서 찾는 것 같아요. 동물이든 사람이든 내가 도움 주고 필요한 사람이 된다는 느낌이 들 때 제일 행복해요. 우리는 누군가의 희생에 힘입어 살고 있잖아요. 우리가 사용하는 제품 상당수는 동물 실험을 해요. 그 동물들에게, 그리고 사람들에게 되돌려주는 삶을 살자, 이런 생각을 해요.

조국   현재 앨범 작업을 하고 있나요?

이효리   그렇다고 할 수도 있고 아니라 할 수도 있어요. (웃음) 말씀드렸듯이 저에게 너무 많은 변화가 생겨서 이전과 같은 노래를 하기가 어색한 거예요. 지금은 아직 때가 아닌 것 같아요. 과도기에 있으니까. 어떤 노래를 하고 싶다는 확신이 들지 않아 앨범을 못 내고 있어요.

조국   소속사에서 싫어하겠습니다. (웃음)

이효리   앨범도 안 내지, 광고도 안 하지, 이상한 사람 만나고 다니지.

조국   저도 그 '이상한 사람' 중 한 명이죠? (웃음)

이효리   신문사 인터뷰가 2년 전 새 앨범 나온 뒤 처음이에요. 다른 데 인터뷰 다 거절했는데 이거 한다고 울상이시더라고요. (웃음)

조국   내면이 강한 사람이라 큰 염려하지 않으셔도 될 것 같은데.

이효리   제가 하고 있는 고민과 갈등 덕분에 정말 좋은 노래를 하는 가수가 될 것 같아요. 박노해 시인이 그랬잖아요. 좋은 시를 쓰려고 하지 않았지만 세상에 관심 갖다 보니 좋은 시를 썼다고.

조국   10년 뒤의 효리는 어떤 모습일까요?

이효리   저도 궁금해요. (웃음) 지금까지 제 인생이 제가 원해서 여기까지 왔다기보다는 어떤 계기로 흘러온 것 같아요. 앞으로도 어떤 계획을 세운다고 그 계획대로 인생이 흘러가는 건 아니잖아요. 나이 들고 주름지는 것, 이런 건 전혀 상관하지 않을 것 같아요. 모든 걸 접고 시골로 가서 자연과 벗하며 살고 있을 수도 있고, 갑자기 운동가가 돼 시위 현장에서 피켓 들고 있는 건 아닌지, 아니면 방송하고 노래하며 살 수도 있고요.

조국   어떤 경우건 음악을 계속하면 좋겠습니다.

이효리   그렇죠? 저도 계속 음악을 하고 싶어요. 과거의 저보다 미래의 제가 더 멋있을 것 같아요. 어떤 방향이든 간에. 멋있게 살고 싶어요. 스타는 주위가 어두울 때 빛난다고 하잖아요. 주위가 환하면 그 빛이 약하니까. 더 빛날 수 있게 어둠으로 들어가야죠.

조국   라틴어 '아모르 파티(amor fati)', '네 운명을 사랑하라'란 말이 생각나네요.

· · ·

이효리는 유기동물 보호 및 홍보에 앞장선 점을 인정받아 2011년 환경재단 주최 '2011 세상을 밝게 만든 사람들' 본상을 수상했다. 2012년 일본군 '위안부' 피해 할머니들을 지원하는 '나비 기금' 1호 기부자가 되었고, 빈곤층 독거노인의 난방비 지원을 위해 '아름다운 재단'에 1억 원을 기부하여 '효리(孝利)기금'을 만들었다. 새삼 그가 노숙인 재활을 위한 잡지 〈빅이슈〉 표지 모델로 나서면서 했던 말이 기억난다. "약자 입장에 서서 그들의 입이 되어주는 것이야말로 공인의 역할이라 생각한다." 인터뷰를 마친 후에도 그의 두 팔에 새긴 문신의 의미가 오랫동안 뇌리를 맴돌았다. 그는 20대보다 30대에 더 아름다우며, 30대보다 40대에 더 아름다울 것이다.

4부

"시대정신을 구현하는 데 주역이 되어도 좋고,
조연 역할을 해도 충분하다 생각합니다.
어떤 경우건, '올인'할 겁니다."

문재인 노무현재단 이사장
"어떤 경우든 '올인'할 것이다"

홍세화 진보신당 연대회의 재창당 준비위원회 상임대표
"갈 길 멀어도 부디 제자리에 서 있기를"

권영길 전 민주노동당 대표
"야만의 시대에 '원로'로 살 수는 없다"

전순옥 '참신나는옷' 대표 / 민주통합당 비례대표 당선자
"국회에서 전태일 정신 구현하겠다"

박원순 서울시장
참여하면 변화가 온다는 믿음

야만의 시대, 원로로 살 수 없다

"어떤 경우든
'올인'할 것이다"

노무현재단 이사장 문재인

2012년 5월 10일(목)
10:30~12:30
노무현재단

19대 총선으로 국회의원 당선자가 된 문재인 노무현재단 이사장을 만났다. 오랫동안 정치인은 체질에 맞지 않는다며 변신을 강력히 거부했지만, 국회의원 당선 후 바로 유력 대권후보가 되었다. 참여정부 시절 민정수석을 마치고 히말라야로 떠난 그가 멋있었는데, 새로운 큰 산의 등정을 앞둔 그의 마음을 읽고 싶었다.

국민은 지역주의에서 벗어났는데,
제도는 여전히 지역주의적

조국   목이 잘리셨던데요. (폭소)*

문재인   (목을 만지며) 그래서 목이 간질간질했나 봅니다. (웃음)

조국   그 만화 보면서 킬킬거렸던 사람들도 제법 있었을 텐데요.

문재인   이준석 군이 사과해왔고, 받아들였습니다. 그렇지만 우리 정치풍토와 문화 속에 상대를 인정하지 않는 적대감, 증오감이 여전하다는 걸 확인해 씁쓸합니다. 생각이 다른 정치세력을 '빨갱이', '친북좌파' 같은 말로 부르는 정치, 없어져야 합니다. 증오하고 적대하고 분열하는 정치에서 이제는 상대를 인정하고 공존하는 통합의 정치, 상생의 정치로 가야 합니다.

조국 　국회의원이 되셨습니다. 이사장님이 책임지다시피 한 부산 지역에서 민주진보진영의 득표율은 높아졌지만 당선자 수는 적었는데요.

문재인 　아쉽죠. 부산 정치지형과 지역주의를 확실히 깨뜨리고 싶었는데…. 처음엔 '절반의 성공'이라 하더니, 조금 지나니까 '절반의 실패'라 하더군요. (웃음) 한두 명이라도 더 당선됐어야 했는데… 아쉽지만 이 결과는 우리 역량을 반영한 것이겠죠. 부산 지역에서는 아직 박근혜 위원장 인기가 훨씬 높습니다. 사실 지난번 총선까지만 해도 부산 지역에서 3분의 1가량 후보를 못 냈어요. 제가 출마했던 사상도 그랬고요. 후보를 낸 곳도 떨어지면 희망이 안 보이니 바로 떠나버렸고. 시민 입장에서 보면 4년 내내 코빼기도 보이지 않다가 선거 때만 되면 나타나 표 달라고 하느냐, 이런 지적을 받았습니다. 우리가 지역주의를 비판하지만, 우리도 지지받을 준비가 안 되어 있었던 겁니다. 다행히 이번에 40% 이상 득표하면서 다음 선거를 기약할 수 있게 됐습니다. 다들 좀 더 일찍 지역에 와 뛰었으면 좋았을 거라며 아쉬워하고 있습니다. 이제 낙선자들도 떠나지 않고 남기로 기자회견을 통해 밝혔습니다. 그리고 대선을 생각하면 큰 희망을 얻었죠. 과거 노무현 대통령이 대선 때 부산 지역에서 29.9%를 득표하지 않았습니까. 덧붙이자면, 이번에 야권연대 정당 득표율이 40% 좀 넘었고, 새누리당 득표율이 50%쯤 됩니다. 독일처럼 득표 비율대로 의석이 배분된다면 전체 18석이 10석과 8석으로 배분되었을 겁니다. 그러나 우리 선거제도가 승자독식 소선거구제다 보니 16석과 2석이 된 거죠. 이제 부산 시민더러 지역주의라고 나무랄 수 없어요. 시민은 이미 지역주의에서 벗어났는데, 선거제도가 지역주의적이라고 해야죠.

조국   유권자를 비난하는 것만큼 어리석은 정치는 없죠. 그런데 총선에서 '동남풍' 일으키는 데만 주력하고 서울 등 타 지역에 지원 유세를 가지 않은 것에 대해 비판이 있었습니다.

문재인   역량이나 능력이 그것밖에 되지 않았습니다. 부산 경남도 제대로 다 지원하지 못했고요. 부산 지역도 대부분 한 번씩밖에 못 가봤습니다. 경남은 김해 갑·을, 양산, 울산뿐이었고요. 서울 등 다른 지역 지원은 엄두를 낼 수 없는 상황이었습니다.

조국   민주당 내에서 총선 패배 원인을 두고 논란이 있습니다.

문재인   패배 원인이 '좌클릭' 때문이라는 진단에는 동의하지 않습니다. 그러나 동시에 우리가 중간층까지 포함한 폭넓은 지지를 받아야 한다는 점은 분명합니다. 우리의 진보적 정체성을 지키는 것과 중간층 지지를 받는 것은 양자택일 문제가 아니니까요.

조국   모든 사람은 이미 문 이사장님을 대선주자로 알고 있습니다.

문재인   노무현 전 대통령 3주기를 치른 후 입장을 밝히겠다고 말했습니다. 물론 마음은 확실히 정리된 상태입니다.

조국   연설 연습은 하고 있습니까? 문성근 전 대표는 발음이 샌다고 평하던데.

문재인   연설을 잘했으면 좋겠는데, 이제 와서 어쩌겠습니까. (웃음)

노무현과 함께,
그러나 노무현을 넘어서

조국   문 이사장님께 많은 사람들이 기대하는 것은 '노무현과 함께, 그러나 노무현을 넘어서'로 요약됩니다. 노무현과 참여정부의 공과 과, 성과와 한계를 어떻게 정리하고 있는지요.

문재인   참여정부는 권위주의 해체, 권력기관 개혁, 민주주의 활성화, 복지 확대, 남북통합 등에서 큰 진전을 이뤘습니다. 역사가 가야 할 방향에 맞춘 진전이었죠. 그러나 서민경제와 민생에서 제대로 개선하지 못했습니다. 비정규직 늘어난 것, 양극화 심화 막지 못한 것, (고개를 떨어뜨리며) 뼈아픕니다. 당시 세계적 조류였던 신자유주의에 휩쓸렸어요. 제대로 맞섰어야 했습니다.

조국   이명박 정부 5년 동안 김대중, 노무현, 김근태 세 분이 세상을 떠났습니다. 이분들이 다하지 못한 것, 그게 바로 현재 시대

정신일 텐데요, 이 시대정신에 부합하는 사람이 자신이라 생각합니까?

문재인   2차 대전 이후 해방된 나라 중 한국은 거의 유일하다 할 정도로 산업화와 민주화에 성공한 나라입니다. 산업화가 먼저 이뤄지고, 1987년 6월 항쟁을 결정적 계기로 민주화도 이루어졌죠. 이후 정치적 민주주의는 참여정부 때 최고조에 이르렀다가 이명박 정부 들어 급격히 후퇴했어요. 국민의 정부나 참여정부 같은 민주정부가 이어졌으면 정치적 민주주의 수준은 유지하면서 경제적 민주주의를 큰 폭으로 전진시켰을 텐데, 이명박 정부가 들어서면서 정치적 민주주의까지 후퇴시켜 버렸습니다. 지금은 정치적 민주주의를 회복하고, 이와 동시에 사회경제적 민주주의, 실질적 민주주의를 구현해야 할 때입니다. 감히 제가 이 과제를 실현하는 데 강점이 있다고 말하고자 합니다. 저는 총체적 민주화를 위한 역사의 흐름을 한 번도 벗어난 적이 없습니다. 그리고 노무현 정부의 성과와 한계를 온몸으로 직접 겪었고, (손을 가슴에 대며) 국민들의 따가운 심판과 질책을 다 받으며 성찰했고 새로운 길을 모색했습니다.

조국   민주당 내 민생특위 좋은일자리본부장을 맡으면서 32만 개 좋은 일자리를 창출하겠다고 했습니다. 노무현 정부의 잘못이라고 말한 서민경제와 민생 문제를 어떻게 풀려 하시는지요?

문재인   좋은 일자리 많이 만들기는 현 시기에 가장 중요한 과제입니다. 이게 다른 모든 문제와 연결돼 있습니다. 서민과 중산층을 행복하게 만드는 민생대책이고, 건강한 경제성장 방안이기도 합니다. 기존 성장정책, 이명박 정부가 답습한 정책은 고용 없는 성장 정책이었습니다. 그렇게 되니 성장은 되지만, 고용은 없고 민생은 피폐해지고 경제성장 자체도 한계가 생겼어요. 이제 성장도 고용 중심으로 가야 합니다. 고용이 제대로 되면 그것을 통해 소비가 살아나고, 그걸 성장동력 삼을 수 있죠. 복지대책으로도 최고 대책이죠. 좋은 일자리는 민생, 경제성장, 복지를 관통하는 핵심과제입니다. 집권하면 연간 60만 개 일자리를 만들겠습니다. 이 중 30만여 개는 경제성장을 통해 자연적으로 생기는 일자리이고, 이외에 일자리 구조개혁을 통해 32만 개를 창출할 예정입니다. 그래서 '비전 3232'죠. 먼저 공공부문의 사회적 일자리 창출을 위해 재정을 투입해야 합니다. 이명박 정부는 4대강 사업에 30조를 썼어요. 10조를 단순히 나눠만 줘도 연봉 3,000만 원짜리 일자리가 30만 개 생깁니다. 4대강에 쓸 돈을 일자리 창출에 썼다면 일자리 수십만 개 만들었을 거예요. 민간기업에 대해서도 조세감면 같은 여러 혜택이나 정부 조달에서 선택될 기회를 줄 때 '고용'을 중요한 평가지표로 삼아야 하죠. 과거엔 투자액으로 평가했지만, 이제는 고용을 얼마나 창출하는가, 비정규직을 얼마나 정규직으로 전환해 좋은 일자리를 만들어내는가 등을 평가지표로 삼아 민간 쪽 고용을 촉진해야 합니다.

조국   지난 총선 때 새누리당은 당색까지 빨간색으로 바꾸면서 경제민주화를 추구하겠다고 말했습니다. 경제민주화는 재벌개혁과 직결되는 문제인데, 어떻게 생각하십니까.

문재인 재벌개혁은 경제민주화의 핵심입니다. 재벌이 독점하고 있는 경제권력을 나눠야 하죠. 재벌 등 극소수가 경제권력을 독점하고 있어서 성장의 성과도 극소수에게만 가고 있어요. 경제는 성장하는데 국민의 삶은 피폐해지고 있죠. 재벌과 하청기업 관계를 보십시오. 재벌의 이윤을 극대화하기 위해 임금인상 부담을 하청기업에 전가하고 단가 후려치기를 합니다. 그러면 중소기업은 자기 근로자들을 쥐어짤 수밖에 없어요. 상대적으로 좋은 일자리를 갖는 대기업 노동자에 비해 중소 하청기업 노동자는 항상 저임금에 시달리게 되는 것이죠. 재벌개혁을 하고 재벌과 중소기업 간 거래를 공정하게 만드는 것이 민생을 살리고 좋은 일자리를 만드는 길입니다. 이런 과제, 새누리당 정권에서는 절대 할 수 없어요.

조국 참여정부가 야심차게 추진한 지방분권 정책은 이명박 정부 들어 완전히 포기된 상태죠. 프랑스는 아예 헌법에 '지방분권공화국'이라고 명시했는데 말이에요.

문재인 이명박 정부는 지방분권에 대한 개념이 없어요. 법령도 '지방균형발전'이 '지방발전'으로 다 바뀌었습니다. 수도권 중심 발전 전략은 과거 일정 시점까진 도움이 됐지만, 이제는 아니에요. 대기업과 중소기업 관계가 공정해져야 하듯, 수도권과 지방도 균형적이고 상생하는 관계가 돼야 하죠. 참여정부는 처음으로 그 문제를 직시하면서 국정과제로 삼은 정부였습니다. 지방 사람이기 때문에 더 절실하게 느낀 것도 있겠죠.

조국　　'조중동'이나 새누리당은 수도권 집값 떨어뜨리는 정책이라고 또 맹공격할 겁니다.

문재인　　수도권 분들은 이 문제를 머리로는 동의하면서도 가슴으로는 절실하게 느끼지 못하는 경우가 많아요. 수도권 이익을 빼앗고 내 집값 떨어뜨린다 생각할 수도 있고요. 아무리 옳은 정책이라 하더라도 밀어붙이는 게 능사가 아니라 국민의 지지와 동의를 받아나가며 추진해야 하겠죠.

'생판 모르는 놈의 정치'
만들겠다

조국　　기억 속 첫 문재인은 부산 울산 경남 지역의 열렬한 공익 인권변호사였습니다. 이후 대통령 비서실장을 거쳐 정치인으로 변신했죠. 노 대통령을 싫어한 사람들도 진중하고 절도 있는 '비서실장 문재인'에게는 호감 갖고 있었어요. 그러나 '정치인 문재인'이 궁금합니다.

문재인　　이제 정치에 첫발을 디뎠습니다. 정치인의 통상적인 모습이 저 자신하고는 안 맞는 것 같아 정치를 피해왔습니다. 기성 정치인과는 다른 모습이고 싶습니다. 보통사람의 심성으로 정치를 하겠습니다. 정치인 이전과 이후의 내가 달라지고 싶지는 않아요. '생판 정치 모르는 놈'이라 하겠지만, '생판 모르는 놈의 정치'를 만들겠습니다. 정치가 달라져야 합니다.

조국　　그런데 '이해찬-박지원 연대'에 대한 언급으로 구설수에 올랐습니다.[**]

문재인　　저는 계산보다 원칙을 중시하는 삶을 살았습니다. 정권교체를 위해 친노, 비노 프레임을 깨고 단합하자, 국민의 정부와 참여정부 세력이 손잡자는 원론을 강조한 것이죠. 물론 이것만으로는 충분하지 않고, 시민사회 등 새로운 세력이 가세돼야 하지만 기본적으로 같이 손잡고 나가는 것은 반드시 필요합니다. 당 대표 선출 때 경쟁해야 하는 건 당연합니다. 대표 뽑는 데 추대란 없죠.

조국　　과거 문재인은 '야생마' 노무현의 고삐를 잡아주는 역할을 했습니다. 그러다 보니 권력의지가 약하다는 이미지가 형성돼 있는데요.

문재인　　'반드시 내가 해야 된다, 나 아니면 안 된다' 식의 권력의지가 대통령이 갖춰야 할 자질이고 그게 없는 것이 단점이라는 데 동의하지 않습니다. 개인의 권력의지가 공동체의 정의보다 더 앞서는 사람들이 국민을 불행하게 만들어온 것 아닙니까. 이명박 정부가 대표적이지 않나요. 개인의 권력의지가 반드시 중요한 것은 아니라고 봅니다. 보통사람의 심성을 갖고 시대정신, 공동체의 이익, 역사적 대의를 소중하게 생각하며 행동하는 자질이 더 필요하죠. 국민이 요구하는 리더십도 달라졌습니다. 예전에는 카리스마 넘치는 리더십이 좋은 줄 알았어요. 김영삼, 김대중 전 대통령이 공이 많지만, 리더십은 권위주의적이었죠. 노무현 대통령은 과도기적 리더십이었고요. 지금은 보통사람의 심성으로 국민과 공감하는 리더십이 필요합니다.

조국   신중과 절제의 이미지가 강합니다. 그런데 대중은 '범생' 정치인보다는 '문제아' 정치인을 원하기도 합니다. 파격과 일탈의 매력이 있습니까.

문재인   학생시절부터 지금까지 사람들과 잘 어울립니다. 술도 즐기는 편이고. 학칙이나 규칙을 잘 지키지 않아 이런저런 일을 겪기도 했죠. 어찌 보면 법률가가 된 게 참 아이러니죠. 다만 참여정부에서 청와대에 있을 때는 그러지 않아야 한다 생각했고, 철두철미 지켰습니다. 일체의 사적 관계를 차단했어요. 청와대에 들어가지 않았다면 친구들과 어울려 풍류를 즐기면서 (폭소) 매력을 높였을지 모르겠습니다.

조국   술 마시고 한 실수담은 없습니까.

문재인   공인 되고 나선 실수한 게 없습니다. (웃음)

조국   애창곡이 있나요.

문재인   옛날 '젓가락 장단' 시절엔 잘 따라 불렀죠. 그 시절엔 흘러간 옛 노래는 대충 다 알았는데, 노래방 시대에는 안 해봤습니다.

조국   〈프레시안〉윤태곤 기자 표현을 빌리면, 이제 강하고 기가 센 '아들'이 아니라 보다 부드럽지만 일은 확실히 하는 '사위' 같은 리더십이 필요한 게 아닌가 싶습니다. 노 대통령 같은 사위 보면 딸이 고생 많이 할 것 같았어요. (폭소)

문재인   안철수 원장에 대한 높은 지지율은 소통능력과 부드러움 덕이기도 하죠. 그런데 박근혜 위원장에 대한 지지를 보면 국민들이 여전히 권위주의적이고 일사불란함을 좋아하는 측면이 있습니다. 사당(私黨) 수준의 권위주의가 실현되고 있는 새누리당과 달리 민주당은 정당민주주의가 활발합니다. 그런데 국민에게 좋은 인상을 주지 못하고 있죠. 여러 문제에 대해 다투고 논의하는 것은 좋은데, 너무 격렬해요. 사용하는 언어도 살벌하고요. 같은 식구라는 따뜻함이 없어요. 국민은 이걸 정당민주주의라고 보지 않고 '싸우는' 정당으로 봅니다. 정당문화와 정치인의 언동이 바뀌면 좋겠습니다.

조국   대선 이야기를 해보죠. 민주통합당, 통합진보당, 시민사회운동 세력, 안철수 지지자 다 합쳐서 똘똘 뭉쳐도 최대 55% 정도가 아닐까요. 새누리당이 무슨 잘못을 해도 하늘이 무너져도 새누리당을 찍을 세력이 35%쯤은 됩니다. 게다가 박근혜 비대위원장은 여론조사 1위를 달리고 있죠. 그럼에도 이길 수 있다 생각하십니까.

문재인   김대중, 노무현 두 분의 당선은 당시 민주진보세력이 컸기 때문이 아니었습니다. 세력은 불리했지만 비전과 가치가 월등했기에 이긴 것이죠. 대선은 총선과 다르게, 향후 5년간 우리나라가 어떻게 가야 하는가 하는 '미래'를 선택하는 것입니다. '대세론', (주먹을 꽉 쥐며) 겁나지 않습니다. 국민은 현명해요. 이길 수 있습니다. 물론 모든 민주진보세력이 힘을 합쳐야 하겠죠. 민주통합당 내부 여러 세력이 경쟁한 후 선출된 후보 중심으로 단합하고, 안철수 원장과 단일화로 시너지 효과를 만들면 이기리라 보고, 그렇게 해낼 수 있다 생각합니다.

조국   그런데 통합진보당 상황이 엉망이 됐습니다. 야권연대는 어떻게 할 건지요?

문재인   지난 총선에서 야권연대를 해 통합진보당에 휘둘린 것이 패인이라고 보는 사람도 있습니다. 하지만 야권연대는 반드시 필요합니다. 물론 민주당과 통합진보당의 이념과 정책에 상당한 차이가 존재하죠. 그러나 새누리당과의 차이와는 질적으로 다릅니다. 새누리당의 국정실패에 따른 국민 고통을 극복해내는 것이 훨씬 중요합니다. 차이는 안고 가면서 연대해야 해요. 원탁회의 제안처럼 통합진보당이 재창당 수준으로 혁신해서 국민 신뢰를 회복하길 바라며, 그렇게 할 수 있을 것이라 생각합니다.

조국   안철수 원장과는 어떻게 할 계획입니까.

문재인   언제든 만날 겁니다. 같이 가야 합니다. 야권에선 지금 그분 지지율이 높고 제가 그 뒤를 따라가고 있는데, 서로 인정하고 신뢰하고 존중하고 있습니다. 오해의 소지를 미리 정리하자면, 저는 참여정부 때 한나라당과의 대연정 제안은 잘못됐다 생각합니다. 그러나 집권을 위한 연합정치는 필요하면 하는 것이죠. 과거 김대중, 노무현 두 분은 전혀 정체성이 다른 세력과의 연합까지 도모했어야 했지만, 이제는 그럴 필요 없이 민주진보세력이 단결하기만 하면 대선에서 이길 수 있는 상황이 됐습니다. 앞으로 안철수 원장과의 단일화가 중요한 관건이 될 텐데, 충분히 가능하다 생각합니다. 정권교체를 바라보는 관점, 우리 사회가 나아갈 방향이나 가치, 시대정신 등에서 가까워요. 안 원장과의 단일화는 단지 경쟁에서 이기는 사람이 후보가 되고 정권 장악하는 차원이 아니라, 함께 공동정부를 구성하는 데까지 가야 한다고 생각합니다. 그 과정이 국민에게 투명하게 제시되고 민주적 절차에 따라 진행되면 문제없을 것이라 봅니다.

조국   그렇게 되면 해방 이후 최초로 민주진보세력의 단일 연립정부 수립이라는 역사적 의미가 있겠네요.

문재인   공동정부는 대선 승리를 위해서도 필요하지만, 집권 후 경제민주화, 복지확대 등 개혁을 완수하기 위한 세력 기반을 굳히기 위해서도 필요합니다. 제가 대선 출마를 결심하고 선언하게 되면, 시대정신과 그것을 실현하기 위한 헌신성, 이런 것을 국민들에게 제시하고 평가받는 것이겠죠. 제가 지지받는다면 그런 시대정신을 구현하는 데 주역이 되는 것이고, 국민들 평가가 그렇지 않다면 정권교체에 조연 역할을 해도 충분하다고 생각합니다. 어떤 경우건,

(두 손을 모으며) '올인'할 겁니다.

조국　　문자 그대로 '올인'을 기대하고, 부탁합니다.

⋯

　　　　이 인터뷰는 문재인 이사장이 대선출마를 선언하기 전에 진행됐다. 다시 읽어보니, 문재인의 대선승리 전략의 기본은 이미 그때 확립되어 있었음을 확인할 수 있었다. 민생강화와 경제민주화 비전 확립, 야권단일화와 공동정부 수립이라는 전략에 나를 포함한 대다수 민주진보진영 사람들은 동의하고 있었다. 그런데 문재인이 민주당 후보로 선출되는 과정에서 '친노'와 '반/비노'의 대립이 재현되었다. 계파 합의로 도입되었던 모바일 투표는 의심받았다. 경선 후유증은 오래갔다. 문재인과 안철수의 단일화 과정에서 있었던 사실관계에 대한 양측의 이해는 영화 〈라쇼몽(羅生門)〉 같았다. 당선 가능성과 후보 적합도에 대한 이해는 첨예하게 갈렸다. 나를 포함하여 후보단일화를 강력 요청했던 시민사회 사람들은 안철수 캠프로부터 섭섭하다는 얘기를 들었다. 우여곡절의 단일화 협상과 '새 정치' 논쟁 속에 민생과 경제민주화의 깃발은 어느새 박근혜가 흔들고 있었다.

　　　　안철수의 사퇴로 문재인이 야권단일후보가 된 후 범 민주진보진영은 정당의 차이와 사안별 이견을 다 뒤로 하고 정권교체를 위해 단결했다. 안철수는 자신만의 방식으로 문재인을 도왔다. 심상정은 일찌감치 후보를 사퇴했고, 이정희도 TV토론 후 사퇴했다. 나는 '정권교체와 새 정치를 위한 국민연대' 상임대표 자리를 맡아 뛰었고, 거리 유세와 TV 지지연설을 했다. 그러나 부족했고 패배했다. 선거의 지휘체제가 얼기설기했고 총역량이 동원되지 못했다. 48%의 사람들은 맥이 빠졌다.

선거에 승리하면 자신이 공신이라 내세우고 선거에 패배하면 타인이 패인이라 말하기 쉽다. 민주진보진영 내부의 정파적 대립이 여전한 상태에서 패인에 대한 객관적 분석은 쉽지 않다. 그러나 출발은 각 주체의 자기성찰에서 해야 할 것이다. 문재인의 경우 자신의 '올인' 약속이 얼마나 지켜졌는지 돌아봐야 한다. 한편 나는 민주당의 '좌클릭'이 패인이라는 일각의 주장에 동의할 수 없다. 경제민주화와 복지국가를 받아들인 박근혜의 선택을 생각해보라. 민주당에 필요한 것은 우왕좌왕이 아니라 아래로 내려가는 것이다. 대선 평가와 당 개혁을 계파 이익에 따라 진행할 경우, 민주당은 48%의 냉소를 면치 못할 것이다.

대선 이후 문재인과의 만남 자리가 있었다. 참석자 중 한 사람이 했던 "2009년 양산 재보궐 선거에 나가 정치인으로 빨리 변신했더라면 더 좋지 않았겠는가?"라는 질문에, 문재인은 고개를 끄덕였다. 정치권 바깥에서 보는 것과 달리 '직업으로서 정치'는 만만한 것이 아니다. 일정한 경험과 훈련, 특히 자기 선거를 해보는 것은 반드시 필요하다. 그럼 이제 문재인은 무엇을 해야 하나? 다음 대선에 다시 도전하라는 사람도 있고, 당장 대선 패배를 책임지고 의원직을 사퇴해 정계은퇴하라는 사람도 있다. 다 성급한 제안이다. 문재인은 대선 시기 자신이 약속했던 일들을 하나하나 묵묵히 실천해야 한다. 2017년의 주연이 누구인지는 그때의 시대정신과 대중의 열망을 누가 실현할 수 있는가에 따라 냉정히 결정날 것이다.

*
이준석 당시 새누리당 비상대책위원이 자신의 페이스북에 문재인 이사장의 목을 베는 내용의 패러디 만화를 링크해 물의를 빚었다. 이준석 위원이 문 이사장에게 사과하고 문 이사장이 이를 받아들여 일단락됐다.

* *
4·11 총선 이후 민주통합당에서는 이해찬 전 총리와 박지원 최고위원이 합의한 '당 대표−원내대표 역할 분담'을 둘러싸고 지분 나눠먹기 아니냐는 비판이 있었다. 여기에 문재인 이사장이 '이−박 연대는 담합이 아니라 단합'이라고 발언해 논란이 되었다.

"갈 길 멀어도
부디 제자리에 서 있기를"

2012년 5월 24일(목)

10:30~12:00

한겨레신문사

'남민전(남조선민족해방전선준비위원회)'의 '전사'로 유신체제와 싸우다 프랑스로 망명하여 '빠리의 택시운전사'가 되었던 사람, 20년 만에 귀국해 날카로운 필봉을 휘두르며 과잉 우경화된 한국 사회에 '빨간 신호등'을 켰던 사람, 총선 시기 '좌파'를 내세운 소수 정당 대표로 변신한 사람을 만났다. 향후 진보의 재구성 작업에서 충돌할 두 가지 요구, '선명한 진보'와 '진보의 대중화' 문제를 미리 검토하기 위함이었다. 19대 총선에서 진보신당은 1.13% 득표하여 정당등록이 취소되고, 통합진보당은 비례대표 후보자 경선에서 부정이 드러나 진보정당의 총체적인 위기가 닥친 때였다. 쓸쓸한 표정과 깊어진 주름 뒤에 숨어 있는 결기와 열정을 보았다.

조국　　진보진영 상황이 좋지 않습니다. 통합진보당 상황은 당권파만이 아니라 비당권파, 나아가 당 밖 진보세력 및 민주통합당에까지 부정적 영향을 미치고 있습니다. 진보신당 역시 예외가 아니죠. 먼저 지난 총선에서 진보신당 대표로 나섰던 이유가 무엇인가요.

자본과 권력,
그리고 노동운동조직으로부터 배제된 사람들의 정치

홍세화   상황의 부름에 응답할 수밖에 없었습니다. 첫째, '노·심·조(노회찬, 심상정, 조승수)'로 대표되는 진보신당 구 지도부가 통합진보당에 합류했어요. 진보신당을 소중히 지켜온 당원은 배신감을 느꼈습니다. 저라도 진보신당에 힘을 보태야겠다고 생각했어요. 둘째, 야권연대가 승리해 '2013년 체제'가 만들어진다 해도, 지금은 그나마 쉽지 않은 상황이 되었지만, 그 집권세력도 임박한 세계경제위기를 감당할 수 없을 것이라 보았습니다. 그 경우 새누리당만 야당으로 있는 것은 매우 위험한 상황이기에 보다 진보적인 야당이 필요하다 판단했습니다.

조국   그런데 진보신당 득표율은 1.13%였죠. 2%에 미달해 등록취소가 되었습니다.

홍세화   참담합니다. 2%는 넘길 수 있지 않을까 생각했어요. 여러 평가가 가능하겠지만, 당력 부족이 핵심이었죠. 우리 같은 소수 정당은 비례대표 전략이 중요한데, 이를 진행하는 과정이 쉽지 않았어요. '배제된 자의 서사(敍事)' 전략을 채택했지만, 청소노동자 김순자 씨를 비례대표 후보 1번으로 선택하는 것도 너무 늦게 이루어졌고, 〈나꼼수〉 현상에서 나타난 변화의 열망에 동의하지만, '섬세함'이 사라진 것은 아쉬웠습니다. '반MB' 구도 속에서 진보신당은 압도 또는 억압됐다고 할까요.

조국   압도를 넘어 억압됐다 함은 어떤 뜻인가요?

홍세화   '반MB'가 중심이 되면서 진보신당이나 녹색당은 제대로 조명받지 못했어요, 시민사회에서나 언론에서나. 〈한겨레〉나 〈경향신문〉 등 진보매체에서도 홀대했죠. 어떤 때는 분노가 치밀더군요. 하지만 기본적으로 우리 역량이 부족했던 탓입니다. 특히 유명 정치인이 없는 상황… 많은 분들이 통합진보당에 다 같이 있는 걸로 알고 있었어요. 당의 존재감이 너무 미약했습니다.

조국   과거 문제만이 아니라 미래 문제이기도 할 것 같습니다. 홍 대표님의 대표 취임사나 진보신당 홍보물을 보면 '진보'만이 아니라 '좌파' 정당임을 강조하고 있습니다. '진보' 외에 '좌파'란 단어를 병기하는 이유는 무엇인가요?

홍세화   '진보좌파'란 표현은 한국사회 노동운동과 노동정치에 대한 비판적 성찰을 품고 있습니다. 일부 학자, 지식인들이 '진보우파'와 '진보좌파'를 나누기도 하죠. 우리는 비정규 불안정 노동자에 중심을 두는 진보정치를 하고자 합니다. 자본과 권력으로부터 배제됨은 물론이고, 노동운동조직으로부터도 배제된 사람들, 그리고 주체형성도 하지 못하고 있는 사람들 말이죠. 이렇게 이중으로 배제된 사람들은 통합진보당과 이 당을 배타적으로 지지해온 민주노총에 의해서도 대변되지 못하고 있어요. 김순자 후보를 비례대표 1번으로 내세웠던 것도 그런 맥락에서였습니다.

252

조국　　　진보신당 창당 전후로 진보적 지식인과 문화예술인들의 지지가 잇달았죠. 그러나 민주노총이나 전농(전국농민회총연맹) 등 대중운동조직의 지지는 없었습니다. 당 홈페이지에는 '우주최강 노동자 정당'이라는 슬로건이 올라와 있지만, 현재 진보신당은 사회민주주의보다 더 급진적이고 선명한 좌파노선을 견지하는 지식인 정당, 정치권력에는 거리를 두는 '문화좌파' 같은 느낌을 줍니다.

홍세화　　　이념적으로는 '녹좌파'입니다. 자본주의 극복과 생태주의를 결합한 '적녹동맹'이죠. 한국에서 진보좌파의 정치역량은 앞으로도 상당 기간 취약할 수밖에 없어요. 여러 원인이 있겠지만 분단이 중요한 원인이죠. 분단상황은 보수와 진보 모두를 왜곡시킵니다. 보수가 제대로 서지 못하고 수구나 극우의 품에 안겨 있어요. 진보진영 내에서 다수파를 형성하고 있는 'NL(민족자주파)'도 다른 나라에서라면 우파예요. 이런 상황 속에서 이중으로 배제되고 있는 사람들이 주체로 서는 것은 정말 어려운 과제입니다. 실제로 지금은 주체가 형성되어 있지 못한 초기 단계이고요. 그래서 현재의 진보신당은 지식인이 중심이 돼 있어요. 젊은 당원들에게 말합니다. (주먹을 쥐며) "우리 세대에서 못하면 다음 세대에 넘기는 장기적 과제로 삼자, 현실적 역량이 안 된다고 해서 자리를 옮겨서는 안 된다."

조국　　　다음 세대에 넘긴다는 말, 이해하면서도 갑갑합니다. 정치는 철학이나 예술과 다르게 당대의 문제를 즉각 해결해줄 수 있어야 하지 않습니까. 진보신당이 중심에 놓고 있는 비정규직 노동자의 삶을 어떻게 바꿀 것인가요. 비정규직 노동자 상당수는 진보정당이 아니라 민주당, 심지어 새누리당을 찍고 있는데요.

홍세화 지금까지 노동정치 또는 진보정당은 비정규직 문제해결을 위해 자본과 권력에 구호만 외쳤을 뿐입니다. 정규직 노조는 비정규직을 노조에 가입시키지 않았고, 이에 대한 자성도 철저히 하지 않았어요. 진보정당도 어렵고 먼 길이라 놔버리고 실리 중심이랄까, 그쪽으로 갔던 것 아닙니까. 진보신당은 지역정치와 노동정치의 결합을 추진할 겁니다. 스웨덴이나 이탈리아 등에서 100년 전부터 작업해온 '민중의 집' 기획이 모델입니다. 노동자 계급이지만 반노동자 의식을 갖고 사는 경우가 많아요. 노동자 의식을 갖더라도 자신의 경험이나 사람관계 속에서 형성된 의식, 그것도 일상적이지 못한 의식을 갖고 있는 경우가 많아요. '민중의 집'은 지역 노동자들이 같이 어울려 공부하고 토론하고 놀 수 있는 '기지'입니다. 문화, 교육, 놀이의 공간이죠. 물론 이는 계급의식 성장의 공간이기도 하고 민주주의 성숙의 공간이기도 하고요.

조국 '민중의 집' 기획은 진보진영 전체가 공동으로 꾸려나가면 좋겠습니다. 정치권력이 모든 것을 해결한다고 생각하지는 않지만, 정당은 권력을 잡고 구성해 현실을 바꾸는 계획과 힘을 가져야 합니다. 진보신당은 운동체로서의 모습과 정당으로서의 모습이 섞여 있는 것 같습니다.

홍세화   맞아요. 운동체적 성격을 부인하고 싶지는 않습니다. 한국사회 구성원의 처지와 의식의 괴리로 볼 때 어쩔 수 없지 않은가 싶고요. 권력을 잡아야 한다… 하지만 어디까지가 권력이고 어디부터가 아니냐를 섬세하게 봐야 해요. 레닌주의식으로 국가권력을 장악하는 것이 전부가 아니에요. 소수자가 계속 소수자로 머물더라도 계속 목소리를 내고 활동하고 실천하면 그것이 결국은 영향을 미쳐 변화를 가져올 수 있습니다. 꼭 정권을 잡지 않더라도. 이를테면 10년 전 민주노동당이 무상교육, 무상의료를 주장했을 때 허황된 주장으로 들렸을 겁니다. 그런데 이후 이 구호가 노동자와 서민의 상황과 만나면서 집권세력이 양보해야 했죠. 반값등록금 정책도 마찬가지예요. 사실 저는 '민중권력'이란 말에 동의하지 않습니다. 민중의 일상이 권력적이지 않고, 권력자의 일상이 민중적이지 않으니까요. '민중권력'은 그 말을 통해 권력을 쥐기 위한 수사에 지나지 않는다고 봐요. 제가 관심 있는 것은 민중이 얼마만큼 권력에 견제와 비판력을 갖는가, 민중이 얼마나 성숙하는가 하는 것이에요.

조국   정권을 직접 잡지는 않지만 갈 길을 비추는 역할을 하겠다는 것인데, '등대정당'으로 가려는 것인가요?

홍세화   글쎄, 그게 꼭 '등대정당'이라 표현되어야 할지… (웃음) 전태일을 다시 호명하려 한다는 의미로 받아주면 좋겠습니다.

조국   '전태일 정신으로 기어이 돌아가자'라는 글에서 '노·심·

조' 등 진보신당 구지도부, 민주노총 지도부, 진보적 언론과 지식인 등을 비판했습니다.

홍세화 　통합진보당 당권파의 이념과 행태는 다 알고 있었는데, 병이 커질 만큼 커져 터진 후에야 비판하는 것은 불성실한 것 아닌가요. 늦어도 2008년 분당 사태 이후에는 다 알고 있지 않았나요. 그럼에도 계속 방조하거나 침묵하거나 심지어 동조하지 않았습니까. 당권파의 몰상식한 모습이 갑자기 나타난 양 비판하는 것은 자기 존재의 합리화 아닌가 싶습니다. 분노보다는 슬픔, 슬픔보다는 쓸쓸함을 느낍니다.

조국 　그래서 조지 오웰에 대해 동병상련을 표시한 것인가요. 당시 좌파는 오웰을 배척했고, 오웰은 스스로를 고립시켰습니다. 너무 서글프지 않은지요.

홍세화 　(웃음) 심정이 좀 그랬습니다. 갈 길이 멀어도 제자리에 서 있으면 좋겠다는 마음 때문이었어요.

가치와 이념 중심으로 모인
'군자의 정치'를

조국 　통합진보당 사태로 진보의 재구성에 대한 논의가 시작되었습니다.

홍세화　2008년 민주노동당 분당 때는 당권파의 패권주의가 유지돼 밖으로 표출되지 않았지만, 이번에는 헤게모니를 잃게 되니 엄청난 파열음이 나오게 된 겁니다. 이번 사태는 한 번은 거쳐야 할 폭풍이에요. 정태인 선생이 제안한 '진보 시즌2'를 위해서는 기존 진보정치와 노동정치의 자기비판과 성찰이 있어야 합니다. 당권파의 몰상식함을 강조하는 것으로는 문제를 해결할 길이 없어요. 사실 지금까지 민주노총 지도부는 '배타적 지지'를 관철시키기 위해 얼마나 무리수를 두었습니까.

조국　굳이 따지면 홍 대표님은 통합진보당 당권파와 같은 'NL' 출신인데요. (폭소)

홍세화　유신 시절 한국 민주화운동권 대부분은 'NL'이었죠. 난 '원조 NL'이었다고 해야 하나. (폭소) 이후 여러 경험, 관찰, 공부 속에서 진화하고 진보했죠.

조국　당권파 헤게모니 외에도 통합진보당의 묵은 병통이 드러나게 된 것은 유시민과 참여당 세력의 적극적인 문제제기가 있었기 때문 아닐까요. 오랫동안 민노당 내에서 해결되지 못한 주사파와 패권주의 문제가 민노당 외부 세력에 노출되면서 터진 것 같습니다.

홍세화　그렇습니다. 자유주의와 민주주의 관점에서도 도저히 용납할 수 없었을 거예요.

조국　정당 문제는 무엇이든 대중적 차원에서 검증된다는 것이 중요한 것 같습니다. '남민전' 동지 이학영 씨가 민주통합당 국회의원이 되었죠. 전태일의 누이 전순옥 씨도, '사노맹' 여전사였던 은수미 씨도. 이들은 '변절'한 것인가요? (웃음) 사실 저는 이학영, 은수미 두 분의 후원회장입니다.

홍세화　아… 그 참 어렵네요. (웃음) 어떤 사람이 무슨 말을 하는가, 어딜 바라보는가보다 중요한 것이 그가 어디에 발을 담그고 있는가입니다. 따라서 그분들 선택에 동의할 수 없어요. 그러나 그 선택에 '변절'이라 딱지 붙이지는 않습니다. 제가 원래 '똘레랑스'를 강조하는 사람 아닌가요. (웃음) 단, 그분들이 원래의 긴장을 계속 유지해주길 바랍니다. 그분들이 서 있게 된 자리의 일상이 주는 위험성에 대해 항상 자각하길 희망합니다. 쉬운 일은 아닐 겁니다.

조국　비정규직 문제에 대해 이제 통합진보당, 민주노총은 물론 민주통합당도 해결해야 한다는 점에 동의하고 있습니다. 비정규직을 주체로 세우기 위해서도 우리 사회의 진보적 변화를 위해서도, 넓은 의미에서 진보가 손 잡아야 하지 않을까요.

홍세화　전적으로 동의합니다. 그러나 하나의 정당으로 뭉치자는 주장은 솔직히 폭력적이었다고 봅니다. 군자는 '화이부동(和而不同)'하고 소인은 '동이불화(同而不和)'한다는 말이 있지 않습니까. 특히 가치와 이념 중심으로 모인 정치결사체인 진보정당의 경우는 '군자의 정치'를 해야 합니다. 독일식 정당명부비례대표제나 프랑스식 결선투표제가 있다면 참 좋을 텐데…. 여하튼 서로가 서로의 이념과 지향을 존중하는 토대 위에서 비정규직 문제를 같이 풀자는 제의가 있다면 우리는 두 손 번쩍 들고 환영할 겁니다.

조국 　독일이나 프랑스와 달리 한국은 소수정당이 생존하기 어려운 선거제도죠. '타협'이라 비난받더라도 넓은 의미의 진보가 뭉쳐 원내교섭단체를 만들고 선거제도를 바꾸는 것이 먼저 아닐까요. 하나의 원내교섭단체 안에 진보신당파도 다른 파도 인정하면서 말이죠. 여러 파가 다 정당이 돼 선거에 나가면 번호가 분산됩니다. 일반 유권자에게 (진보신당의 비례투표 정당기호인) 16번을 찍으라는 것, 매우 어려운 요구였습니다. (웃음)

홍세화 　1.13%밖에 안 되지만 진보신당을 선택한 분들은 1~4번을 선택한 분들과 결이 다르죠. (웃음)

조국 　'반MB'가 중심이 되고 야권연대에서 배제됐음에도 16번을 선택했으니 충성도가 매우 높은 분들임에 틀림없겠죠.

홍세화 　이번 통합진보당 사태에서 드러났지만, 당내 민주주의가 보장되지 않는 정당에 들어가서 뜻을 펴는 것은 불가능합니다.

조국 　이제 통합진보당도 당내 민주주의를 정착시키지 않을 수 없을 겁니다. 선거는 계속됩니다. 아까 정권을 잡는 것의 의미에 대해 일정한 회의를 표시하셨지만, 출마를 외면할 수 없습니다. 야권연대에 대한 진보신당의 생각은 무엇인가요?

홍세화 　물론 후보를 낼 겁니다. 지방선거를 특히 중요하게 생각합니다. 사안에 따라, 또 구체적으로 이념과 지향에 대해 서로 부딪히지 않는 범위 내에서 같이할 수 있는 거라면, 선거의 한계를 어떻게 극복할지에 대해서는 저희도 항상 고민할 수밖에 없죠. 꽉 막혀 있다고 보지는 말아줬으면 좋겠습니다. 지난 총선에서는 야권연대에서 우리가 스스로 빠진 게 아니고 배제됐던 겁니다. 민주통합당과 통합진보당이 합의해 우리를 배제했어요. 처음에 민주당은 별로 관심이 없었어요. 초반에는 자기들만 해도 과반 차지할 수 있다는 분위기였으니까요. 시간 지나면서 지지율이 내려가니까 비로소 불붙었죠. 통합진보당도 별로 관심 없었습니다. '진보'를 나누기 싫었을 테니까. 우리가 고립전략을 쓴 것처럼 알려져 있는데 정말 억울합니다. 실제 거제에서는 김한주 후보(진보신당)로 야권단일화가 이루어졌지 않습니까.

조국   진보신당이 스스로 고립화 전략을 폈다 생각하진 않습니다. 다만 선거 과정에서 야권연대는 실익이 있어야만 이루어집니다. 지금은 진보통합당이 엉망이니까 민주통합당에서 연대하지 말자고 나오고 있고요. 진보신당이 실력을 키우지 않으면 또 배제될 수 있습니다. 과거에 일어났던 일들은 앞으로도 반복될 겁니다. 힘의 순서대로 하면 진보신당이 최약자이고요. 밑으로 내려갈수록 손해 보는 구조인 건 확실한데, 야권연대에서 지분을 확보하려면 실력을 키우는 방법밖에 없지 않은가요.

홍세화   그렇죠.

수염 시어질 때까지

장교 아닌 척탄병이기를

조국   재창당 작업을 하고 있는데 잘 알려져 있지 않습니다.

홍세화   4월 17일 '진보신당연대회의' 이름으로 재창당 준비위원회를 등록했습니다. 6개월 안에 재창당을 해야 해요. 5개 시도에서 1,000명 이상 당원을 확보해서. 정식 창당되기 전에도 재창당위원에 참여할 수 있습니다. 지금이라도 많은 분들이 합류해주면 좋겠어요. 향후 6개월 동안 노동정치세력, 녹색당 등과 논의할 겁니다.

조국   청년시절에는 폭압적 불법국가 체제였던 유신체제와 싸웠고, 20년간 망명생활을 했고, 10년간 한국에서 진보정치에 몸을 담았습니다. 대선 이후 상황을 어떻게 보십니까. 누가 대통령이 될 것인가 이런 예언 말고요.

홍세화   어려운 문제입니다. 2013년 이후에 우려되는 것은 경제위기예요. 이 점을 중심에 놓고 보게 되면 박근혜가 대통령이 되는 거나 아닌 거나 노동자와 민중들에게는 어떤 차이가 구체적으로 있을지 고민이 됩니다. 경제위기가 쓰나미처럼 온다면….

조국   세계공황을 말씀하시는 건가요?

홍세화   네. 그리스에서 시작된 흐름들이 2013년 이후 한국에까지 온다면… 우리 산업구조는 엄청난 타격을 받을 겁니다. 그리스가 받는 타격과는 또 다른 양상일 테죠. 사실 그 위험은 박근혜냐 아니냐보다 훨씬 커요. 물론 그런 위험이 없었으면 좋겠지만. (웃음) 그리고 이명박 뒤에 박근혜, 이것도 좀 아니면 좋겠군요. (웃음)

조국   10년 전 발간한 책에서 진급하는 '장교'가 되지 않고 끝까지 '사병'으로 남겠다 공언하셨습니다.

홍세화   그 마음 여전합니다. 당시의 표현대로 "시어질 때까지 수염 풀풀 날리는 척탄병이고" 싶습니다.

· · ·

지난 18대 대선에서는 두 명의 노동자 후보가 출마했다. 김소연 후보는 '정리해고 비정규직 없는 세상 노동자 대통령 선거 투쟁본부'에 의해 노동자 대통령 후보로 선출되어 출마했다. 김순자 후보는 19대 총선에서 진보신당 비례대표 후보 1번이었으나 대선을 앞두고 탈당한 후 무소속 후보로 출마했다. 진보신당은 대선 후보를 내지 않고 무소속 김소연 후보를 지지했고, 홍세화 전 상임 대표는 김 후보를 위한 공동선대위원장을 맡았다. 진보정당을 자처하고 또한 대중에게 그렇게 받아들여지고 있는 두 개의 원내 정당, 즉 통합진보당과 진보정의당을 비판하는 급진적인 진보정치 세력이 한국사회에 최소 세 가지가 있음을 확인할 수 있었다. 나는 반(反)자본주의 노선을 분명히 하며 발본적 전망과 대안을 제시하는 좌파 정당의 필요성을 인정하고, 이런 정당이 의회에 진출하기를 희망한다. 한국사회에 만연한 자본주의의 모순을 가장 민감하게 느끼고 가장 날카롭게 경고하는 '탄광 속 카나리아', '잠수함 속 토끼' 역할은 소중하기 때문이다. 그러나 한편으로 좌파 정치세력에 시급한 과제는 이념의 세밀한 일치보다도 단일대오 형성이 아닐까 생각해본다. 이들의 목표가 단지 '뜻'을 유지·보전하는 데 있지 않다면, 어떠한 실천을 해야 할지 고민해야 할 것이다. 정당은 '지사(志士)'들의 모임은 아니기에.

"야만의 시대에 '원로'로
살 수는 없다"

전 민주노동당 대표 **권영길**

2012년 6월 21일(목)
10:30~12:00
한겨레신문사

진보정당운동의 주역이자 산 증인을 만났다. 진보정치인 중 유일한 재선의원이었지만 지역구를 포기한 채 백의종군하고 있는 백전노장에게 통합진보당 사태의 원인과 대책, 야권연대와 정권교체의 전망을 묻기 위해서였다.

조국   1995년 초대 민주노총 위원장, 1997년 국민승리21 대통령 후보, 2002년 민주노동당 창당 및 대표, 16대 대통령 후보, 2004년 국회 진출, 2007년 17대 대통령 후보, 2008년 국회의원 재선… 일관되게 진보정치의 길을 걸어왔기에 '진보정치의 원로'라 불리십니다.

권영길   계속 현장에서 살고 있고, 앞으로도 현장에서 살겠다는 생각을 갖고 있어 원로란 호칭은 좀 그렇습니다. 은퇴한 사람 같은 느낌이 들어서. (웃음) 정리해고 후 22명 노동자가 목숨을 잃어도 눈 하나 깜짝하지 않는 야만의 시대, 야만 국가에 살면서 어찌 원로로 살겠습니까. 게다가 MBC 사장을 임명하는 방문진 이사장이 청와대에 불려가 '쪼인트'를 까이고, 낙하산 사장이 언론노조원을 해고

하고 징계하면서 자신은 온갖 부도덕한 짓을 벌여도 문제없는 막무가내 국가입니다. 이런 상황에서 원로로 살 수는 없죠. 분노를 많이 하고 있습니다. 온 국민이 모두 같이 분노해야 하는데….

조국　얼마 전에는 혁신비대위 중심으로 통합진보당을 쇄신해야 한다고 호소했습니다. 심정이 어떠신지요?

권영길　(두 주먹을 쥐며) 20년 농사를 하루아침에, 한 방에 날려버려 비통할 뿐입니다. 당내 패권주의 세력의 행태 때문에 진보세력 전체가 매도당하고 있습니다. 통합진보당 문제가 곧바로 진보정당 문제가 되고, 진보정당 문제는 진보정치와 진보세력 전체 문제가 되고 있습니다. 문제해결이 신속히 그리고 제대로 이루어지지 못한 탓에 통합진보당의 내홍은 극우세력의 기득권 유지와 대선 전략을 위한 먹잇감으로 활용되고 있어요. 민주노동당 시절보다 의석이 늘어났다고 '승리'라 하는데, 동의할 수 없습니다. 2004년에 10석이었는데, 분당 이후 5석이었다가 13석 된 것이 '승리'입니까? 더 중요한 것은 질적 승리가 이루어지지 못했다는 것입니다. 저는 처음부터 민주노동당과 국민참여당 통합을 반대했습니다. 그런 통합은 노동 없는 진보정치로 가는 길이었기 때문입니다. 실제 통합진보당 창당 이후 당적은 갖고 있었지만 당 활동은 하지 않았습니다. 당적만 갖고 있는 당원이었죠. 사실은 당적도 정리하려 했는데….

조국　탈당하려 하셨나요?

권영길　네. 다만 총선을 앞두고 상처 줄 수 있다고 판단했습니다.

억울함을 벗기 위해서라도
진보진영, 쇄신해야 한다

조국　　총선 이전 통합진보당은 원내교섭단체 구성을 목표로 뛰었고 그럴 수 있으리라는 전망도 보였습니다. 그런데 밥그릇이 커질 것 같으니 무리수를 써 밥을 독차지하려다가 밥솥을 통째로 엎어버린 형국이 됐습니다. 이 와중에도 부실, 부정선거라는 진상조사위 발표에 대해 과거에도 있었던 '관행'이라 변호하는 이도 있더군요.

권영길　　과거에 투표율을 높이기 위해 또는 당원의 급박한 사정을 이유로 투표강권이나 대리투표가 일부 있었던 것은 사실입니다. 그러나 이는 옹호가 아니라 청산돼야 할 사안입니다. '민주노동당 때부터 지금까지 이런 일이 있었습니다. 우리 모두의 책임입니다. 이번 기회를 통해 말끔히 청산하겠습니다', 이랬어야 했어요. 그리고 소스코드를 열었다는 게 뭡니까. 투표 중간에 투표함을 열어본 것과 같은 겁니다. 어떠한 이유로도 해서는 안 될 일이죠. 결정타는 폭력 문제였습니다. 당 중앙위 폭력사태는 통합진보당을 포함한 진보정치세력 전체에 대한 살해 행위입니다. 당원들이, 당 중앙위 단상에 올라가 당 대표를 폭행하고 집단 난투극을 벌이다니… 이게 어떻게 용납될 수 있습니까. 모두 석고대죄해야 할 일입니다.

조국　　21세기 OECD 소속 국가 수준에 걸맞은 진보로 혁신하지 않고, 과거의 관성으로 사고하고 행동하는 사람들이 제법 있죠. 그런데 이석기, 김재연 두 의원 등 제명대상자 4명은 억울하다며 명예회복을 호소하고 있는데요.

권영길 부실, 부정의 책임을 자신들이 다 뒤집어써야 하느냐 항변하는 것인데, 억울한 점도 있을 겁니다. (목청을 높이며) 그러나 진보정당의 발전과 집권을 위해 결단해야 합니다. 총선 후 창원에서 거의 모든 노동현장을 방문하고 시민들도 만나는데, "너희들 잘못 해놓고 빨리 정리 안 하고, 서로 싸움질이나 하냐"는 질책을 많이 듣습니다. 치졸한 당권 싸움으로 번지며 당은 더 추락했습니다.

조국 어느 쪽 잘못이건 경선 과정의 부실, 부정이 확인되면 그에 따른 수혜도 무효화되는 것이 당연하죠. 애초에 관련 후보들이 깨끗이 사퇴하고 후순위 후보가 당선되었으면 좋았을 텐데… 비례대표 1번 윤금순 후보처럼 말입니다.

권영길 진보운동을 해왔고 앞으로도 그런 삶을 살겠다는 사람이라면 어떻게 처신해야 하는지 분명합니다. 지금이라도 자신의 명예는 물론, 통합진보당과 진보진영 전체 명예를 위해 즉각 국회의원직에서 물러나야 합니다. 자신의 처신으로 앞으로의 정치상황이 어떻게 전개될지 염두에 두고 활동하며 결정하고 책임져야 합니다. 두 의원뿐 아니라 연관되는 모든 사람들에게 이러한 자세가 거의 보이지 않았다는 것에 분노합니다. 지금이라도 그간의 과정은 전부 다 묻고, 거듭 말하지만 한국 진보정치의 앞날을 위해, 진보정당의 집권을 위해 내가 희생하겠다는 차원에서 정리해야 합니다.

조국　　이번 사태에는 노선의 문제도 있습니다. 북한인권, 북핵, 3대 세습 문제에 대해 이정희 전 대표, 이석기, 이상규 의원 등은 답을 회피하거나 모호한 태도를 보여왔습니다. 반면 박원석 의원이 위원장으로 있는 당 새로나기특위는 이 문제에 대해 명확한 태도를 표명해야 한다고 제안했는데요.

권영길　　(단호한 말투로) 그 세 가지 문제를 가지고 통합진보당 전체를 '종북' 세력이라 몰며 죽이려 하는 세력에 분노합니다. 민주노동당 시절부터 강령에 '한반도 비핵화'를 분명히 내걸고 있습니다. 남쪽 전술핵은 물론 북한 핵도 인정하지 않습니다. 한때 북한이 자위적 수단으로 핵무기를 개발했다 발언한 당원이 있었지만, 당은 그 당원 개인 견해일 뿐이라 공식 정리했습니다. 3대 세습도 동의하지 않지만, 최고지도자가 된 김정은과 대화와 교섭을 거부할 수 있습니까? 통합진보당 구성원 다수는 '북한인권, 북핵, 3대 세습에 동의하지 않는다, 그러나…'라는 입장을 가지고 있습니다. 이 점에서 김대중 전 대통령 입장과 똑같습니다. 제가 볼 땐 한 치도 다를 바 없어요. '북한은 이러이러한 문제가 있다. 그러나 북한 인민이 굶어죽고 있지 않느냐, 한반도 평화를 정착시키는 게 급선무 아니냐, 북한 정권과도 대화하고 협상하며 풀어가야 하지 않느냐', 이렇게 보는 겁니다. 이렇게 우리 입장에서는 억울한 게 많습니다. 그러나 국민들이 볼 땐 아니에요. 그러니 쇄신해야 합니다.

조국　　통합진보당 대표, 최고위원, 지구당위원장 선거가 진행 중이죠. 이번 사태에 책임져야 하는 세력이 다시 당의 얼굴로 복귀할 수도 있어 보입니다.

권영길　저는 비상대책위원회 활동이 선거로 이어지는 것에 반대했습니다. 일시적으로 당헌과 당규가 정지되는 것이니만큼, 비대위원장이 비상대권을 가지고 과감하게 정리했어야 했습니다. 화합 운운할 때가 아니니까. 이런 조치 없이 선거 국면으로 들어가는 것은 잘못이죠. 그런데 강기갑 비대위원장이 그렇게 못하는 천성을 갖고 계셔서…. (웃음) 하지만 정치는 현실이다 보니 선거가 진행되고 있습니다. 이번 선거결과에 통합진보당뿐 아니라 진보정치 전체의 앞날이 걸려 있어요. 선거과정에서 당의 문제가 무엇인지 적나라하게 드러내고 토론하고 쇄신해야 살지, 정파대결로만 가면 다 죽습니다. 선거과정과 결과가 매우 걱정스럽습니다.

조국　그런데 권 대표님도 2007년 대선 때 당권파의 지지로 대선후보가 됐다는 비판이 있습니다.

권영길　그 점에 대해 공식적으로 언급한 적은 한 번도 없습니다. 사실관계는 다르지만, 조직의 발전을 위한다면 제가 어떻게 규정되든 말을 안 하는 게 맞다고 판단했기 때문입니다. 전모에 대해서는 제가 죽을 때까지 입을 다물 겁니다.

조국　그 판단 존중하겠습니다. 그런데 당시 '코리아연방공화국'이라는 슬로건은 생뚱맞다는 지적이 많았는데요.

권영길　당시 캠프 내에서는 다 아는 얘기인데… 처음에는 '새로운

공화국'이라는 표현을 쓰려 했어요. 그런데 심상정 후보가 그 슬로건을 가지고 나왔습니다. 노회찬 후보는 '제7공화국'을 썼고. 그래서 '코리아연방공화국'으로 갔습니다. 사실상 내용은 똑같죠. 문제는 당 공식후보로 선출된 후에 김선동 당시 사무총장이 선거 벽보를 만들었는데 '코리아연방공화국' 슬로건을 썼어요. 그런데 그걸 후보가 모르는 상황이었습니다. 많은 돈이 들어간 것이었지만, 이론의 여지없이 폐기 처분했습니다. 사람들이 선거 패배가 '코리아연방공화국' 슬로건 때문이라 하는데, 그건 사실과 다릅니다.

진보정치 세력이 하나로 모여
단결하는 꿈

조국   민주노동당에 대한 애정이 각별하시죠.

권영길   과거에는 운동권의 이른바 'NL', 'PD', 저는 이 단어를 안 쓰지만 보편화됐으니까 여기서는 쓰겠습니다, 여하튼 'NL'과 'PD'가 한자리에 앉지도 않고, 술도 같이 안 마시고, 밥도 같이 안 먹었습니다. 그 세력을 한 조직에 모은 게 민주노동당 아닙니까. '한국사회 제대로 만들어보자, 노동해방, 인간해방 사회로 만들어보자'면서 하나로 뭉친 것입니다. 청춘 바쳐 통일에 이바지한 사람이 있는 게 민주노동당이고, 노동해방 위해 젊음과 목숨을 건 사람이 있는 게 민주노동당이었습니다. 이게 자랑거리 아닌가요? 물리적 결합을 넘어 화학적 결합으로 나아가고 있었는데, 분당이 돼버렸습니다.

조국   분당에 대한 개인적 소회를 들려주시죠.

권영길   분당 이후 진보신당 분들과 얘기하면서 깨달은 게 있습니다. 가장 큰 문제는 인간적 상실감이었구나. 당을 만들고 대표를 하면서 어느 편도 들지 않는 '외톨이'가 되려 노력했습니다. 그런데 진보신당 분들에게는 기댈 언덕이 돼주지 못했음을 알게 되었죠. 이걸 풀어내지 못하고 팩트(fact)를 따지며 접근한 게 잘못이었습니다. 그래서 분당 과정에 권영길 책임이 크다고 말했던 겁니다.

조국   "진보정당이 노동자를 배신하면 껍데기"라고 말씀하신 적 있습니다. 민주노총은 통합진보당의 대혁신이 이루어지지 않으면 지지를 철회하겠다 했는데요. 앞으로 통합진보당이 어떻게 재구성되고 혁신돼야 할는지요.

권영길   저는 민주노동당 대의원대회에서 비정규직법 제정, 한미FTA, 2007년의 허세웅 열사 분신 등을 언급하며 "용서할 수는 있어도 잊을 수는 없다"고 말하며 민주노동당과 국민참여당 통합에 반대했습니다. 진보정당의 핵심인 노동중심성이 사라지면 더 이상 진보정당이 아닙니다. 통합진보당을 포함한 진보정당 재구성에 민주노총 역할이 매우 중요합니다. 초대 위원장으로서 저는 민주노총이 제대로 길을 걸어가지 못하고 있음을 여러 번 지적했습니다. 민주노총이 와해되거나 파편화되면 안 됩니다. 극단적으로 말하자면, 진보정당은 어느 시기에 사라져도 다시 만들 수 있지만 민주노총이 와해되면 이 땅에 희망이 없습니다.

통합진보당은 선거가 끝나면 가장 먼저 재창당을 공식 선언해야 합니다. 이는 통합진보당에서도 이미 결의된 것이고, 강기갑 위원장도 여러 차례 장담한 바 있습니다. 그 내용이 뭡니까. 노동을 중심에 세우는 겁니다. 다시 새롭게 씨앗을 뿌려야 해요. 10년 농사를 다시 지어야 합니다. 수확 언제 할 거냐고 조급해할 때가 아닙니다. 1~2년 내 성과 낼 생각은 하지 말아야 해요. 이렇게 마음먹고 실천해야 국민들이 다시 받아줄 겁니다. 지금은 거의 대부분 국민이 통합진보당뿐 아니라 진보정당을 가슴에서 지워버렸습니다. 길거리에서 공장에서 매 순간 확인하고 있어요. 국민이 이미 버렸는데 무엇에 집착하려 합니까? 통합진보당이 창당되기 이전에 민주노총이 '진보정당 세력의 단결과 통합을 위한 추진위원회'를 꾸렸습니다. 그때처럼 다시 민주노총이 중심에 서야 합니다. 통합진보당, 해산된 진보신당, 그 외 여러 진보좌파 그룹을 다 모아 원탁회의를 만들고, 여기서 재창당을 어떻게 할지 논의해야 합니다.

조국　　노회찬 의원이 "제대로 쇄신하지 못하면 진보정당 쪽 사람들도 민주당 안 '왼쪽 방'을 쓰게 될까 걱정된다"고 했습니다. 국민승리21 대통령후보 시절 권 대표님 비서였던 박용진 씨는 민주당 대변인이 되었고, 민주노동당 최고의 정책전문가였던 손낙구 씨도 민주당으로 갔습니다. 집이 무너지니까 옮겨가는 상황 아닌가요.

권영길   간 사람 비난하지는 않습니다. 비난할 자격이 없으니까. 진
보정당이 제대로 했으면 안 갔을 사람들입니다. 언급한 분들 외에
민주당 유기홍 의원은 당시 국민승리21 대변인이었습니다. 이인영
의원도 같이 활동했고. 국민승리21 당시에는 거의 모든 진보세력과
진보인사가 개인이든 조직이든 전부 결합했습니다. 거취를 고민하
면서 제게 상의하는 사람도 있었습니다. 하지만 이미 결심했다 하
면, 저는 "가라, 그러나 '파견'이다. (웃음) 소환하면 언제든지 와라"
라고 합니다. 진보정당이 잘해야 해요. 국민승리21을 조직해 대선
치른 후 희망이 없다고 다 떠났지만, 18명으로 새로 시작했습니다.

조국   총선 시기 야권연대에 대해서는 어떻게 평가하십니까?

권영길   야권연대가 정치공학적으로만 이루어졌어요. 정책 중심의
'가치연대'가 되어야 하는데. 아까 정파 패권주의를 지적했는데, 거
기에는 이런 게 들어갑니다. 국회 원내교섭단체 구성하고 대통령
선거 이겨서 공동정부 구성하면 우리 자리가 몇 개 생긴다, 이런 것
이죠. 그러다 보니 자기 사람을 무리하게 출마시키는 '알박기'도 나
타났어요. 대단히 잘못된 겁니다. 실패 원인이 여기 있어요.

조국   총선은 끝나고 이제 대선이 다가옵니다. 지난 5월 고 노무
현 대통령 3주기 경남추모문화제에서 "문재인, 김두관 두 사람 중
한 사람이 대통령이 될 것은 분명하다"고 말씀하셨는데, 덕담인가
요 예언인가요. (웃음)

권영길   덕담이기도 하고, 실제 바람이기도 합니다. (웃음) 제가

1997년과 2002년 대선 출마할 때 '권영길 때문에 김대중, 노무현이 떨어지는 것 아니냐'는 비판과 압박을 많이 받았습니다. 노동자 중심 진보정당을 건설하기 위해 필요한 선택이었는데…. 그런데 결과적으로 보면 권영길이 있음으로써 민주당 후보 당선을 도운 셈이 되었습니다. 일례로 당시 김대중 후보는 완전히 '빨갱이'로 찍혀 있지 않았습니까. 아무 내용도 없이. 그런데 권영길이 나와 우리 사회에 용납될 수 없는 정책을 주장하면서 차별화가 된 겁니다.

조국   진짜 '빨갱이'가 나왔으니까요. (폭소)

권영길   노무현 후보 때도 보완적 관계가 형성되었다고 봅니다. 2007년 출마할 때는 대세에 지장 없을 것이라고 판단했고요.

조국   대선 구도를 어떻게 보십니까?

권영길   민주당, 새로 만들어질 진보정당, 안철수 개인 또는 안철수 지지세력, 이렇게 삼각구도가 돼야 합니다. 그래야만 새누리당으로부터 정권을 탈환하고 야만시대를 끝낼 수 있습니다. 안철수 개인 또는 안철수 지지세력의 정체성은 아직 분명하지 않지만, 야권세력으로 들어와야 합니다. 안철수 원장에게 상처를 주면 안 될 일이고요. 그리고 억지로 당내에 끌어들여서도 안 됩니다. 절차 면에서는 민주당과 진보정당 후보가 먼저 단일화돼야 합니다. 그다음 그 후보와 안철수 원장이 단일화되어야 하고요. 이러한 단일화 과정에서 독일식 국회의원 정당명부비례대표제와 프랑스식 대선 결선투표제가 공동정책으로 합의되어야 합니다. 언젠가는 진보정당이 정당명부비례대표제를 전제로 해 내각제 개헌을 주장해야 할 때가 있을 겁니다. 다시 말하지만 야만시대를 끝내야 합니다. 그러기 위해서는 야권후보 단일화 과정이 감동을 주고 흥행을 일으킬 수 있어야 합니다. 가장 중요한 건 민주당이에요. 민주당은 감동 있는 절차를 통해 감동 주는 후보를 선출해야 합니다. 그리고 우리 모두는 이길 수 있다는 확신을 가져야 해요. 박근혜 대세론과 이회창 대세론은 다른 것 아닌가, 이런 식의 생각은 안 됩니다. (두 주먹을 쥐며) 우리, 이길 수 있습니다.

조국   가벼운 질문으로 마무리하겠습니다. 예전에 문재인 전 노무현재단 이사장, 김영훈 민주노총 위원장, 그리고 제게 다 같이 사직구장에 모여 '자이언츠' 팀을 응원하자고 공개 제안하셨죠. 그런데 창원에 '다이노스'가 생겼습니다. 지지 팀을 바꾸실 건가요?

권영길   실제 고민하고 있는 문제인데 어떻게 딱 집어냈습니까. (웃음) 우리는 '자이언츠'는 좋아해도 '롯데 그룹'은 안 좋아하지 않나요. 롯데 구단, 제일 짭니다. (웃음) 우승해도 인센티브도 없고 팬서비스도 시원찮아요. 진보정치를 상징하는 노동자 도시 창원의 정치인으로서 '다이노스'를 외면할 수는 없을 것 같습니다.

조국   '다이노스'로 바꾸기 전에 사직구장에 다같이 가서 '우리는 남이다'라고 한번 외치면 어떨까요. (폭소)

권영길   축구는 서민 스포츠, 특히 노동자의 스포츠 아닙니까. '다이노스'가 그런 느낌의 야구팀이 되면 좋겠습니다.

．．．

     노동중심성을 강화하는 진보정당 재건설을 위해 새로 씨를 뿌리겠다는 권영길의 쩌렁쩌렁한 목청과 불끈 쥔 주먹에서 명분을 중시하고 의기로 충만한 '관우'를 느꼈다. 지난 대선 과정 우여곡절이 많았지만 다행이라 생각하는 것은 진보정당의 오랜 요구사항이었던 대선 결선투표제를 문재인 후보가 수용한 것이었다. 국회의원 선거의 경우 문 후보는 진보정당의 요구인 독일식 정당명부비례대표제 대신 권역별 정당명부비례대표제를 공약으로 내세웠다.[*] 이 두 제도 중 하나만 실현되어도 우리 정치 풍토는 크게 달라질 것인데, 새삼 대선 결과가 아쉽기만 하다.

     인터뷰 후에도 진보정당 상황은 크게 바뀌지 않았다. 통합진보당 사태로 진보정의당이 떨어져 나왔다. 통합진보당은 대선후보로 이정희 후보를, 진보정의당은 심상정 후보를 내세웠으나 둘 다 사퇴했다. 과거 민주노동당으로 합쳐졌던 진보정치세력이 다시 갈라진 것이다. 애초에 통합진보당에 합류하지 않은 진보신당 등은 제외하더라도, 진보정당에 특별한 관심을 갖는 사람이 아니라면 이제 당명도 헷갈릴 지경이다. 권영길로서는 이 상황이 안타까울 수밖에 없을 터. 그렇지만 민주노동당 전 대표이자 대통령 후보를 역임한 사람으로 책임이 없다 할 수는 없을 것이다. 권영길은 통합진보당을 탈당한 후 무소속으로 경남지사 보궐선거에 출마했으나 낙선했다. 새누리당 아성에서 임기를 채우겠다는 야권 소속 전임 지사의 약속이 지켜지지 못한 상황을 이겨낼 수는 없었다.

　　〈프레시안〉여정민 기자의 관찰처럼, 19대 총선 불출마를 선언하고 18대 국회의원 임기를 끝낼 때까지 그의 명함 속 소속 정당은 민주노동당이었고, 경남지사 선거기간 내내 사라진 민주노동당의 주황색을 사용했다. 그는 진보정치 세력이 모두 하나의 당으로 모여 단결하는 것을 열망하고 있음이 분명하다. 그러나 냉정히 현실을 보면 그의 꿈이 단기간 내 실현될 것 같지는 않다. 진보정당이 '보수정당'이라 비판하던 민주통합당은 적어도 강령 차원에서는 상당히 '진보화'되었다. '수구정당'이라 비판한 새누리당도 경제민주화와 복지를 내세운다. 이념과 정책 차원에서도 이러한 주류 정당과 차별성이 약해지는데 대오는 사분오열이니, 정치지형을 '삼자정립(三者鼎立)'으로 만들고 그 한 축이 되려는 진보정치 세력의 의지와 희망은 바야흐로 일대위기에 처해 있다.

---

*

독일식 정당명부비례대표제는 지역구 선거는 소선거구, 비례대표 의석을 정당투표로 선출하면서도 정당의 총 의석수를 전국단위 정당투표율에 맞추어 배분하는 제도다. 권역별 정당명부비례대표제는 전국을 몇 개의 권역으로 나누고 권역별 의원 수를 정한 후, 권역 내 정당득표율에 따라 의석을 배분하는 제도다.

"국회에서 전태일 정신 구현하겠다"

'참신나는옷' 대표
민주통합당 비례대표 당선자 **전순옥**

2012년 4월 27일(금)
18:30~20:30
청계천 '참신나는옷'

1970~80년대 참혹했던 노동현실을 타개하기 위해 목숨 걸고
투쟁했던 사람, 영국 유학으로 박사학위를 받고도 공장으로 돌아
온 사람, 신자유주의적 사고와 정책이 온 사회를 관통해가는 가운
데 신나게 일할 수 있는 의류공장을 만들어 운영한 후 정치에 첫발
을 내딛은 사람을 노동절 즈음에 만났다. '노래를찾는사람들'의 〈사
계〉, "미싱은 잘도 도네 돌아가네…"를 되뇌며.

조국　　1970년 11월 13일 전태일 열사가 분신하며 외친 구호 중
하나가 "근로기준법을 준수하라"였습니다. 열악한 노동현실을 타
개하려고 분투하다 근로기준법을 발견하고 몹시 기뻐하셨겠죠. 그
러다가 이 법률이 유명무실한 존재임을 알고 절망하고, '자본은 물
론 국가도 나를 기만했구나' 탄식했을 것 같습니다.

전순옥　　만약 근로기준법이 없었다면, 오빠는 그 법을 만들기 위해
서라도 죽지 않고 투쟁했을지 몰라요.

조국　　노동 관련법이 분명 과거보다는 좋아졌습니다. 그러나 여

전히 법은 노동자에게 족쇄인 경우가 허다하죠. 이제 국회의원이 되셨으니 법을 만들고, 바꾸고, 불법을 감시하는 권한을 4년 동안 가지게 되셨습니다. 그런데 새누리당 비대위원 조동성 교수도 찾아와 영입제안을 한 것으로 압니다만.

전순옥   '역사적으로 봤을 때 나는 새누리당을 못 받아들인다'고 간단히 거절했어요.

조국   통합진보당 측의 제안은 있었나요?

전순옥   아뇨, 없었습니다.

오빠는 거대한 벽에 작은 바늘구멍을 냈고,
어머니는 온몸으로 그 구멍을 키우기 위해 살았죠

전순옥   괴로운 기억이겠지만, 오빠가 분신할 당시 열여섯 살이었죠. 어떤 생활을 하고 있었나요?

조국   고등공민학교라는 일종의 야간 중학교에 다닐 때였어요. 낮에는 오빠 따라 공장에서 '시다' 일을 했는데, 너무 힘들었어요. 그러다 '미싱' 일 말고 다른 걸 해야겠다는 생각이 들어서 종로 4가 단성사 극장 아래 10명 정도가 양복을 만드는 공장으로 옮겼어요. 분신 당시 그곳에서 일하고 있었습니다.*

조국   왜 '미싱'을 안 해야겠다는 생각을 했나요? 당시 같은 처지에 있었던 대부분의 소녀들은 '시다'를 벗어나 '미싱사'가 되고 싶어 하지 않았나요?

전순옥 추운 날, 11월인데 왜 그렇게 추웠나 모르겠어요, 또는 비 오는 날이면 미싱사 언니들이 제게 진통제나 박카스를 사오라 심부름 시켰어요. 평화시장에는 약국이 없어 저 멀리까지 가야 했어요. 약을 사오면서 '왜 미싱사는 우리를 시키나' 하고 생각했죠. 미싱사 언니들은 '너희도 미싱사 되면 심부름 시킬 수 있다'고 말했어요. 그러면 저는 '내가 심부름하는 것도 너무 싫고, 내가 시키기도 싫다'는 마음이 들었어요. 그래서 양복점에 가서 '시다' 없는 '마드메(손바느질)'를 했죠.

조국 어린 나이에 '개성'이 강했군요. (웃음) 오빠가 분신한 후 공안당국이 거액을 들고 찾아왔다던데.

전순옥 영안실 조의금 내는 곳에 큰 하늘색 가방이 놓여 있었어요. 처음엔 그게 뭔지 몰랐는데 어머니가 작은오빠와 저, 동생을 나오라 하시더니 "저 가방 안에 굉장히 많은 돈이 있다. 저 돈 받으면 너희가 공장 안 다니고 학교 다닐 수 있다"고 하셨어요. "안 받으면 어떻게 되나요?" 하고 제가 여쭤봤어요. 어머니가 "안 받으면 오빠 뜻을 따라야 한다. 식구 모두 계속 공장 다니며 먹고살아야 한다"고 하셨어요. 그때는 오빠 뜻이 정확히 뭔지 몰랐어요. 그런데 방을 청소하다가 본 오빠 일기장이 떠오르더라고요. 그 일기 보던 날 무지하게 많이 울었거든요. 자기가 배고프게 살았던 이야기, 평화시장에서 고생하는 아이들 이야기 같은 게 기억나면서 오빠 뜻이 이거구나 하는 생각이 들었어요. 그래서 "엄마, 돈 받지 말자. 공장 계속 다니겠다"고 대답했죠.

조국   그 돈가방은 어떻게 하셨나요?

전순옥   어머니가 영안실로 돌아가 "이 돈 필요 없다. 당신들 가져가라"고 소리치면서 돈가방 속 돈을 꺼내 바닥에 뿌렸어요. 노동청장, 중부경찰서 경찰, 평화시장 대표, 양복 입은 남자들이 주섬주섬 챙기더라고요. 그 후 엄마는 오빠 뜻을 이으셨죠.

조국   사실 '전태일 정신'은 '전태일-이소선 정신'이 아닌가요. 고 이소선 여사의 삶 속에서 전태일은 언제나 살아 있었고 그 정신은 확산, 심화됐습니다.

전순옥   오빠가 거대한 벽에 작은 바늘구멍을 냈다면, 어머니는 온몸으로 그 구멍을 크게 만들기 위해 40년을 사셨죠. 살아 생전 어머니는 노동자가 투쟁하는 곳이라면 어디든 다 가셨어요. 24시간 내내 안기부나 경찰 정보과 형사들의 사찰과 미행이 있었죠. 자식과 인간에 대한 무한한 신뢰와 사랑을 보여준 어머니가 정말 고마워요. 항상 어렵게 살면서도 "난 행복한 엄마고, 행복한 할머니야"라고 말씀하셨어요. 어머니는 "사람을 사랑하면 뭐든 해주고 싶지 않니"라며, 사랑이 제일 중요하다 하셨어요. 운동도 정치도 그런 거 같아요. 정말 어려운 사람 편에 서서 어떻게 하면 이들이 행복해질 건가를 계속 생각해야 해요. 그러면 답을 찾을 수 있을 거예요.

조국	16세 소녀로서 오빠에 대한 특별한 기억이 있습니까?

전순옥	오빠는 굉장히 재미있는 사람이었어요. 요즘 기준으로 보면 거의 개그맨이었죠. (웃음) 예컨대 '쥐 한 마리가 남대문 지하도로 안 가고 횡단보도를 건너갑니다. 이어서 이 쥐는…', 이런 말을 아나운서가 스포츠 중계하듯 재미있게 잘했어요. (웃음) 춤도 잘 췄고. 제 친구들이 오빠 이야기 듣는 걸 아주 좋아했죠. 이불 밑에 발 넣고 오빠 이야기하는 거 들으며 즐거워했던 기억이 나요. 그런데 오빠는 재미있는 이야기로 시작하다가 끝에는 슬픈 이야기를 해주곤 했어요.

자본은 세계를 돌아다니며 착취하는데, 노동자들은 연대하지 못한 채 당하고 있어요

조국	과거 청계노조는 노동운동의 선봉이었고, 전 대표님은 그 핵심으로 맹렬히 투쟁하셨죠. 87년 전국적으로 노동자 대투쟁이 벌어지기 전까지는 무엇을 하셨습니까?

전순옥	71년 이후 쭉 여러 공장에서 일했어요. 77년에는 어머니가 구속돼 옥바라지하느라 공장을 못 다녔고요. 1978년 동일방직 사건 때 지원투쟁하다 잡혀가 경찰서에 2주 동안 갇혀 있었어요.

정식재판은커녕 즉결재판도 없었어요.

조국   동일방직 사건! 회사 측이 노조활동하던 여성노동자들 얼굴에 똥을 바르고 몸에 똥물을 퍼붓고 폭행을 가했던 야만적 사건이었죠.

전순옥   87년 6월 항쟁이 터졌을 때 명동성당에서 단식투쟁이 진행되었는데, 그 안에 있었어요. 이어서 노동자 대투쟁이 일어나 전국 여러 현장을 방문했어요. 이제 노동자 세상이 도래하겠구나 생각했죠.

조국   그런데 89년에 돌연 영국으로 유학을 떠났습니다. 그 이유와 배경은?

전순옥   88년 11월에 일본 전국노동자평의회 초청으로 일본을 방문해 노동조합 지부를 거의 다 돌아봤어요. 그런데 40대 노동자가 나를 찾아오더니 고백할 게 있대요. 자기는 60년대에 공장에서 일했는데, 공장이 한국으로 옮기는 바람에 해고되자 '한국 노동자들은 저임금을 유지하는 바보들'이라고 맹비난을 했다는 거예요. 이후 한국 노동자들 잘못이 아니라 기업 자본의 문제라는 것을 깨달았다고 했지만요. 89년 4월에는 독일 금속노련 초청으로 독일에 갔는데, 거기서도 똑같은 이야기를 들었어요. 큰 충격이었죠. 다국적 기업이 저임금 찾아 떠나는 일은 일본과 독일만 아니라 한국에서도 벌어지고 있었으니까요. 자본은 세계를 돌아다니며 싼 노동시장을 찾아다니는데, 노동자들은 자기 나라에 갇혀서 착취만 당하고 있는 거예요. '이제 한국에서만 싸운다고 노동자 세상이 도래하지는 않겠구나, 어떻게 해야 하지' 하며 한참 동안 고민했어요. 정인숙 선배에게 "함께하는 노동자나 학생 중에 사람을 뽑아 외국에 보내자"고 제안했어요. 그랬더니 선배가 "다른 사람에게 그런 얘기는 하지도 마라. 욕먹는다. 아예 네가 나가는 게 낫겠다"고 권유하더군요.

조국   그래도 노동운동진영 내에서는 반대와 비난이 많았을 텐데….

전순옥   영어회화 책을 구해 보는데, 청계노조 동료가 이걸 보더니 책을 빼앗아 마당에 던져버리더라고요. "엄마는 만날 투쟁하는데 언니는 무슨 짓이야? 맑스주의 혁명운동 공부를 해야지"라고 비난하면서. 그때 정서에 딱 맞는 비판이었죠.

조국   학비는 어떻게 조달했습니까?

전순옥   성남 메리놀 수도원 소속 수녀님이 영국 가톨릭 단체를 소개해주었어요. 그 단체 주선으로 영국인 집에서 청소하고 빨래해 하루 3파운드 벌면서 6개월 영어학원 다녔죠. 이후 런던 사우스뱅크라고 나중에 대학이 된 곳의 야간 프로그램에 등록해 영국 노동운동사를 2년간 공부했어요. 평생교육기관이라 돈은 하나도 안 냈죠. 귀국하려 할 때쯤 같은 학교에서 공부하던 선배가 옥스퍼드 러스킨 칼리지 얘기를 해줬어요. 존 프레스콧 부총리 등 노동당 소속 의원들 가운데 그 학교 출신이 많다고 했어요. 세계 각지에서 노동자들이 와 공부한다고요. 가톨릭단체와 독일 미제레오르에 장학금 신청을 했더니 2년 장학금이 나오더라고요. 그때 문정현 신부님이 추천사를 써주셨죠. 러스킨 칼리지에서 노동사회학과 노사관계를 공부해 디플로마 두 개를 취득했어요. 그랬더니 지도교수가 더 공부한 후 귀국하라 권했고, 장학금도 주선해주었어요. 이후 워릭대로 가서 석사와 박사학위를 취득했죠.

조국   워릭대 박사논문 〈그들은 기계가 아니다〉는 2001년 워릭대 최우수논문으로 선정됐습니다. 전 대표님이 공부할 수 있었던 것은 종교단체와 노동단체의 국제연대 덕분이 아니었나 싶네요. 자국은 물론 외국 노동자까지 공부시켜 노동이 사회와 정치의 중심이 되도록 만들려는 노력, 그리고 노동자를 위한 각종 고등교육체제가 부럽습니다.

전순옥   직접 관련되지는 않지만, 두 가지 예를 들고 싶어요. 한국 수능에 해당하는 것으로 영국에는 A레벨 시험이 있어요. 이 시험 날 지하철 노조가 파업에 들어갔습니다. 한국이었으면 '수험생을 볼모로 잡은 집단이기주의' 운운하며 매도했을 텐데, 그런 게 없었어요. 또 리버풀에서 소방관 노조가 파업하던 중 불이 나 아이들이 죽었어요. 그런데 언론은 소방관의 일이 얼마나 중요한가 말하면서 소방관 대우를 잘해주지 않으니 아이들이 죽지 않았냐는 요지의 기사를 내보냈어요.

조국   노동과 노동자를 단지 비용이나 소모품으로 생각하는 사회에서는 상상할 수 없는 반응입니다. 2001년 4월 귀국하셨죠. 그런데 왜 대학으로 가지 않고 창신동으로 돌아와 '시다' 일을 다시 했나요?

전순옥 귀국해서 보니 민주노총도 한국노총도 자리 잡고 있었어요. 87년 이전에 비하면 노동조합의 힘도 노동자의 목소리도 커졌죠. 그런데 평화시장에서 일하는 노동자들은 노조도 없이 일하고 있더라고요. 청계노조도 없어졌고요. 하루 13~14시간, 토요일까지 일하고 있었어요. 도대체 왜 이럴까, 이 질문을 풀기 위해 창신동에 자리 잡은 거예요. 89년 유학 가기 전에는 점퍼 한 장에 4,800~5,000원이었는데, 귀국해서 보니 가격이 3,000원으로 떨어져 있었어요. 한국 기업들은 다 떠나버렸고. 여기 노동자들은 중국이나 더 노동력이 싼 나라 노동자와 경쟁선상에 놓여 있어요. 사장이 '한국에서는 임금이 비싸 장사 못하겠다. 중국으로 공장 옮기겠다'고 말하는 상황에서 노동자는 사장이 정하는 임금을 받으며 노동할 수밖에 없는 구조죠.

조국 부산 한진중공업 85호 크레인에서 고공농성 투쟁을 한 김진숙 지도위원의 고민과도 연결돼 있습니다. 제조업 회사가 외국으로 가버리면 평생 그 일에 종사한 노동자들은 하루아침에 일자리가 없어지죠. 한국 노동운동의 위기이자 한국 경제의 새로운 발전전략이 필요한 시기입니다. 귀국 후 노동운동에 대한 비판을 많이 하셨는데요.

290

전순옥   조직화된 노동운동에 포괄되지 못한 노동자들은 과거보다 더 처참해졌어요. 이들 노동자의 80~90%는 여성입니다. 당시 민주노총은 대기업 중심 노동조합 조직에 집중했어요. 민주노총에 가서 '이러면 영국처럼 노동운동 망한다. 밑으로 내려가야 한다. 노동조합 조직을 갖고 조직에 들어오지 않은 노동자를 대변해야 노동운동이 산다'고 말했어요. 이주노동자도 마찬가지예요. 이들의 권익을 우리 노동자가 지켜주지 않으면 우리가 그렇게 되고 말아요. 비정규직과 정규직 관계도 그러하고요. 하지만 제 주장은 먹히지 않았어요.

조국   김진숙 씨를 만나봤습니까?

전순옥   못 만났습니다. 크레인에 있을 땐 어머니가 병원에 계셔서 못 갔어요. 꼭 뵙고 싶어요.

조국   노동운동 선후배로 서로 하실 얘기가 많을 것 같습니다. 이제 '참신나는옷' 얘기를 해보죠.

전순옥   처음엔 노동자들의 기술을 고급화해서 고부가가치 옷을 만들려고 기술교육학교를 시작했어요. 3년 했는데, 정작 고급화된 기술을 가져도 취업할 곳이 없었어요. 그때 《전태일 평전》에 나오는 모범기업체 생각이 나더라고요. 존루이스파트너십이란 영국 회사도 생각났고요. 자본주의의 시장경쟁력을 갖추면서도 회사 내 분배는 사회주의적으로 하는 기업이에요. 노동을 투자하건 자본을 투자하건 이윤 분배는 동등하게 하죠. 6만 9,000명이 일하는데 비정규직이 하나도 없고 모두 주주예요. 이런 회사 한번 만들어보자 마음먹었죠. 한편에는 로버트 오웬이 스코틀랜드 뉴래너크에 생산공동체를 만든 적이 있어요. 270년 전이었는데, 여긴 얼마 안 돼서 망했어요. 시장경쟁력이 전혀 없었거든요. 이 두 곳을 비교해보면서 고민했습니다. 인간이 갖는 기본적 욕망이랄까, 이런 것들이 충족돼야겠다, 개인적으로 충족되기보다는 공동체 안에서 충족되도록 해야겠다 싶었죠.

조국　　존루이스파트너십 모델을 '참신나는옷'에 적용한 건가요?

전순옥　　그렇습니다. 생산에서는 시장경쟁력이 있어야 해요. 사회적 기업이라 해서 무조건 우리 물건 팔아달라는 건 안 되니까요. 3년 동안 집중적으로 기술력을 강화시켰어요. 사회적 기업 하면서 2년간 정부지원도 받았고요. "여기서 여러분이 할 일은 자신의 노동기술을 업그레이드하는 거다. 참신나는옷 아니라 어딜 가도 일할 수 있고, 자기 임금을 자기가 정할 수 있는 기술력이 있어야 한다"고 강조하면서 회사를 운영했어요.

가난하고 힘없는 사람들 앞의
높고 두꺼운 담을 낮고 얇게 만들고자

조국　　노동운동의 궁극적 목표로 노동해방을 얘기해왔습니다. 지금 시점에서 노동해방은 무엇이라 보십니까?

전순옥   노동해방은 노동을 안 하는 게 아니라 신나고 주인 되는 노동을 하는 거라 생각해요. '참신나는옷'이란 이름은 만들면서 신나고 입으면서 신나는 옷이란 의미예요. 내가 노동하는지, 노동이 나를 하는지 모르는 상황이 여전하죠. '3D', 즉 힘들고(difficult) 더럽고(dirty) 위험한(dangerous) 노동을 '3L', 즉 배우고(learning) 자유로워지고(liberating) 삶을 바꾸는(life-changing) 노동으로 바꾸어야 해요. 일을 하면서 즐겁다면 인간으로서 가장 행복한 것 아닌가요? 반대로 노동하면서 불행하면 인간으로서 즐거움이 없어지고 기계가 되죠.

조국   사회적 기업 운영이 쉽지는 않았을 텐데요.

전순옥   조금 희망이 보입니다. 그런데 사회적 기업도 노동조합과 연대해야 성공한다고 봐요. 예를 들어 유니폼 시장은 규모가 4조 원가량이에요. 대기업노조나 공기업노조에서 옷을 선택할 때 어떤 옷을 택해야 일자리가 느는지 생각해야 합니다. 그게 간접연대고 사회연대죠. 그러지 못하고 이해관계나 리베이트에 관심을 둔다면… 2005년 미국 8개 대학을 방문했을 때 강연에 온 노동자와 교수들이 자신이 입은 옷 안에 '유니온 메이드'라 적힌 표식을 자랑스럽게 보여줬어요. 자부심을 느끼는 거죠. 항상 이 옷을 입을 때 누가 옷을 만들었을지 생각했다 하더라고요. 2008년에 회사 만들어 2009년에 전공노(전국공무원노동조합) 점퍼 1,000장을 주문받아

13만 5,000원짜리로 고급스럽게 만들어 납품했어요. 그러고 나서 2010년 1월 전공노가 정치후원금 냈다고 압수수색을 당하니까 우리 직원들이 걱정했어요. 그 전엔 자신이 노동자이면서도 데모나 파업을 싫어했는데, 이제 '그 사람들 잡혀가면 우리 일감 없어진다'고 생각한 거죠. 그런데 재벌들이 옷 시장을 먹으러 들어오고 있어요. 롯데가 '자라'나 '유니클로'를 들여왔어요. 동대문에도 롯데가 건물을 샀다고 하더라고요. 앞으로 이곳 청계천 작은 옷 제조업체들은 치명적 타격을 받을 겁니다. 무자비한 확장으로 기업생태계가 다 파괴되고 있어요.

조국　OECD 소속 나라 중 한국만큼 독점자본의 무한독주를 허용하는 나라는 없죠. 요즘 재벌은 '문어발' 정도가 아니라 '지네발'이에요. 대표님이 정치를 택한 이유가 여기에 있을 것 같습니다. 예전에는 청와대 노동비서관, 국가인권위 상임위원 자리 다 거절했는데….

전순옥　귀국 후 11년 동안 여기 있으면서 제가 할 수 있는 걸 다 해봤어요. 여기 사람들은 바라볼 수 있는 사람이 저밖에 없는지도 몰라요. 하지만 현재의 전순옥으로는 할 수 없는 일이 있다는 걸 확인했어요. 노동자 권익을 보호하고 연대를 강화하고 제조업을 살리고 기업생태계를 정상화하려면 정치로 들어가 법과 제도를 바꿔야겠다 판단했죠. 가난하고 힘없는 사람들 앞에 높고 두꺼운 담이 놓여 있어요. 어떻게든 이 담을 낮고 얇게 만들려 합니다.

조국　　지금 시점에서 바라봤을 때, '전태일 정신'은 무엇이라 생각하십니까.

전순옥　　인터뷰하기 전에 오빠 동상 앞에 서서 오빠는 무슨 생각 하고 있나, 지금 나보고 무슨 얘길 할까 생각해봤어요. 역시 오빠 는 지금도 가장 어려운 노동자들을 생각하고 있을 것 같아요. 전태 일 정신은 노동자들이 인간답게 살 수 있어야 한다는 겁니다. 전태 일 정신은 인간에 대한 사랑이에요. 노동자들이 인간답게 살 수 있 도록 세상을 바꾸는 거죠. 이젠 식상한 얘기로 들릴지 모르지만, 불 행하게도 우리는 아직도 그런 얘기를 할 수밖에 없는 사회에 살고 있어요. 오빠가 "우리는 기계가 아니다"라고 외치며 산화했지만, 지금도 여전히 노동자의 인간다운 삶은 제대로 이뤄지지 못하고 있 어요.

조국　　인간에 대한 사랑이 이뤄지려면 삶의 조건이 인간화되어 야겠죠. 전태일 정신을 구현하는 법과 제도를 만드는 정치인이 되 길 바랍니다.

전순옥　　국회에 들어가 자본의 논리가 판치는 걸 막을 겁니다. 오 빠와 어머니에 이어 나의 몫과 소명을 다하겠습니다.

· · ·

전태일 분신 후 40여 년이 지난 2013년, OECD 소속 국가

대한민국에서는 어떤 일이 일어났던가? 신세계 그룹 이마트는 소속 노동자의 노동조합 결성을 방해하고 노동자 개인의 사생활까지 사찰하여 고용노동부와 검찰에 의해 고소, 고발되었다. 이마트의 사찰 담당직원은 《전태일 평전》을 '불온서적'으로 분류해놓았다고 한다. 전순옥 의원은 1월 31일 《전태일 평전》을 정용진 신세계 그룹 부회장에게 발송했다. 동봉한 편지에서 전 의원은 "전태일 평전을 함께 읽고 이야기를 나누고 싶다"고 적었다. 정 부회장은 뭐라 답할 것인가?

　　전태일은, 그리고 전순옥은 노동자가 단지 기계가 아니라 인간으로 대우받고 존중받는 세상, 노동운동이 불온시되거나 금기시되지 않는 세상을 꿈꾸었다. 대선 시기 박근혜 후보는 전태일 재단을 방문하려다가 무산되었다. 전태일 동상 앞을 지키고 있던 김정우 쌍용차 지부장은 박 후보를 향해 "전태일 정신을 모독하지 말라"고 외치며 박 후보의 헌화를 막았다. 박 대통령에게는 후보 시절 전태일 재단 방문과 전태일 동상 헌화가 진정성이 있었던 것인지 입증해야 할 의무가 있다. 그는 대선 슬로건으로 "내 꿈이 이루어지는 나라"를 내걸었다. 이제 박근혜 대통령의 나라가 어떤 나라인지, 자본의 꿈만 이루어지는 나라인지, 아니면 노동자의 꿈도 이루어지는 나라인지 확인해야 할 시간이다. 박근혜 대통령이 반독재민주화운동가 출신으로 칠레 첫 여성대통령이 된 미첼 바첼레트(사회당 소속), 노동운동가 출신으로 브라질 첫 여성대통령이 된 지

우마 호세프(노동자당 소속)가 되리라 기대하지 않는다. 그러나 노동자가 '흉몽'만 꾸게 되는 나라만은 만들지 말기를 희망한다.

---

*

'시다'는 보조원의, '미싱'은 재봉틀의 일본식 표현이지만 봉재업계에서 광범하게 사용되고 있으므로 이 용어를 그대로 사용한다.

야만의 시대, 원로로 살 수 없다

297

참여하면
변화가 온다는 믿음

2012년 3월 31일(토)
08:30~12:00
서울시청 시장실

지난 서울시장 보궐선거 때 박원순 후보를 지지하며 멘토단으로 활동했다. 한국 대표 인권변호사이자 시민운동가인 그의 뜻과 마음을 잘 알고 있기 때문이었다. 나경원 후보는 나의 대학 동기였지만, 사는 사, 공은 공이었다. SNS로 박 후보를 지원함은 물론, 생애 처음으로 거리유세에서 연설까지 하며 '폴리페서' 딱지를 받았다. 내가 서울대 법대 학생부학장이었을 때 박 시장 딸이 미대에서 법대로 전과하는 데 손을 썼다는 허위중상도 받았다. 당시 학사행정을 책임지고 있던 서울대 법대 교수들은 참으로 황당했다. 박 시장 딸이 겪어야 했던 수모와 정신적 충격은 심대했다.

당선 이후 나의 선택이 옳았는지 확인하고 싶었다. 시민운동가에서 웬만한 국가 규모에 해당하는 대한민국 수도 행정수장으로 변신한 박원순 시장을 시민들의 희망이 적힌 수많은 쪽지가 벽을 채우고 있는 시장실에서 만났다.

조국   지난 보궐선거 당선 뒤 만났을 때 "하고 싶은 일은 너무 많지만 서울시 공무원들에게 부담 주기 싫으니, 집과 청사를 지하통로로 연결시켜 야간에도 휴일에도 몰래 출근해 일하고 싶다"고 농담한 적이 있는데, 땅굴은 파셨습니까?

박원순　파고 싶은 유혹을 많이 느꼈지만 못했습니다. (웃음) 제가 희망제작소나 아름다운 가게에서 일할 때는 사무실에서 자고 간다고 누가 주의 깊게 보는 사람이 없었어요. 하지만 서울시는 4만 6,000명이나 되는 시청과 구청 공무원들이 다 저를 지켜보고 있어요. 취임 초기에는 아침부터 저녁까지 화장실 갈 시간도 없을 정도로 면담, 보고, 인터뷰 일정이 이어지더라고요. '이래선 안 되겠다' 싶어 매주 수요일은 하루 종일 비우고 있습니다. 새로운 구상과 기획을 하기 위해서죠. 금요일은 '숙의'라는 긴 회의를 합니다. 한 주제에 대해 2시간 이야기하는 토론식 학습이죠.

조국　시민운동가로 활동할 때 '과로사'가 꿈이라고 농담 섞어 말한 바 있죠. 이 꿈이 반쯤이라도 실현되면 공무원들의 '쉴 권리'는 위태로워집니다.

박원순　그런 이야기하면 큰일 나요. (웃음) 이미 시 공무원들이 일을 정말 많이 합니다. 평균 퇴근시간이 밤 9시니까요. 제가 휴일에도 계속 나와 일하고 회의하면 실국장들도 나와야 합니다. 그러면 그 아래 직원들이 어떻게 쉬겠습니까. 그래서 야근 유혹을 참고 외부 일정이 있더라도 밤 9~10시면 퇴근하고 있습니다.

조국　법정 휴가는 지키고 계신가요?

박원순　지키려 노력합니다. 4월 중순에도 사흘가량 휴가를 내 쉬려 해요. 요새는 퇴근해 〈빛과 그림자〉, 〈해를 품은 달〉 같은 TV드라마를 봅니다. 특히 〈해를 품은 달〉은 끝까지 다 봤어요. (웃음)

조국　저는 한 회도 보지 못했는데, 시민운동가에서 시장으로 변신하면 드라마 볼 시간이 생기는군요. (웃음)

서울시정이
국정운영의 새 모델이 될 수 있도록

조국　불법포획돼 서울대공원에서 공연하던 남방큰돌고래 '제돌이'를 제주 구럼비 앞바다로 보내야 한다는 발언으로 '포퓰리즘 정치 쇼'라는 공격을 받았습니다. 변호사로 활동하던 1994년에 대구지방변호사회가 펴낸 〈형평과 정의〉 9집에 발표했던 논문 '동물권의 전개와 한국인의 동물 인식'의 문제의식이 표출된 것 같던데요.

박원순　어떤 사람은 조 교수님 보고 '연구 안 하고 정치운동만 한다'고 비난하던데, 지방변호사회 논문까지 챙겨 보고 있네요. (웃음) 1991년 영국 런던정경대(LSE)로 유학 갔을 때 동물보호운동에 강한 인상을 받았습니다. 당시 한국에서는 사람의 권리도 제대로 확보하지 못해 힘들었는데, 영국에서는 동물권이 큰 화두였죠. 대학 내에서 동물권 운동하는 학생들이 개처럼 자기 몸에 쇠사슬을 채워놓고 동물 학대에 항의하곤 했어요. 오스트레일리아 출신 철학자이자 동물권 운동의 선구자인 피터 싱어의 책을 읽는 등 그때부터 동물권에 관심을 가졌습니다. 그때 보던 자료 중 "100년 전에 여성들이 '우리도 보통선거권이 있다'고 하면 감옥 갔다. 지금 여성의 보통선거권을 누가 의심하나. 동물들도 마찬가지다"란 대목을 보면서 참 인상적이었던 기억이 납니다. 단순히 '제돌이'를 풀어주는 문제만이 아니라 사람과 동물 관계, 사람과 자연 관계, 동물원의 기능 등에 대해 새로운 비전이 필요하다 생각해요. 돌고래를 이용해 심리적 치유까지 하는 실험도 있다고 하죠. 한 존재가 다른 존재를 악용해 영리를 취하는 관계가 아니라 서로 성장할 수 있다는 것을 보여줘야 합니다.

조국   마하트마 간디는 "한 나라의 위대성과 도덕성은 동물을 다루는 태도로 판단할 수 있다"고 설파한 바 있죠. 외국에서는 동물원 폐지운동도 있는데, 그 정도는 아니더라도 동물원의 재구성은 필요하지 않은가요?

박원순   동물원의 새로운 비전에 대해 이화여대 최재천 교수 등과 논의하고 있습니다. 저는 동물원이 필요 없다, 동물원의 동물을 다 자연으로 돌려보내야 한다고 생각하지는 않아요. 제국주의 시대 동물원은 식민지 지역의 신기한 동물들을 잡아다놓고 제국의 시민들에게 보여주는 기능을 했습니다. 이제 동물원 역할이 바뀌어야 합니다. 사람과 동물의 교호작용을 강조하는 새로운 역할이 필요해요. 동물원을 통해 아이들이 성장하고, 자연을 새롭게 보는, 좀 더 합리적이고 평화로운 세상을 만들어가고 싶습니다. 그런 힘을 주는 동물원을 만들려고 전문가들의 의견을 모으고 있습니다.

조국 서울시장은 서울시립대 운영위원장(사립대 이사장에 해당)입니다. 서울시장 선거 때 공약이었던 서울시립대 반값 등록금은 어느 단계에 와 있습니까?

박원순 2012년 시 예산으로 182억 원을 지원해 시립대 등록금이 102만 원이 됐습니다. 원래 시립대 등록금이 다른 사립대의 절반 수준인데, 다시 절반이 된 것이죠. 게다가 등록금이 낮아지면서 장학금은 많아졌으니 시립대 학생 중 절반은 사실상 무상으로 다니고 있습니다. 그 등록금도 유럽 대학 등에 비하면 높지만, 과거와는 비교가 안 될 정도로 내려간 것이죠.

조국 반값 등록금을 위해 지원된 예산은 세금입니다. 그 혜택을 받는 만큼 시립대 학생선발이나 학교행정에 '공적 마인드'가 강화돼야 할 텐데요. 교과과정에서도 사회봉사학점 의무화, 공익과 인권 중시 프로그램 설치 등이 필요하지 않을까요.

박원순 동의합니다. 총장도 같은 생각을 갖고 있다는 걸 확인했고요. 시립대와 대학구성원의 공적 책임, 사회적 책임을 높이는 방향으로 갈 예정입니다. 시립대 교수님들이 이런 논의를 제대로 해 시립대가 우리 사회를 책임질 수 있는 지성인을 양성하는 대학이 됐으면 좋겠습니다. 앞으로 시립대가 쑥쑥 자랄 텐데, 조 교수님도 이

참에 합류해주면 어떻겠습니까? (웃음)

조국　　제가 시립대로 옮기면 서울대 안에서는 좋아하는 분도 있
겠고 아쉬워하는 분도 있겠네요. (웃음) 반값 등록금 영향이겠지만,
다른 대학과 달리 시립대 학생의 이번 총선 부재자투표 신청이 크
게 늘어났습니다. 2,593명이 부재자투표를 신청해 2010년 지방선
거 때보다 18% 늘었더군요.

박원순　　과거 시민들이 투표장에 나가지 않는 이유가 '투표한들 무
슨 변화가 있겠는가'라는 체념 때문이었습니다. 내가 투표하면 변
화가 온다는 신뢰를 갖게 되는 것이 중요합니다.

조국　　비정규직 문제가 날로 심각해지고 있는 가운데 최근 서울
시가 1,054명을 우선 정규직으로 전환시키기로 했습니다. 다른 공
공부문이나 민간에서도 비정규직의 정규직화를 확산하는 데 서울
시가 기여할 구상이 있다면 들려주시죠.

박원순　　서울시는 인구가 1,000만 명이 넘고 다른 지방정부와 중
앙정부에 큰 영향을 미칩니다. 그래서 정책모델 기능이 중요해요.
시립대 반값 등록금은 '사회적 논쟁을 현실화하는 게 가능하다'는
인식 변화를 불러왔습니다. 비정규직의 정규직화를 고민할 때도
'과연 가능할까' 하는 의구심이 있었죠. 그런데 실제 해보니까 생
각보다 적은 예산을 쓰며 실현할 수 있었습니다. 1,054명은 1단계
고, 하반기에 2단계로 서울시청에 근무하는 나머지 비정규직을 선
별해 정규직으로 추가 전환할 예정이에요. 서울시와 관계 맺고 일

하는 수탁업체에 대해서도 일정한 가이드라인을 만들 생각입니다. 무상급식을 시행하니 조리사, 무상보육을 확대하니 보육교사 등 비정규직 일자리가 생기는데, 이런 분들을 묶는 조직체를 만들고 정규직화하는 문제가 남아 있습니다. 또한 서울시가 1년에 몇 조 원가량 각종 물품과 서비스를 구매해요. 여기에 가이드라인을 만들어 서울시에 물품을 납품하려는 민간 기업체 중 비정규직을 정규직화하려고 노력하는 기업에 인센티브 주는 방안을 검토하겠습니다. 서울시의 정규직 전환노력이 사회 전체에 큰 파장을 일으키는 '나비 효과'를 기대하고 있습니다.

조국 서울시는 연간 3조 원의 구매력이 있죠. 이를 어디에 어떻게 쓰는가가 중요할 것 같네요.

박원순 서울시는 '구매력을 통한 사회혁신'을 추구합니다. 과거처럼 의례적으로 대기업 제품을 구매하는 것이 아니라 중소기업, 사회취약계층, 청년창업기업, 벤처기업 등의 제품을 수의계약으로 사겠다는 겁니다. 물론 품질이 보장돼야겠죠. 현실적으로 수의계약을 할 수밖에 없어 수의계약할 방법도 연구했습니다. 기존에는 휴지 등 단순한 물품만 구매했는데 다양한 형태로 넓혀야 해요. 대기업과 달리 이쪽엔 노동집약적 기업이 많아 고용창출 효과도 기대할 수 있습니다.

조국 새로운 정책모델을 제시하는 선도자 역할을 계속해주길 바랍니다. 반값 등록금이나 노동정책 등 서울시 정책이 다른 지자체,

중앙정부, 민간기업 등으로 확산되면 좋겠습니다.

박원순　물론입니다. 서울시정이 국정운영의 새 모델이 될 수 있도록 노력하겠습니다. 사실 서울시는 거의 나라 수준이에요. 서울시는 인구 면에서 뉴질랜드, 스웨덴, 핀란드, 덴마크보다 크죠.

서울의 모든 지붕 위에
텃밭을 만드는 꿈

조국　그런데 재정문제가 있지 않나요? 서울시는 다른 지방자치단체에 비하면 재정자립도가 높지만 여전히 재정적자가 큽니다.

박원순　지난해 제가 취임할 때 서울시 부채가 21조 원 정도였어요. 전임자들의 방만한 재정운용 결과였죠. 서울시 부채 대부분이 서울시 공기업인 SH공사 부채예요. SH공사는 임대주택 사업을 할수록 부채가 늘어나는 구조입니다. 취임 후 그새 2조 원가량 줄여 현재 19조 원 정도지만, 2013년부터 부채를 본격적으로 줄일 생각입니다. 저부터 업무추진비를 20%가량 줄여 한 해 9,200만 원 절감했습니다. 시장 의전차량을 기존 3대(승용차 2, 승합차 1)에서 2대(승용차 1, 승합차 1)로 줄였고요. 고건 전 시장 때 부채가 9조 원가량이었는데 이 정도 규모면 관리가 가능합니다.

조국　지난 3월 29일 전국 시도지사들이 한목소리로 영유아 무상보육에 대한 중앙정부의 추가 재정지원을 요청했죠.

박원순 무상보육 확대로 서울시는 올해에 8,000억 원을 투자합니다. 중앙정부가 0~2세 무상보육을 발표한 것은 좋은 일인데, 서울시는 그 재원의 80%를 부담해야 해요. 다른 지방정부는 50%가량 부담인데 그 정도면 재정이 위험한 수준입니다. 이를 해결하기 위해서는 부가가치세의 지방이양을 확대해야 해요. 이런 이유 때문에 지난 29일 전국 시도지사들이 무상보육과 관련해 중앙정부에 반기를 들었던 것이죠. 이를 두고 일부 언론은 '보편적 복지가 나라 망친다'는 식으로 보도하는데, 핵심은 그게 아니죠. 지방정부에 예산권은 하나도 주지 않으면서 재정부담은 다 하라고 하니 못 견디는 겁니다. 복지는 중앙정부가 하는 게 당연하고, 그게 아니라면 지방정부에 예산권을 줘야 합니다. 1995년에 1,700건의 국가사무가 지방으로 이양됐는데, 부가가치세는 5%만 지방세로 돌렸어요. 중앙정부가 지방정부를 파산시키려 작정하지 않았느냐는 불만이 나올수밖에 없는 상황이죠. 생색은 중앙정부와 여당만 내고 지방정부에는 부담만 주니 사실 불만이 많습니다. 부가가치세는 지역에서 일어나는 경제활동에 대한 세금이므로 지자체 귀속률을 20%까지 높여야 합니다. 이는 지방분권을 위한 경제적 토대이기도 하고요.

조국 전임 시장들은 서울만을 위하는 시장이었습니다. 노골적으로 지역균형발전을 반대하기도 했고요. 서울시장은 서울시의 행정수장이지만 동시에 나라 전체의 향방을 생각해야 하지 않을까요.

박원순   서울은 대한민국의 수도이고, 지방과도 협력해야 합니다. 서울과 지방은 대결하는 게 아니라 하나가 돼야 해요. 서울시장이니 당연히 서울시민의 권리를 옹호해야 하겠지만, 도시와 농촌 직거래 활성화, 농촌 생산품 구매를 제도화하는 '농부시장' 개설, 학교급식용 계약재배를 통해 농촌에 도움을 주는 등으로 지역과의 상생을 모색해야 합니다. 무상급식을 위한 농촌 직구매는 이미 시 농수산물공사에 지시했습니다. 전북 완주, 경기 수원시와 곧 양해각서(MOU)를 맺을 예정이에요. 서울에 돈과 사람이 다 몰리면 장기적으로 서울의 발전에 문제가 생깁니다.

조국   소형주택 확대 등 서울시 주택정책을 놓고 보수언론에서 '박원순 시장 취임 이후 강남 재건축 2조 원이 날아갔다'고 보도하는 등 시끄럽습니다. 강남 재건축을 놓고 벌어지는 논란에 대해 어떻게 생각하십니까. '박원순은 강남은 신경 쓰지 않는다'고 지적하는 이도 있던데요.

박원순   조 교수님이 '강남좌파'의 상징이던데, (웃음) 저도 93년부터 강남에서 살았습니다. 시장으로서 당연히 강남발전을 위해 노력할 겁니다. 다만 강북이 그동안 워낙 낙후되었고 차별받았으니 균형발전이 필요해요. 강남의 노후한 소형평수 아파트 단지는 재건축돼야 합니다. 다만 소형평수 비율을 어느 정도로 할지는 더 논의해야 하죠. 현재도 소형평수인데, 그것을 대형평수로만 재건축하는 것은 우리 사회 인구학적 변화에 조응하는 개발이 아닙니다. 지역에 국한해 생각하는 주민들과 시 전체를 생각해야 하는 시장 사이에 의견 차이가 있을 수 있지만, 얼마든지 절충과 타협이 가능하다 봅니다.

조국 주요 시정 목표의 하나로 '2014년까지 원전 하나 줄이기 정책'을 발표하셨죠. '에너지 소비도시에서 생산도시로 간다'는 이번 목표가 주목받고 있습니다.

박원순 대한민국에서 가장 에너지를 많이 쓰는 서울이 원전 1기에 해당하는 전력량을 줄여보자는 것이죠. 독일의 '생태수도'라 불리는 프라이부르크는 태양에너지 등 다양한 대안에너지와 재생에너지를 사용하고 있습니다. 영국 토트네스는 '전환도시'를 자처하죠. 석유나 석탄 같은 화석연료에 의존한 도시에서 벗어나자는 전환기적 그림을 그리고 실천하는 도시들입니다. 이를 위해 몇 백 쪽짜리 가이드라인이 있고 공공과 가정이 함께 참여해요. 현재 서울시 건물 지붕엔 아무것도 없는데, 앞으로 도시텃밭 아니면 태양광 발전시설, 둘 중 하나는 서울의 모든 지붕 위에 만들겠다는 게 꿈입니다. 지난 2월 일본에 방문했을 때 보니 일본은 후쿠시마 원자력발전소 사고 이후 전체 원자력발전소 53기 중 51기를 가동 중단했더군요. 대재앙을 교훈 삼아 우리도 원전 없는 나라를 향해 한 걸음 내딛어야 합니다. 오늘(3월 31일) 저녁 '지구 불끄기 행사' 일환으로 서울 공공기관 조명과 가로등을 끕니다. 앞으로는 이런 행사 때면 별 보기 운동, 전등 들고 서울 산책하는 모임 등을 준비해보려 합니다.

조국 　도시에서 별을 감상할 수 있으면 좋겠군요. 그런데 보수언론이 그 시간대에 범죄율이 증가한다 하지 않을까요? (웃음)

박원순 　출산율도 높아질 것 같은데요? (웃음)

조국 　서울시가 지난해 11월 중앙정부에 한미 FTA 비준안 처리의 쟁점인 투자자 국가소송제도(ISD) 조항에 대한 재검토 필요 등을 담은 의견서를 냈습니다. 지난해 3월 15일 한미 FTA가 발효됐는데 서울시정에 미칠 영향에 대해 점검하셨는지요.

박원순 　지난해 12월부터 지난 1월 하순까지 7,138건의 자치법규(시 535건, 자치구 6,603건)를 전수조사한 후 전문가 자문을 받았습니다. 서울시와 구의 자치구 조례 등 31건의 자치법규가 한미 FTA와 합치되지 않거나 합치되지 않을 우려가 있다고 판단됐습니다. 특히 우려되는 것은 골목 상권 보호를 위해 국회가 마련한 기업형 슈퍼마켓 규제법인 유통산업발전법이나 시와 자치구의 관련 조례가 무력화될 수 있다는 점입니다. 사회적 기업에 대한 특별 우선구매도 무력화될 수 있고요. 또 FTA에 위반되지 않는다는 것을 증명하는 근거를 축적해야 하거나 운영에 주의를 요하는 조례들도 있어요. 예를 들어 서울시 친환경무상급식조례는 유전자 변형식품 제한 규정을 두고 있는데, 이 규제가 '필요 이상의 규제'가 아니라 '목적 수행에 필요한 범위 내의 제한'임을 입증할 자료를 충분히 마련해야 합니다. 중앙정부가 이런 것도 준비하지 않고 한미 FTA를 추진했다는 게 말이 안 돼요. 국민의 삶에 큰 영향을 미치는 사안은 대안을 준비해 체결해야 하는 것 아닌가요? 더구나 이런 것을 지방정부와 협의하는 자리조차 없었어요.

전광석화처럼,
그러나 조급함 없이 변화 추진할 것

조국   청계천 재복원을 결정하셨더군요. 청계천시민위원회는 활동을 시작했나요?

박원순   지난 3월 23일 첫 회의를 시작했습니다. 청계천 재복원이 다 뜯어 새로 만들자는 건 아니에요. 이명박 전 시장이 했던 복원에서는 역사적, 생태적 관점이 무시됐습니다. 이걸 반영해 제대로 복원하자는 겁니다. 서두를 생각은 없습니다. 예컨대 독일 쾰른대성당은 짓는 데 500년 걸렸고 스페인 바르셀로나 가우디성당은 지금도 공사 중입니다. 정치적 목적으로 서둘러 진행하느라 범한 실수를 되풀이해서는 안 되죠. 완공을 굳이 제 임기 중에 할 필요가 어디 있겠습니까.

조국   민주화기념사업회와 인권단체가 옛 안기부 건물인 남산유스호스텔 등을 민주화기념물로 보존하자는 요구를 하고 있죠.

박원순   남산에 있는 서울시 도시안전본부와 공원녹지국 등 건물 지하에 안기부 고문실이 있었습니다. 서울시 청사 공간이 부족해 여러 건물을 민주화기념물로 만들긴 어렵습니다. 서울시 신청사가 완공된 후 논의해 결정할 생각입니다.

조국　　미국 보스턴에는 역사적 명소를 연결하는 '프리덤 트레일'이 유명합니다. 소설가 이태준 씨의 생가를 개조한 성북동 '수연산방'이라는 한옥 찻집을 가본 적 있는데요. 이곳을 포함한 유명 문인들의 생가 트레일은 어떠십니까. 왕궁 중심 관광 외에 사람들의 다양한 성향과 취향 따라 서울을 돌아볼 수 있으면 좋겠습니다.

박원순　　지금도 일부 그런 트레일이 있지만, 시민이나 외국 관광객이 걸어서도 재미있게 서울을 살펴볼 수 있게 하겠습니다. 이를테면 세종대왕이 태어난 옥인동 서촌에서 내수동 주시경 선생 생가터, 광화문 광장 세종대왕상까지 둘러보는 '한글 트레일'은 어떻습니까.

조국　　취임 뒤 했던 인사(人事) 가운데 가장 자랑하고 싶은 인사가 있다면?

박원순　　인사는 자랑할 필요가 없습니다. 대상자는 늘 불만이 있을 수밖에 없어요. 구청까지 합치면 시 공무원이 4만 6,000명이에요. 처음엔 인사청탁이 이렇게 저렇게 많더라고요. 아는 사람이라도 청탁하면 불이익을 준다 했습니다. 그랬더니 청탁이 들어오지 않더군요. 시장 취임 뒤 공정, 소통, 책임, 감동, 공감, 성장에 맞춘 6대 인사원칙을 세우고, 본인 희망을 1~5지망까지 고려했어요. 시민단체 활동할 때는 인사에 본인 의사를 100% 반영했어요. 서울시는 그게 힘들지만 그런 원칙을 관철하려 노력합니다. 4지망이나 5지망에 된 사람은 불만이 있겠지만….

조국   시장 취임한 지 5개월이 됐는데, 한 번 더 각오를 듣고 싶습니다.

박원순   제 선에서 실현할 수 있는 것은 제 목에 칼이 들어와도 전광석화처럼 결정해 확실하게 밀고 나갈 겁니다. 동시에 중장기 논의를 거쳐야 하는 것은 절대 조급함 없이 추진하겠습니다.

조국   지난해 10월 서울시장 보궐선거 때 야권단일후보로 당선됐습니다. 이번 총선에도 야권연대가 만들어졌습니다. 소회가 어떠신가요.

박원순   매우 기쁩니다. 전국적 야권연대가 성사된 것은 천우신조죠. 민주통합당과 통합진보당 양쪽의 결단과 희생 없이는 불가능한 일이죠. 합의가 이루어지기 전 한명숙 대표에게 "이거 안 하면 저는 탈당합니다"라고 농담 반 진담 반의 말을 던진 적도 있었습니다. 야권연대 안 했으면 가져올 재앙을 피할 수 있었다는 점과 유권자들에게 희망을 주었다는 점에서 양 당에 경의를 표합니다.

• • •

오랜만에 만난 박원순 시장. 그의 혁신 정신은 여전히 청청하고 유머 능력은 증진된 것 같아 기뻤다. 박원순 시장의 최고 업적은 서울시 부채는 줄이면서도 복지정책을 실현할 수 있음을 보여주었다는 점이 아닐까. 그는 철두철미 서민의 삶 개선을 중심에 놓고 꼼꼼하게 생각하고 과감하게 움직인다. 2013년 1월 8일 박 시장은 '반값 식당'을 도입하겠다고 공언했다. 저소득층 밀집지역에 마을공동체 형태의 기업형 반값 식당을 조성해 빈곤층이 2,500~3,000원으로 한 끼 해결할 수 있도록 하겠다는 것이다. '반값 등록금'에 이은 '반값 시리즈' 2탄이 성공하길 바란다.

그런데 최근 한 보수인사가 박원순 시장은 '종북'이므로 2014년 선거에서 퇴출시켜야 한다고 주장했다. 대선 이후 서울 탈환을 노리고 있는 수구보수진영의 의욕과잉의 산물이다. 그러나 이러한 저질 발언이야말로 퇴출대상 아닌가. '열린북한방송' 대표를 역임했던 하태경 새누리당 의원마저 "박원순까지 종북으로 몬다는 것은 종북이 뭔지 잘 모른다는 것. 보수진영에서도 정치적 반대편에게 지나치게 종북 모자를 씌우는 행태는 사라져야 한다"라고 일침을 놓지 않았던가. 2014년 서울시장 선거에서 박 시장에 대해 어떤 비방이 퍼부어질지 짐작된다. 2014년 선거는 2011년과는 다른 환경에서 치러진다. 시민운동가에서 정치인으로 변신한 박원순은 이 선거를 돌파해야 대중정치인으로 확고히 자리 잡을 수 있을 것이다. 서울시민이 서울시장에게 바라는 것은 민생을 챙기는 꼼꼼한 행정가만은 아니다. 박 시장이 'Mega Man of Global Mega City(세계적 대도시를 책임지는 큰 인물)'로 거듭나길 희망한다.

못다 한 만남 : 박근혜 대통령에게*

인터뷰 : 민동용 동아일보 기자
2013년 2월 2일(토) / 10:00~12:00 / 서울대학교 연구실

---

*

'조국의 만남'을 진행하면서 새누리당 박근혜 위원장의 인터뷰를 추진했으나 성
사되지 못했다. '비대위원장'에서 '후보'로, 다시 '대통령'으로 호칭이 바뀐 그에
게, 간접적으로나마 전하고 싶은 말이 있어 이 자리에 싣는다. 이하 인터뷰는 〈동
아일보〉에 실린 '진보가 박근혜에게 말한다'의 내용이다.

나는 지난 대선에서 직업적 정치인이 아닌, 정치권 밖 사람으로서 (문재인 민주통합당 대선후보의 '응원단장'으로) 할 수 있는 걸 다했다. 그만큼 문 후보의 패배에 허탈해했다. 그럼에도 나는 박근혜 정부가 성공하기를 기원한다. '보수적 개혁'을 통해 복지와 경제민주화를 한 단계 업그레이드하고, 남북관계에서 평화를 유지하는 것이 새 정부의 임무이자, 진보가 살 길이 될 터다. 그러나, 걱정이 된다.

민동용   '걱정이 된다'고 했는데….

조국   박 당선인이 (선거 때) 밝힌 정도의 복지 업그레이드와 경제민주화를 실현하면 모두에게 좋은 일이라 본다. 보수적 복지국가가 이뤄진 다음에 또 한 번 새로운 논쟁과 멋진 대결이 이어질 수 있기 때문이다. 박 당선인은 보수진영에서 볼 때 혈육 같은 느낌을 주지 않는가. 이데올로기적으로도 보수의 아이콘이다. 정통 보수 입장을 취해왔다. 이런 사람이 복지국가와 경제민주화를 추진할 때 누가 박 당선인에게 '좌빨'이라 하겠나. 박 당선인이 적정 시기 김정은도 만나면 좋겠다.

이런 일을 모두 잘 추진하려면 박 당선인과 새누리당의 총체적 능력에 대해 신뢰를 가져야 하는데, 윤창중·이동흡·김용준 인선을 보면 걱정이다. 야구로 보자면 3자 삼진 아웃이다. 1번, 2번, 3번을 최정예 선수로 내보내야 하는데 함량 미달이었다. 어떤 이는 이미 아웃되었는데 타석에서 내려오지 않으려고 버틴다. (웃음)

민동용　박 당선인의 문제가 뭐라고 보나.

조국　박 당선인이 어떤 사람의 의견을 듣고 저 세 '타자'를 뽑았는지 여당 의원들도, 언론도 잘 모른다. 상황이 이러니 본인(만)의 데이터베이스나 수첩, 파일이 있거나, 십수 년 된 비서진 의견만 듣는 것인가 하는 합리적 의심이 든다. 박 당선인에게는 '동지'는 없고 '부하'만 있는 듯하다. 의사결정구조가 박정희 전 대통령 식이라 볼 수 있다. 1970년대라면 모르겠지만 지금은 다원화되고 언론자유가 존재하는 세상이다. 아버지처럼 몇 십 년 할 수도 없다. 5년밖에 못 한다.

민동용　박 당선인의 리더십이 위험하다는 말로 들리는데….

조국　그는 자기확신과 자부심이 강한 사람이다. 자신이 치른 선거를 다 이겼다. 2007년 한나라당 대통령후보 경선도 당원 투표에서는 이겼다. 어릴 때부터 권력의 냉혹함과 생리를 봤기 때문에 누구보다 권력을 잘 아는 '생래적 정치인'이다. 역으로 '내가 다 알아'가 되기 쉽다. '아버지나 내 앞에서 어떻게들 행동하는지, 어떻게

배신하는지 다 봤어. 어떻게 하면 발발 기는지도 알아' 하는 것이
다. 그래서 집권이 새롭다 느끼지 않고, 자기 집(청와대)에 다시 간
다 생각할 것 같다. 가업(家業)을 잇는다는 느낌 아닐까. 국정 운영
을 해보지 않았는데 해봤다고 생각할지 모른다. 이것이 위험하다.
그 신호가 최근 세 번의 인사로 드러났다.

민동용   그러나 박 당선인은 인사청문회가 '신상 털기' 식이라고
했다.

조국   잘못됐다. 자기성찰을 안 한 거다. 당선되기 전까지는 자
기 세력을 결집하고 모든 문제를 아(我)와 타(他)로 구별한다. 집권
을 위한 선거는 변형된 '전쟁'이다. 아군은 결집하고 적군은 죽여야
한다. 집권하면 사회적 재화의 분배권한을 가지니까 치열하게 싸
운다. (박 당선인이 보기에) 제가 얼마나 밉겠나. '죽여야 할 놈' 리스
트에 오른 것 아닌가. (폭소) 조선시대 같으면 참수 대상이거나 적
어도 귀양 갔다. 다행히 민주주의 사회니까…. (웃음) 그러나 집권
후에는 자기방어에서 벗어나 자기성찰로 가야 하는데, 박 당선인
처럼 승리 경험이 많은 사람은 자기성찰이 봉쇄당한다. 진짜 원했
던 (대선) 승리를 한 순간부터 자기 무덤을 파는 '승자의 역설'이 시
작되는 것이다.

그가 어떻게 하는가에 따라
아버지에 대한 평가도 달라질 것

민동용   그럼 어떻게 해야 하나.

조국   박 당선인은 분명히 마키아벨리의 《군주론》이나 《정관정요》에 나오는 통치론을 읽었을 것이다. 그러나 지금은 한비자가 군주에게 악이 되는 8가지 장애로 열거한 '팔간(八姦)'을 들여다보고 '충신'의 목소리를 들어야 한다. 반대파의 목소리를 들으라고 하지는 않겠다. 제 이야기를 듣겠나. 언감생심이다. (웃음) 지금 기세라면 내년 지방선거는 이길 수도 있을 것이다. 그러나 이 상태로 2016년 총선을 한다? 저는 질 거라고 본다.

민동용   박근혜는 어떤 대통령으로 기억돼야 할까.

조국   박 당선인이 "아버지의 꿈은 복지국가 건설이었다"고 했으니, 복지국가를 건설하라는 것이다. 5년 뒤 어떤 대통령으로 남기 원하는지 생각해봐야 한다. 보수적 복지국가의 주춧돌을 놓은 사람이냐, 아니면 단순히 아버지의 딸이었느냐 선택해야 한다. 아버지는 독재를 했지만 복지 측면에서 의료개혁을 한 점은 기억된다. 아버지의 모자랐던 반쪽을 채워주려는 열망이 있을 거다. 박 당선인이 어떻게 하는가에 따라 아버지에 대한 평가도 달라질 것이다. 5년을 망치면 '봐라, 이럴 줄 알았다'라든가 '생물학적 DNA 외에 정치적 DNA가 있는 것이다'라는 얘기가 나올 것이다.

민동용 　박 당선인 주변은 어떻게 해야 하나.

조국 　정권창출에 누구보다 애썼지만 이제는 목숨 걸고 자리 욕심 없이 직언하겠다 생각하는 사람이 필요하다. 그런 사람이 나서야 하는데 다들 눈치만 보고 있다. '박 당선인을 옹위하라'라는 생각을 가진 사람들이 그를 망치고 대한민국을 망친다. 박 당선인은 진보진영이 (단일화 과정에서) 잠시 내려놓은 복지국가와 경제민주화라는 깃발을 낚아채는 탁월한 능력을 보였다. 결과적으로 진보가 제기한 시대정신을 받은 것이다. 시대정신은 이데올로기가 아니라 국민과 대중의 요구 아닌가. 적어도 담론 차원에서는 우리나라 전체가 진보화됐다. 그러나 당선 후에는 감동을 주지 못하고 있다.

민동용 　박 당선인이 앙겔라 메르켈 독일 총리처럼 되길 바란다 했는데….

조국 　대선 때 말한 공약으로만 보면 메르켈처럼 보인다. 그걸 지키면 된다. 그러나 지금은 마거릿 대처 전 영국 총리보다도 못할 것 같다. 대처는 비록 정책은 신자유주의를 신봉했지만 측근과 고위직 인사관리에는 탁월했다. 측근이 누군지 안다면 언론이나 주변에서 감시할 수 있다. 그런데 박 당선인은 측근이 있는데도 보이지 않는다. 그리고 박 당선인이 뽑아 쓰는 사람을 보면 복지국가나 경제민주화와는 거리가 먼 사람이 많다. 이런 식으로 공약을 실현할 수 있을지 걱정이다.

민동용 　박 당선인 헤어스타일을 지적했다.

조국　　　왜 그런 머리 모양을 고수할까. 자기 자신을 육영수 여사의 외양, 박 전 대통령의 정신과 일체화하기 위한 상징이기 때문이라 본다. 지지자들도 박 당선인을 두 사람이 겹친 모습으로 보고 있다. '내가 아버지와 어머니를 지킨다'는 말을 하지 않아도 그 모습으로 선포하는 의미를 갖고 있다고 본다. 당선 후에는 전과 달라져야 한다 했는데, 부차적으로 머리 모양도 바꿨으면 한다. 아버지와 어머니를 뛰어넘어야 한다.

복지와 경제민주화가 실현되도록 요구하고 이뤄내는 것이
진보진영의 능력

민동용　　범진보진영은 어떻게 해야 하나.

조국　　　저도 (문재인을 지지한) 48%에 속하지만, 상처가 크다. 승복이 안 되는 거다. 하지만 문재인, 안철수, 민주당, 나 같은 정치권 외부인사 등등을 다 모았는데도 범진보진영의 실력이 부족해 졌다는 것을 인정해야 한다. 다만 시대정신을 구현하기 위해 우리가 먼저 제기한 진보적 담론과 정책을 반대파가 집권한 5년간 어떻게 실현할지 고민해야 한다.

민동용　　구체적으로 뭘 고민해야 하나.

조국　　　여야 공약의 공통분모를 확정하고 빠른 시기에 즐겁게 통과시켜야 한다고 본다. 전체 공약을 100이라 하면 적어도 30은 합의할 수 있다고 본다. 이 같은 공통공약을 처리하기 위해 진보진영과 박 당선인 정부 간에 '느슨한 연대'가 필요하다. 박 당선인도 상생정치를 하려면 합의된 공통공약부터 정리하고 가야 한다.

민동용　박 당선인의 성공을 진보진영도 바랄까.

조국　진보진영에 있는 분들도 박 당선인 흠집 잡기나 하고 그가 망하기를 바라는 것은 옳지 않다고 본다. 진보의 의제였는데 보수의 의제로 바뀐 복지국가와 경제민주화가 실현되도록 요구하고 이뤄내는 것은 우리 능력이다. 동시에 새 정부가 오만해질 우려가 있기 때문에 끊임없이 비판하고 경계해야 한다. 지금 박 당선인 진영은 축제 분위기일 텐데 3년 뒤에는 어떨까. 예수님이 대통령으로 선출됐더라도 3년 뒤에는 어떨지 모를 것이다. 완벽한 대통령, 완벽한 정권, 완벽한 인간은 없다. 박근혜 정부 초기 2년에 자신의 개혁성과를 합의해 이루고, 중반기부터는 그다음을 위한 레이스로 들어가야 한다.

민동용　이른바 '번짐'의 미학은 진보와 보수 사이에도 유효한가.

조국　당연하다. 번져야 한다. 여당이 야당이 되고 다시 여당이 되는 과정이 민주주의의 안착 아닌가. 그래야 상대방 처지를 이해한다. 그 전까지는 복수밖에 없었다. 상대 입장을 이해하게 되면 공격 강도와 범위를 조절하게 된다. 팩트 신경 쓰지 않고 정파적 목적을 위해 공격하는 사람은 극소수가 되어야 한다. 10년 정도 주기로 진보와 보수 양쪽으로 정권이 왔다 갔다 할 수밖에 없을 것이다.

민동용   '진보집권 플랜2'를 만들 생각은….

조국   없다. 서울시장 재보궐선거, 국회의원 총선, 대통령 선거 등 지난 세 번의 선거에 소요했던 2년여의 기간만큼 아무것도 하지 않겠다. 어떤 정치적 활동도 하지 않고, 여의도 근처에도 가지 않을 것이다. '응원단장'도 안 할 거다. 조선시대를 보면 출사했다가 왕이나 훈구파와 싸워서 안 되면 조용히 고향 서재로 돌아왔다. 물론 지식인의 책무인 '앙가주망'을 중단하겠다는 것은 아니다. 정치는 자기 선거를 해본 사람 중심으로 가야 한다. 밖에 있는 사람을 끌어와 중심으로 세울 경우 한계가 있다.

· · ·

〈동아일보〉 인터뷰가 끝난 후인 2월 21일 박근혜 당선인은 '5대 국정목표'를 발표했는데, 경제민주화는 제외되었다. 그는 2012년 7월 대선 출마를 선언하면서 경제민주화를 '국민행복을 위한 3대 핵심과제'의 첫 번째로 놓았고, 11월 '비전(공약) 선포식'에서도 "준비된 여성 대통령 후보로서 '국민 통합', '정치 쇄신', '일자리와 경제민주화'를 3대 국정지표로 삼을 것을 약속드린다"고 공약했다. 선거 과정에서는 표를 위하여 복지와 경제민주화를 강조하다가, 선거에 승리하자 다시 성장 강조로 옮겨간 것이다. 박근혜 후보는 보수진영 내의 경제민주화와 재벌개혁 '전도사'라 불린 김종인 씨를 새누리당 국민행복추진위원장 겸 경제민주화추진단장으로 영입해 톡톡히 효과를 보았지만, 대선 승리 후 김 씨의 역할과 위치는 주변화되었다. 김상조 한성대 교수는 2012년 9월에 이미 김종인은 '토사구팽'될 것이라고 말한 바 있다. 반면 경제부처 요직과 청와대 비서진은 성장론자들로 채워졌다. 김종인 씨는 "박근혜 당선자의 정직성을 믿고 기다려보는 것이 좋다"라고 말했지만, 박근혜 정부가 시장 강자 또는 경제귀족과 '전면전'을 벌일 의사는 없어 보인다. 박근혜가 메르켈처럼 되기를 희망했지만, 현재로선 기대난망이다. 지지율이 떨어지고 정권의 위기가 오면 경제민주화 구호와 이를 지지하는 사람을 복귀시킬 수도 있겠지만, 그때는 아무도 진정성을 믿어주지 않을 것이며, 따라서 실천력도 떨어질 것이다.

우리가 만나야 할 미래
최연혁 지음 | 15,000원

국회의원에서 판사, 퇴직한 노부부, 보일러 배관공까지, 스웨덴의 다양한 목소리를 통해 본 '개념 있는 복지' 이야기. 우리는 어떤 정치인, 어떤 정책을 원하는가? 좀 더 행복하고 정의로운 사회를 만들기 위해 어떤 해법을 마련해야 할까? 스웨덴의 생생한 모습을 통해 복지국가를 꿈꾸는 대한민국의 미래 청사진을 그려본다.

서른, 정치를 공부할 시간
김경진, 김외현, 박국희, 윤완준, 임지선 지음 | 16,000원

"현장 기자들이 재미있고 명쾌하게 풀어낸, 청춘을 위한 정치 입문서!" 경향·동아·조선·중앙·한겨레 정치부 30대 기자들이 진보와 보수의 벽을 넘어 함께 머리를 맞댔다. 정치도 이제 교양이고 상식이 된 시대, 이 책으로 그동안 어렵고 멀게만 느껴졌던 정치에 한 발 다가서는 건 어떨까?

누가 거짓말을 하고 있는가
김종배 지음 | 14,000원

우리 시대 '대체 불가능한' 저널리스트 김종배의 전방위 뉴스 비판·사용 설명서. 아무런 의심 없이 받아들이는 뉴스 속의 심각한 논리적 오류, 편가르기를 부채질하는 언론들의 부적절한 관계 등을 합리적으로 의심하는 법, 자기 생각을 설득력 있게 글로 풀어내는 법 등 세상을 똑바로 읽고 제대로 소통하기 위한 '정공법'을 담았다.

나는 다른 대한민국에서 살고 싶다
박에스더 지음 | 15,000원

대한민국의 규범과 상식에 사망선고를 보낸다! 부조리한 사건들과 불합리한 제도들, 몰상식한 사람들 때문에 대한민국에 놀라고 분노하고 실망한 사람들을 위한 책. 한국의 '오리아나 팔라치' 박에스더 기자가 대한민국에서만 통하는 '상식 같지 않은 상식'들, 평범한 일상에서 강요당하는 거대한 위선의 질서를 파헤쳤다.

저항자들의 책
타리크 알리 서문 | 앤드루 샤오, 오드리아 림 엮음 | 20,000원

결코 폭력으로 지배할 수 없기에, 우리는 인간이다. 스파르타쿠스에서 바그다드까지, 저항과 투쟁이라는 이름으로 인류 역사를 관통해온 전 세계 모든 대륙의 목소리들, 치열했던 역사의 한 페이지에 이름을 올렸던 전 세계 민중의 외침을 한데 모았다. 만적의 난, 동학 농민운동, 광주민주화운동 등 한국 민초들의 목소리도 포함되어 있다.

멈추면, 비로소 보이는 것들

혜민 지음 | 이영철 그림 | 14,000원

관계에 대해, 사랑에 대해, 인생과 희망에 대해… '영혼의 멘토, 청춘의 도반' 혜민 스님의 마음 매뉴얼. 하버드 재학 중 출가하여 승려이자 미국 대학교수라는 특별한 인생을 사는 혜민 스님. 수십만 트위터리안들이 먼저 읽고 감동한 혜민 스님의 인생 잠언!(추천: 쫓기는 듯한 삶에 지친 이들에게 위안과 격려를 주는 책)

인생학교 시리즈

알랭 드 보통 외 지음 | 정미나 외 옮김 | 각권 12,000원

알랭 드 보통이 영국 런던에서 문을 연 '인생학교'는 삶의 의미와 살아가는 기술에 대해 강연과 토론, 멘토링, 커뮤니티 서비스 등을 제공하는 글로벌 프로젝트다. 이 책은 '인생학교' 최고의 강의 6편을 책으로 엮은 시리즈다. 일, 돈, 사랑, 정신, 세상, 시간 등 6가지 인생 키워드에 대해 근원적인 탐구와 철학적 사유를 제안한다.

가끔은 제정신

허태균 지음 | 14,000원

우리가 무엇을 착각하는지 알면 세상을 알 수 있다! '착각' 연구 대한민국 대표 심리학자 허태균 교수가 선사하는 우리 '머릿속 이야기.' 이 책은 심리학적 이론을 토대로 '착각의 메커니즘'을 유쾌하게, 명쾌하게 때로는 뜨끔하게 그려낸다.(추천:타인의 속내를 이해하려는 사람이나, 중요한 의사결정을 내려야 하는 리더들에게 꼭 필요한 책)

나에게 더 미안해지기 전에

김창완 외 청춘멘토 20인 지음 | 15,000원

"남들이 가지 않는 길을 꿋꿋이 갈 때 청춘은 비로소 다시 시작된다!" 김창완, 유홍준, 혜민 스님, 김정운, 김난도, 백지연, 박경철 등 우리 시대를 대표하는 청춘 멘토 21명의 톡톡 튀고 개성 넘치는 '청춘 인생 상담'. '진짜 나'를 발견하기 위해 노력하는 우리 시대 모든 청춘을 위한 책

사람으로 살고 싶었다

이학준 지음 | 15,000원

미국, 영국, 프랑스, 일본 등 전 세계 25개국 방영. 한국 최초 에미상 노미네이트! 자유와 희망을 찾아 수만 킬로미터를 이동하고, 사람으로 살고 싶다는 열망 하나만으로 국경을 넘는 탈북자들. 그 위험천만한 여정을 쫓아 목숨 걸고 써낸 탈북 동행 취재 5년의 기록. 분단의 아픔을 넘어 인간답게 산다는 것의 의미를 찾는다.